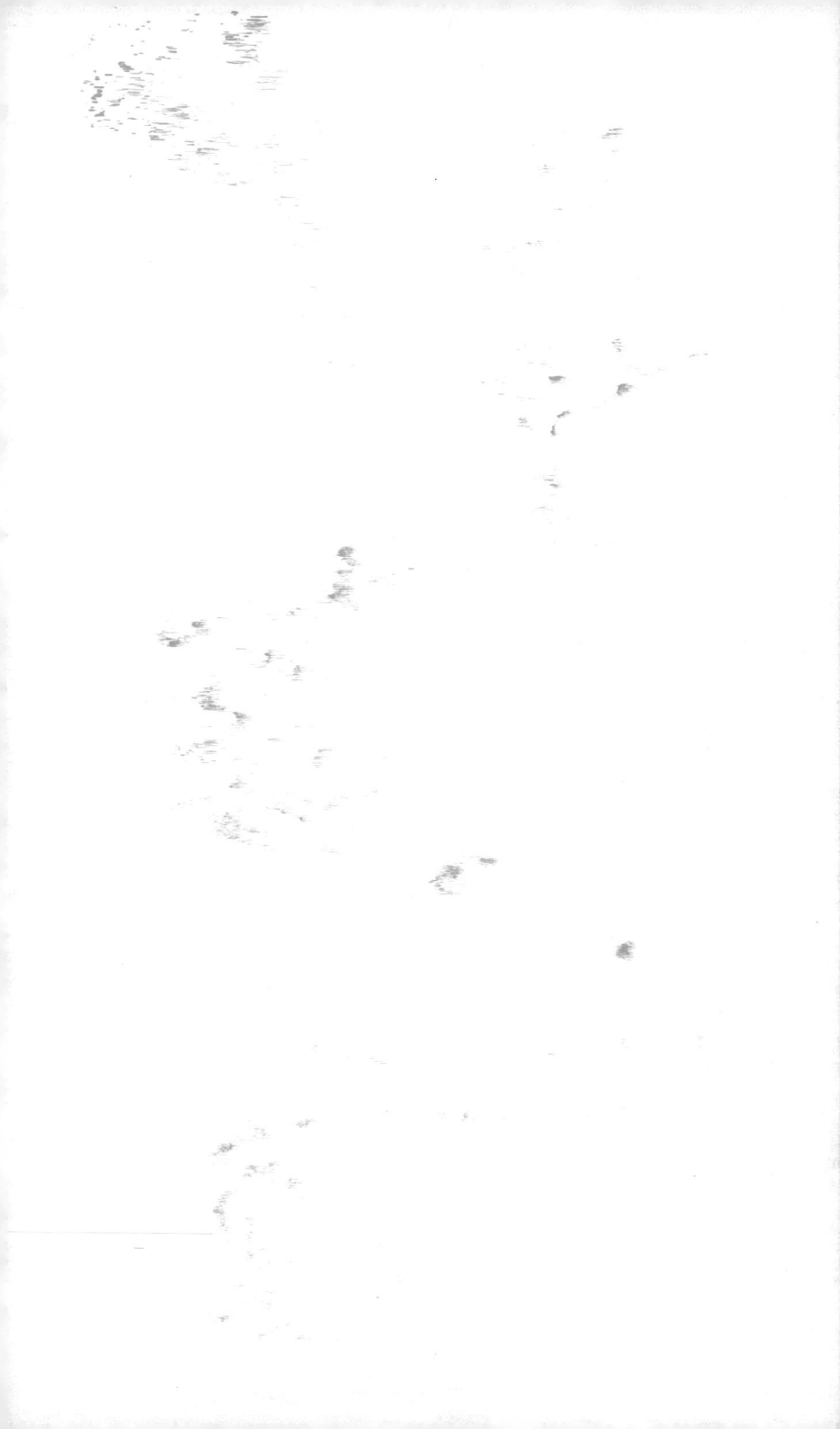

京剧猫之

眼宗外传

济南出版社

玉兔 sang   著

幽雪崖

寒冬冰原

雪晴城

清凉峰

碎冰岭

不老峰

西沟

野湖

野黑林

桃花林

奇宰道

不知村

板峰岭

献给杜、景、彭、毛叔、小强，
以及所有一起创造《京剧猫》的人们，
感谢我们共同坚持的岁月，
让崭新的世界得以诞生。
献给一路支持我的家人朋友，
还有我可爱又敬业的编辑们，
我打心底里感谢你们做的每一件事。
献给西门，以及我笔下的所有角色，
很荣幸可以写出你们的故事。
还有最重要的，
献给翻开书的你，
欢迎你进入这段旅程，
愿它带给你力量、智慧与幸福。

目录

京剧薈

引子

眼宗，极峰岭。

一轮苍茫的落日吊在冰山雪岭之上，将白雪覆盖的天地染成一片激烈的橙。高崖清寒，朔风渐起，翻动了雪中无数的残肢断骨，掀起一片片迷蒙的血雾。

仔细一看，方圆数十里白骨成霜，沿着山脊堆积成岭。而在那山岭的最高处，有一位背着大葫芦的老者和一位身着紫衣的年轻人。他们正立在高耸的崖边，迎着深渊吹上来的风，一动不动。

"西门，看见未来，和改变未来，是两码事。"
老者轻轻开口。

"那些认为凭一己之力就能改变未来的人，我们称之为——傲慢者。"

"不。从你带我进眼宗的那天起，我就发过誓。"

西门闭上眼，摇了摇头。

"我既然看见，就要改变。"

老者长叹一声，灌了口壶中烈酒，把酒壶扔给对方。

西门接了，以袖掩口，微微仰头，片刻之后，清俊苍白的脸便浮上两抹绯红。他剧烈地咳喘着，苦笑一声："这酒，还是没变。"

"变的不是酒，是你。"

老者目光灼灼地盯住西门："你最好的朋友呢？"

"一个被我关在千年冰牢里。一个战死了。一个深埋在雪晴城的地下，诅咒着我。"

"你最爱的家人呢？"

"牺牲了。她是最早离开我的人。"

"最亲的人呢？"

"被敌人魔化了。"

"恩师呢？"

"一个对我深深信赖，却因我而死。一个对我失望透顶，被我逐出眼宗。最后一个，也是最初的一个，还站在这里，想劝我回头。"

老者端详着西门平静的脸，突然发出低低的笑声。那笑声越来越大，渐渐高昂，夹杂着悲怆与自豪，久久回荡在山谷与深渊之间。

"所以你还是要去，哪怕代价是一切？"

"哪怕代价是一切。反正，就算不成，我也已经一无所有了。"

西门耸耸肩，把酒壶轻轻放回雪地上。他朝老者拱拱手，步履轻快地向崖边走去。

"荒唐！逆徒！你这个脑子被猫屎灌了的臭小子！执迷不悟！只有脸好看的傻徒弟！小猫崽子还想逞英雄……你懂个屁！十二宗就没你这么当宗主的！你给我站住！不许去！听到没有！！"

老者突然暴跳如雷，哇哇乱叫，像个小孩子一样上蹿下跳，抄起地上的酒壶往西门头上砸去。西门头一偏，酒壶擦过他的脸，掉入脚边深不见底的深渊，瞬间被浓稠的混沌吞噬，久久没有回音。

最后一丝夕阳的余晖渐渐消失，四周的一切陷入黑暗与沉寂。山中风雪渐起，岭间白浪翻飞，雪原冰狼闻风咆哮。西门回过头，面对身后白骨累累的眼宗，眼神有如明亮的七子星。

"真正的宗主不是我，是他。而且……"

大雪纷飞中，他向老者露出了他惯常的、云淡风轻的笑容。

"师父放心，我不会让眼宗亡的。"

说毕，他朝前一迈。

跳了下去。

我曾毁灭过自己的家乡。

我曾为宗门带来过无上的荣耀。

我被宗门判罪时，
比大多数入学的弟子还要年轻。

我交到过最好的朋友，
也背叛过他们。

我看见过很远的未来，
走过他人不敢走的路。

我爱过人，救过人，杀过人。
也保护过不该保护的人。

我的名字叫西门。

也许你曾听说过。

第一章

不知村的少年们

京剧猫

"所以到了晚上，魔物就会来吃我们吗？"

"它们根本不用等到晚上。我听阿爸说，猫土现在到处都是魔物，每一只都有三四层楼那样高。它们的脸上冒着红烟，眼睛像两个涂了血的灯笼，浑身的毛像柴刀一样，又尖又硬，撞上去就死定了。它们呼一口气，能把半片野黑林吹走。谁要是倒霉，遇到那么一只，不但自己活不了，魔物还会循着生气，找到村子里来，把全村的猫都吃掉！"

壮实的阿木张牙舞爪，瞪着一双碧绿的眼睛，尖耳朵随着声调抖动，竭力模仿魔物的样子，吓唬身旁的小女孩儿。

"哥哥救命！"小女孩儿笑着呼救，往一位蓝衣少年的身后躲。那蓝衣少年温柔一笑，手中的钓竿一翻，刚刚好挡住阿木的魔爪："好了，别吓唬我妹妹了。"

阿木一把抢过钓竿，神气活现地耍了几下："瞧把你俩吓得！别怕，咱们不知村虽然小，但就在眼宗边上，有什么事，眼宗的京剧猫会来救我们的。"

小女孩儿的眼睛倏地亮了，上前扯住阿木的袖子："京剧猫……是阿木哥哥你讲的故事里，那些会功夫的英雄吗？"

"那不是故事，是真事！我亲眼见过他们！"阿木一脚踏上船头，压低声音说道，"那年我才6岁，有一天，我和阿爸在野黑林最东边的林子里，跟竿叔、四爷他们一块儿捡什鼠果和黑柴。突然，大白的日头就变暗了，树林里冒出很多紫色的烟雾。我阿爸当时就大喊起来，'是混沌！快跑！'阿爸让我快往回跑。我从来没见阿爸那么紧张过，就像……就像看见魔物似的！他拼命拽着我跑，右眼上那道旧伤疤都跑得迸出血来了。我吓蒙了，摔了好几跤，模模糊糊地，就看见紫色的混沌从树根里、土里、草丛里钻出来，像活的东西一样，爬得飞快。它们从四面八方围过来，有一团突然抓住了我的左腿，一下子把我掀翻了！我向修发誓，我当时都感觉不到我的左腿了！那混沌又黏又冷，难闻得要命，湿嗒嗒地蠕动着，缠住我的腿不放，直往我的皮里钻。

我吓得抱紧阿爸直哭，阿爸拎起柴刀，拼命地砍那东西，但是没有用，砍不断！越来越多的混沌围上来了，阿爸看着它们，突然对我说，'孩子，断一条腿，总比丢了命强，忍住。'"

小女孩儿和蓝衣少年屏息静气地听着。夏末的风吹过湖面，蝉声渐起，小小的渔船里安静极了。

"后来，怎么样了？"小女孩儿小心翼翼地开口。

阿木一屁股坐到船头，拿钓竿敲了敲木头做的左腿，笑道："不得不说，我阿爸的刀，果然是全村最快的。"

小女孩儿轻呼一声，伸出小手，摸摸阿木那条老旧的假腿："现在，还疼吗？"

阿木脸一红，咳了两声："都七八年前的事了，早就不疼了。我说到哪儿了？对，京剧猫，就是在那个时候出现的。"他的身子往前探，碧绿的眼睛里忽然有了光芒，像在述说一个天大的秘密一样："当时我的腿还在流血，我从来没流过那么多的血，正没出息地号啕大哭。阿爸扯了斗篷的布包紧我的伤口，把我往山坡下一扔，大吼一句'快回家'，就拼命往另一个方向跑了。那些混沌，大部分都追着他去了。我滚到山坡底下，脑子里一片混乱，又疼又急，想站起来跑，又站不起来。我躺在一堆乱树丛里，看着天，想着阿爸，心想，算了，我大概活不成了。四周都是混沌黏黏糊糊爬行的声音，它们越爬越近，越来越高，快要把我包起来了，就在这时——你们猜我看到了什么？"

"京剧猫！！"小女孩儿激动地直拍手，"一定是京剧猫！他们长什么样？男的女的？和我们一样吗？"

阿木摇了摇食指："错了，我看到的是——一把扇子。"

"扇子？"

"一把折扇，就是那些富家公子哥儿夏天用的玩意儿，它有这么大，"阿木用手比了个盘子的大小，"就停在我的眼睛上方。扇面上还有亮晶晶的画，看起来像桃花。说真的，我从来没见过那么漂亮的东西，都以为自己临死前出现幻觉了。更神奇的是，那把扇子像聆音燕一样灵巧。它绕着我飞了一圈，轻轻向四周扇了扇，轰的一声，那些凶猛的混沌就像被炸开一样，统统变成了碎片！从扇子里扇出来的风，是能看见的风，亮晶晶的，还带着桃花的香气。这风又快又急，它刮过的地方，混沌的碎片都变成了桃花瓣。周围好几里的林子，之前还飘着可怕的混沌，一瞬间，林子就像变成了桃花源一样。那些风还刮过我的身体，我的腿突然就不疼了，好像有一块很温暖的布，包住了我的伤口。那把扇子，像点头似的，冲我摇了摇，接着就飞回到树下，落到一个年轻人的手中。"

"年轻？这么厉害的京剧猫……居然很年轻吗？"沉默多时的蓝衣少年不由得插嘴问道。

"看起来十七八岁吧，他很高，披一件紫色斗篷，兜帽遮住了半张脸。那料子，啧啧，一看就是上好的，说不定是雪山绸！我一眨眼，他就飘到我面前了。我吓得说不出话，不敢抬头，只看见他斗篷胸口的位置，绣着一个纹样，看起来像一只眼睛。眼睛里，还长出一朵花，好像是兰花。'小弟弟，别怕，告诉哥哥，那些混沌去哪儿了？'他说话了，那声音，哎哟，我发誓从没听过那么好听的声音，又轻又顺耳，像极峰岭上那些冰莺的叫声一样。我顿时不觉得害怕了，慢慢抬起头，就看到他的眼睛——一双异色瞳！天啊，阿爸说过，一万个猫民里都不一定能有一双异色瞳！他的左眼蓝得发亮，像下雪后的晴天一样，他的右眼，是浅浅的金色，灿晃晃的，像正午的太阳似的。我猜我大概看了很久，才想起来要给他指方向。我求他一定要救救我阿爸，还有竿叔他们。他笑了，拍了拍我的头，说，'既然眼宗的京剧猫到了，那就谁也不会死。'"

午后的日头移了移。湖里的游鱼突然跳出水面，一个打挺儿搅乱了一池宁静。小女孩满足地叹息一声："那后来呢？"

"后来？就像他说的，谁都没死啊！"阿木得意地摇头晃脑，"阿爸和竿叔、四爷他们，回村后都给那位哥哥磕头道谢呢！阿爸本来还想把积攒多年的三块猫币送给他，可人家说什么也不要，第二天就消失了。真是太帅了！我早就说过，京剧猫是全猫土最厉害的英雄！我以后也要当京剧猫！"

阿木一手举着钓竿，又举起他那条假腿，剑一般指向湖对面远处的极峰岭，摆出一个进击的姿势。船上的兄妹被他逗得前仰后合，差点儿连钓的一篓鱼都掀翻下去。

"笑什么？这可是我的梦想啊。喂，你俩怎么想？等咱们长大一点儿，我带你们一起上极峰岭，咱们都进眼宗当京剧猫吧！"

小女孩儿兴奋地跳了起来："他们也收女孩子吗？太好了！我也可以当英雄了！"

蓝衣少年瞧着妹妹，抿嘴一笑，悠然地歪倒在船边："我就算了，我胸无大志，只想好好照顾妹妹。能看到她平安出嫁，我这当哥哥的就知足了。要是能走出不知村，到猫土各处看看，就更好了……算了，保护猫土的重任，还是交给咱们 13 岁的阿木哥哥吧。"

"啧,西门你啊,有本事,没出息!好吧,反正西诗要嫁也是嫁……喀喀喀,嫁给我。你们兄妹孤儿一对,也没个家人照应。我就勉勉强强,照顾你俩一辈子吧——哎哟!西门你干吗?"

蓝衣少年甩手把一条鱼摔到阿木脸上,笑骂:"臭美!我妹妹才 6 岁,谁说她就要嫁给你了?"

阿木嬉皮笑脸:"不嫁给我,难道一辈子跟着你?放心吧,等我当上京剧猫,全猫土都会尊敬我,再也没有谁敢欺负你俩了。听说京剧猫还会有好多钱,能找最好的大夫给西诗治病。西诗,你说好不好?"

西诗低下头,羞红的颜色宛如桃花映在她白皙的脸颊上,随着反射的湖光,熠熠生辉。阿木不由得看呆了。年纪这样小,就有这样好看的容貌,哪怕在传说中盛产美人的身宗,都很少见吧。

夏天的蝉声突然静下来,湖里的游鱼也仿佛被这美貌惊到了,忘记了打挺儿,缓缓地沉下水去。

"呵呵……京剧猫要是那么好当,猫土早就和平了。真是黄口小儿,不自量力。"

一个苍老的声音嘲弄地响起。

"谁？"

阿木和西门同时出声。

偌大的湖面平静无波，树叶纹丝不动，除了这艘小小的篷顶渔船，并无他人。少年们茫然四顾，只觉四周静得可怕，连蝉鸣和鸟叫都听不到了。

"老夫是说，凭你们……什么都做不到。"

西门惊觉身后有风，陡然回头，一道蛇影噌地掠过他耳边，直冲站在前面的阿木后背心而去。"小心！"西门刚喊出一声，那蛇影向下一扫，瞬间把壮实的阿木掀了个跟头。不等他落地，那钓竿便被卷走了，银钩翻转间，装得满满的鱼篓已消失不见。

阿木重重地摔在船上，四仰八叉。西门赶忙上前搀扶，耳朵却不放过任何声音。四周依然安静，船身微微摇晃，那苍老的声音似乎消失了。

"是谁？出来！可恶，有本事出来啊！"

阿木气得满面通红，爬起来向四周叫道。西门嘘了一声，一手按住他，一手指了指耳朵。

咔嚓，咔嚓。

咔嚓，咔嚓。

有非常轻的声音传来，仔细听的话，能听出是咀嚼的声音。骨头和血肉被咬碎，夹杂着吐出鳞片的啪嗒声。有谁在狼吞虎咽，就在他们周围。

可周围连个影子都没有。

阿木抖了抖，一咬牙，抄起船篙向周围一通乱打，嘴里乱嚷着什么。西门伸手把西诗护在身后，眼睛却望向水里。西诗抓紧他的袖子，摇了摇头。

"西门，你……你快看看，看见什么了吗？"阿木焦急地嚷道。

西门轻轻闭上眼睛，一动不动，仿佛睡着了一般。

半晌，他突然睁开双眼，冲阿木喊道："上面！"

阿木闻声而动，像配合过数百遍一样，手中船篙迅速向着西门视线凝聚的地方捅去。随着重重一声响，篷顶被捅穿一个大洞，有什么东西直落下来，砸到船板上。

是四分五裂的鱼篓。

"接下来是哪儿？"阿木赶忙转向西门。

西门摇了摇头，微微眯起眼睛："不行，我刚才只看到这么多。"

"真是的，你靠点儿谱行不行？"

"阿木哥哥，我看到那里……好像有什么。"西诗凝视前方，轻轻伸出手指，指向空空的船头，"有光，在流动。"

"好嘞！瞧我的！"阿木鼓起手臂的肌肉，狠狠地把船篙扔向船头。

哗的一声，船篙应声入水，一个佝偻的黑色身影渐渐从空气里显现，稳坐船头。

"有点儿意思……老夫欣慰了。"

一个背着巨大葫芦的老者，斜抱着一根长长的拐杖，嘴里大嚼特嚼着一条活鱼。黑色的眼罩边，细而黑的独目仿佛盯住了猎物一般，安静地看着他们。

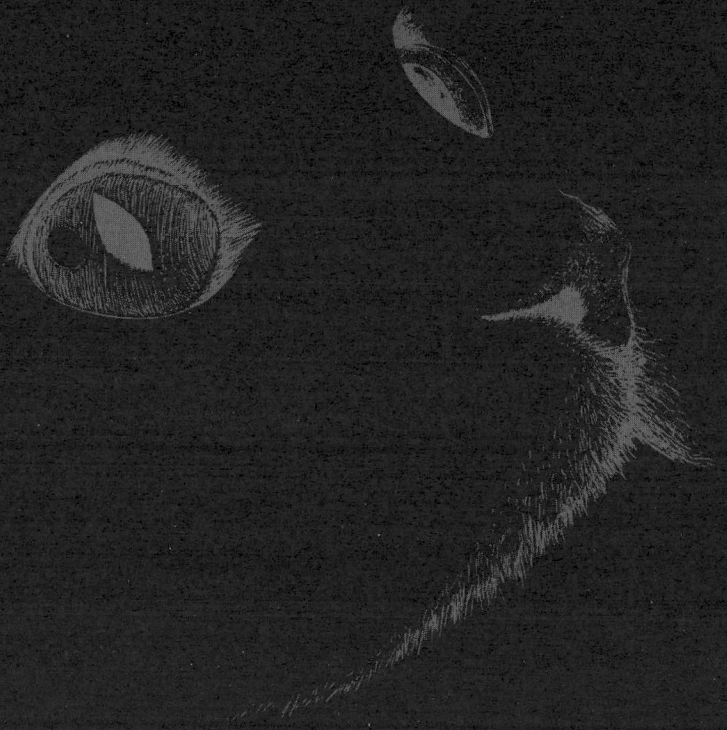

第二章

魔物之子

京剧猫

"你……你是谁？找我们干吗？"

阿木嚷嚷着，身体本能地后退了一步。独目老者充耳不闻，慢慢地咬着鱼，目光却生冷如铁，缓缓扫过三个孩子，脸上渐渐露出玩世不恭的傲慢与蠢蠢欲动的狡黠。

他不好惹。要快点儿逃。

西门手心冒汗，心里下了判断。可是怎么逃？渔船不知什么时候，早已孤零零漂到了湖心。这里地处偏僻，离村子又远，就算叫起来也没有谁会听到。他们手无寸铁，退无可退，除非……

西门看了眼西诗，西诗点点头。

"阿木……"西门悄悄移了一步，贴到阿木的背后，用极轻的声音说道，"待会儿西沟见。"

阿木愣了一下，顿时明白过来，眼睛盯着吃鱼不吐骨头的独目老人，点了点头："你左我右，三，二，一，跳！"

扑通，扑通，船上的少年们以迅雷之势一跃入水。西门长闭一口气，抱紧西诗迅速下潜。这里的湖水并不深，水路却四通八达，他们三个天天摸鱼游水，早已熟悉这片水域。只要潜进左侧的暗流，他们就能迅速远离湖底，顺着水道游回靠近村子的西沟。到那时，只要向村民呼救——

奇怪，怎么动不了了？

瞬息之间，西门只觉得腰间被一股大力缠绕收紧，五脏六腑都像要被搅碎一般，狠狠地把他向后拽去。旁边的西诗现出痛苦的表情。他只来得及朝她看上一眼，身子便已飞离了湖面，天旋地转间，他和西诗重重摔倒在坚硬的船板上。

"老夫不是说过，凭你们，什么也做不到吗？"

独目老者咧嘴一笑。西门只觉腰上一松，一个蛇一般的物体慢慢抽走。他咳喘着抬起头，只见一条巨大的长尾缓缓收回到老者的黑衣里面。老者吐了口鱼鳞，手里钓竿一甩，随着咕嘟咕嘟的水声，阿木吱哇乱叫着被钓了上来，重重摔在西门和西诗旁边。

"都别动，打听点儿事。"独目老者探过身子，核桃般的脸缓缓拉出一个难看的笑容，细长的黑目再次扫过三个孩子，"老夫听说，眼宗边界的不知村，出了一个'魔物之子'，他走到哪儿，就能把魔物召唤到哪儿，再凶悍的魔物也会听他的话。啧啧，这是不祥之兆啊……得杀。你们知道，他是谁吗？"

魔物之子。

阿木倒抽一口冷气。不应该被知道的。这件事是他们村里的禁忌，阿爸作为村长，早就嘱咐过村民，谁也不准说出去。这老头儿从哪儿知道的？为什么会来追杀？他偷眼看了看西门兄妹，西门面色如纸，西诗浑身颤抖着闭上了眼睛。

老者嗤笑一声："别慌，吃了你们的鱼，老夫多少也得还点儿礼。魔物横行猫土，杀生无数，谁都有责任诛杀它们。魔物之子这么邪恶的东西，竟然出现在眼宗附近，还造成了好几起伤命的事故，连眼宗的京剧猫都被惊动了。老夫……只是个路见不平的侠老儿，想做做好事，替你们不知村除了这怪物。来，当个乖孩子，说说这个魔物之子，到底是谁啊？"

半晌，渔船里寂静无声。西门闭上眼睛，叹息一声，缓缓站了起来。

"是我。"

独目老者挑了挑眉，危险地眯起眼睛。

"他瞎说！不是他，是我！"

"不是哥哥，是我才对！"

"西诗你让开，这没你的事！"

"阿木哥哥撒谎！你是京剧猫，才不是魔物之子，哥哥也不是！爷爷，要抓就抓我吧！"

"你还叫他爷爷？！他那么凶，一看就不是什么好猫。喂，老头儿，你有什么冲我来！别欺负他们孤儿！"

阿木和西诗拉拉扯扯，吵成一团。独目老者微微惊讶，紧紧盯着站在中间的蓝衣少年。他低垂着头，单薄消瘦，仿佛风一吹就会倒，却生得一副上好皮相，俊美清秀。一双狭长的桃花眼微微上挑，自带风流，幽紫色的瞳仁含着一股看惯冷暖的淡然，处变不惊。

少年湿淋淋地站在那里，却像从船板上长出来的树，牢牢地生根发芽，护在女孩和另一个少年身前。

"都别吵了！"一声巨响砸在船板上，蛇影般的长尾无声无息地从龟裂的船板上抽离。阿木和西诗吓得顿时没了声响。

"有点儿意思。"独目老者咂了声舌，黑目里精光毕现，"老夫和魔物打了几十年交道，它们凶狠狡诈，残忍嗜血。老夫却喜欢和它们周旋，折磨它们，再把它们一点一点拆解，提炼，制成药丸、药酒，装在这大葫芦里，闲时来上一口，那滋味儿，呵呵……你们三个，一个空有热血义气，半点儿魔性也无，一个区区女娃，不成气候，剩下一个么，少年老成，倒心性坚冷，眼神却是有几分魔性。嘿嘿，这魔物之子，想必口感很好吧……"

随着老者的话音落下，长尾如同蟒蛇一般盘曲而上，勒紧了西门的脖子，慢慢将他拽离了船板。

"就算您想吃我，今天也是吃不成的。"西门仰头喘气，艰难地露出一丝笑容。

"哦？何以见得？"老者扬眉。

"因为我看到了啊。"

少年淡然地笑了一下，在他的身后，两道身影突然跃起，重重踩向刚刚被长尾抽得龟裂的船板。脆弱的船板应声而碎，湖水泛着泡，争先恐后地涌入船中。

"啊——该死的！"

老者一见船漏了，面露惊恐，立刻缩回长尾，长拐一杵，瞬间蹿向篷顶。阿木一把捞起西门，两脚将那破洞踹得更大，又拽过西诗一起跳入水中。不多时，他们鱼一般的身影便消失在了湖底。

"该死的！该死的水！"

老者在下沉的船篷上，跳着脚骂骂咧咧。他伸手从怀里掏出一个掌心大小的纸鹤，向上一扔。那纸鹤瞬间变大，扑扇着翅膀活了过来。老者纵身一跃，纸鹤便驮着他飞离了沉没的渔船。

"臭小子，有点儿意思……"

独目老者渐渐恢复了冷静。他扬手做了个手势，山林间一阵扑腾，一只尾羽泛着冰蓝色的聆音燕冲天而出，灵巧地飞了几圈，落在老者的拐杖上。它眨了眨碧色的眼睛，与老者对视片刻，忽然张开口。

"怎么样？"

"什么怎么样？差点儿坑死老夫！大老远赶来，就找到三个小娃娃。一个13岁的半大小子，做着当京剧猫的白日梦。另外两个是兄妹，11岁和6岁。你预计得不错，确实都有双难得的好眼睛，尤其是那个叫西门的。看这娃娃心性坚韧，外冷内热，脑子灵活，是个好苗子。老夫刻意逼他到生死境地，想测测他的天生韵力，竟然反过来着了他的道儿！也不知他是怎么看出老夫不善水性的，哼……魔物之子？哈哈，老夫倒真想看看，他怎么应付魔物！"

"别玩了，差不多就带回来。我们时间不多，花千岁的西军已经围到极峰岭的不老峰下，你那边恐怕已经有他的耳目在探路了。今夜子时我会封闭宗门，你清理好周围，赶快带他们回宗。凤颜还在等你。"

"胜兰你这小猫崽子……什么时候才懂尊师重道！这是你跟师祖说话的态度吗？"

"等你的言行像个师祖的时候，我自然会。"

冰冷的声音无情地结束。无论老者再怎么对着燕子怒吼，燕子也不再开口，只是在拐杖上蹦蹦跳跳，不时啄一下老者的胡子。老者被啄得龇牙咧嘴，只好一拍身后的大葫芦，倒出几粒金果，扔给燕子吃。

"吃饱点儿，回去替老夫骂死那个不肖的徒孙！还有，告诉凤颜，他的兵器老夫带回来了，开战前保他收到。啧，你这眼神什么意思？老夫哪回说到做不到了？真是越来越像胜兰……嘘！快回宗去，别给花千岁发现了！"

老者一挥手，聆音燕腾空而起，啾地叫了一声，眨眼间扎进山林里，消失了踪影。

"好了，接下来我就瞧瞧，那小子的眼睛，到底能看多远吧……"

独目老者不知从哪儿摸出一只酒壶，咂摸了一口，一敲纸鹤，便向着遥远处，烟气袅袅的不知村飞去。

湖边似乎恢复了宁静，游鱼开始活跃，蝉声开始响起，奇怪的是，鸟儿的鸣叫却一丝也听不到。

湿润的湖沼边，空气动了动，两个曼妙的身影渐渐显现。

"听见了吗？"

"听得一清二楚呢。可惜咱们来迟一步，没瞧见那魔物之子。姐姐，咱们现在去禀报千岁大人，准能立个首功吧？"

"呵，愚蠢。千岁大人派我们来打前锋，可不是来做探子的。耽误了正事，你我就完了。晚上放个诱饵，顺手把那魔物之子抓回去就是。"

"嘻嘻，还是姐姐聪明，那这个我可以吃了吗？"

"快吃吧，还等什么。"

甜美的声音悄然停止。一声凄厉的燕鸣突然响起，接着是一阵优雅的咀嚼声。不多时，两个曼妙的身影倏地消失，几根冰蓝色的尾羽，缓缓飘落在染血的地面上。

不知村地处眼宗边界，紧靠着险峻的不老峰。来过这里的猫民都会惊奇，为什么黑松遍地的野黑林脚下，会流淌着这么一条明净的小河沟，水如白雪，清甜可口。而在这条被称为"西沟"的河水两侧，竟生长着一株株粉白烂漫的桃树。破落的房屋分散在桃花林中，竟让这百十来口的小村，也染上了几分仙气。

如今，这雪白的西沟里，正咕嘟咕嘟冒出三个湿漉漉的脑袋。

"噗哈！快拽我一把，累死我了……"

阿木伸出手，像个快散架的木偶一样被早上岸一步的西门拉到了岸上。他仰天躺成个"大"字，看着西门和西诗也瘫倒在他身边，突然嘿嘿笑了。

"哈哈哈！你们看到那老头儿的表情了没有？他都吓炸毛了！果然是个怕水的尿猫，他蹿上去的时候跟个耗子似的，哈哈！"阿木边笑边学得有模有样，把兄妹俩逗得前仰后合。等笑够了，他又扬起眉毛，给了西门一个赞赏的眼神，"多亏你那双眼睛，能看到以后发生的事，要不然咱们三个，今天可就要被那死老头儿抓去酿酒啰！喂，你到底看到了多少呀？怎么知道他怕水的？"

"我哪有那么厉害。"西门伸手替妹妹拢了拢湿发，露出一个淡然的笑，"其实我只看到他会从船篷上跳下来，其他的都没看到。我这双眼睛，什么时候会看见，能看见什么，根本不受我控制……不过我想，他既然要偷袭我们，却没从最隐蔽的船底或水里偷袭，而是蹲在了船篷上，追我们时也没有下水来追，想必对水有忌惮，才赌了一把，暗示你们把船弄翻。没想到运气好，中了。"

"还是哥哥厉害！我就只能看到一些藏起来的东西。不过，那个爷爷会打魔物，他会不会是阿木哥哥你说的，眼宗的京剧猫呀？"西诗向往地问道。

　　"我呸！那种凶巴巴的老头儿，怎么可能是京剧猫！"阿木又惊又气，开始掰起指头数，"你看，咱们猫土的京剧猫，共分成十二个宗派，四个文宗，八个武宗。每个宗派都有厉害的绝招，各保护着一方土地。其中离咱们最近的就是眼宗，就在那极峰岭上！别看咱们这儿是夏天，那极峰岭上，可是常年冬天呢！还有啊，听说眼宗的弟子，都有一双漂亮的眼睛，你们看仔细，就像我这样的眼睛。那个一只眼的老头儿，不可能是眼宗的京剧猫啦，肯定是路过的强盗、骗子！居然还知道魔物之子的事，我得赶紧回去告诉阿爸——嘿，那不是竿叔吗？竿叔！"

　　西沟的尽头，一个细瘦如竹竿的高个大叔匆匆赶来。那是村里的竿叔，也是阿木爸爸多年的老友。他手中拎着根上山的竹竿，双眼布满血丝，满面惊恐，像鱼一样张着嘴，仿佛见到了什么极其可怕的事情。

　　"阿木，阿木，你快点儿跟我走。"竿叔一把抓起阿木的手，哆哆嗦嗦念叨着，眼神空洞涣散，"你爹他，被魔物，抓走了。"

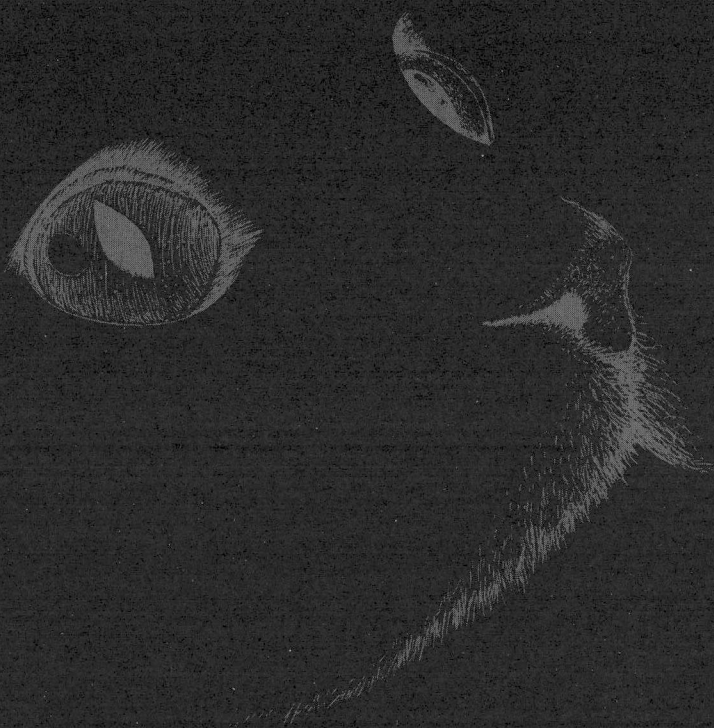

第三章

不老峰的恶意

京剧简谱

"抓走了？抓走了是什么意思？我阿爸他怎么了？"阿木单腿蹦了起来，疯狂摇晃着竿叔。

"他，他，"竿叔恐惧的眼神飘来飘去，在掠过西门的时候突然定住，死死瞪着他，"怎么了……呵，你倒该问问你身后的怪胎。他到底使了什么妖法，把魔物招到离咱们村这么近的山口！"

阿木一惊，本能地回头去看西门。蓝衣少年单薄如纸，低着头一动不动。

"我跟你阿爸他们，刚登上不老峰的头个山口，就遇到了黑色的魔物，整整三头！它们潜伏在林子的阴影里，谁也没看到，等到山口过了一半，它们突然从顶峰跳下来，抓着猫就往嘴里送！你阿爸叫我们赶紧分开跑，回村去。我拼了老命跑回来，想叫汉子们赶紧抄家伙去救……唉，你阿爸就是心太软，非要收养这么一个魔物之子，看吧，遭事儿了吧！我呸！当初就不该留这么个祸害，不祥的东西，干脆趁今天就……"

竿叔抄手撩起粗大的竹竿，狠狠照着西门的脑袋劈下去。西门也不抬头，动也不动，只是紧紧把尖叫的西诗挡在身后。

时间仿佛变慢了，竹竿带起的呼啸声如同这几年来村民们的咒骂，一股脑钻进西门的脑海里。

"这小孩儿又在说奇怪的话了，老是看见不干不净的东西。"

"他说正午的时候，林子里会有紫色的东西。果然，去了林子的十几个，都没回来，全被混沌吞了。"

"上次还不是一样，他非要跟着上山，没走几步就说看见了什么，发了疯似的，拦着大家不让走。结果魔物就出来了，吞了七个啊！啐，真是扫把星！"

"这孩子别是中魔了吧……"

"没爹没娘的，妹妹天生还有奇怪的心痛病，兄妹俩长得都那么媚，谁知道是哪儿来的野种。我看他不是中魔，说不定他根本就是……"

"快说，就是什么？"

"魔物……他是魔物之子！"

我不是。我不是。

可我不知道自己是哪儿来的。

西门咬紧嘴唇，拼命把那条落下的竹竿，想象成阿木爸爸宽厚的手掌，会轻轻拍打在他的头上。

"孩子，有这么好看的眼睛，不要哭，用它多看看外面的世界。打今儿起，你们就做我家的孩子吧。村里对你们有些误解，但阿木会照看你们，你们就悄悄地住在湖边。等长大了，就离开村子，想去哪儿去哪儿，像雪燕一样，自由地飞到其他地方去吧！"

其他地方。

魔物之子的眼睛，原来还可以去看看其他地方。

被孤立的小男孩突然有了梦想，当他趴在黑漆漆的船里，为熟睡的妹妹驱赶蚊虫的时候；当他守着钓竿，眼睛看着天上的星星的时候；当他听着阿木对京剧猫如数家珍，暗暗记下十二宗都在哪里的时候……他想：总有一天，我也要去看一看。

对不起，阿爸，我飞不走了。西门苦涩地笑了一下。收养之恩，今日为报吧。

接着，他听到了一声竹竿闷击肉体的重响。

一个壮实的身影跪在他身前，缩成了小小一团。

"哐……竿叔你下手也忒狠了！痛死我了！喂，他俩算是我的弟弟妹妹，我阿爸也说了，现在外面战乱，能活下来的都不容易，不许欺负孤儿！"

阿木龇牙咧嘴地跪倒在地，后背被竹竿抽出一条大红血印，很快就肿了。西门盯着那条红印，眼睛仿佛被烫伤了。

阿木碧绿的眼睛泛着泪光，嘴角却扯起一个骄傲的笑："你们都不相信，西门是真的能看见以后发生的事情……他才不是什么魔物之子，我要和他一起去救阿爸！"

"你疯了吗？！"

"你疯了吗？！"

两个怒吼的声音同时响起。竿叔打错了对象，心里的愧疚还没来得及升起，就被阿木这句话给按了回去。这小子护着魔物之子也就罢了，竟然还想带上他一起去，是嫌魔物来得还不够多？！竿叔刚要破口大骂，没想到一个声音抢先骂了起来。

"你逞什么英雄？逞什么英雄！还真以为自己是京剧猫了？我该挨的打，用得着你挡吗？"

西门一改刚才低眉顺眼的模样，揪着阿木的衣领，眼睛里仿佛要喷出火来。

"喂，我爱当京剧猫你管得着吗？我就逞英雄了又怎么样？我保护你，你居然还骂我！"

"你就该挨骂！谁让你多管闲事，看看后背都肿成什么样了？这样怎么去救阿爸？西诗，我的愈草膏呢？拿出来给他狠狠地抹上！"

"你是魔鬼吗……哎！西诗妹妹轻点儿，轻点儿啊！！"

"是阿木哥哥不对，不可以为我们受伤！还有，我也要去救阿爸！"

"你去干什么？很危险的，不许去……哎，疼！轻点儿！行行行，带你去行了吧？别按了！"

竿叔看着三岁小孩一样闹成一团的三个孩子，只觉头疼得要命。他紧盯着西门，思索片刻，慢慢转向阿木："这是你自己的阿爸，随便你吧，我可是警告过了。时间紧急，快跟过来吧。"

野黑林，从来不是一处可以安然闲逛的地方。

这片林子早有古怪，黑松遍地，就算在白天也是暗无天日，那些阴森森的松枝硬如冷铁，张牙舞爪，也不知在极峰岭的不老峰下伫立了多少年。而到了晚上，更是没有猫民敢进入这片禁地。寒冷不分季节地笼罩着这片黑林，混沌悄然蔓延，黑暗深处，更有不知名的生物蠢蠢欲动。

不知村就处在眼宗这山穷水恶的边界地带，小小一村百十来口，靠着捡拾黑松柴、什鼠果，以及捕鱼度日。黑松柴虽然硬得扎手，点燃后却是长烧不灭，算是上好的燃材，总有倒货猫郎定期来收，再高价贩卖到十二宗各处。

西门握紧手中的黑松枝，把温暖的火焰向妹妹身边靠了靠。离入夜还早，他安慰自己。他们会在夜深之前找到义父的。

"抱歉啊，西门，把你和西诗都卷进来了。"

阿木递出几只烤好的什鼠果，不好意思地挠了挠头，脸上却爬满了忧愁。他的阿爸早上出门时还好好的，照常去捡拾黑松柴，还嘱咐他去关照西门兄妹，看看缺点儿什么。谁想到等他和兄妹俩从独目老者手中死里逃生，像三只耗子一样从西沟爬出来的时候，得到的第一个消息，就是他的阿爸在山上被魔物抓走了。

西门拍拍兄弟的肩膀："一家人，说什么呢。"

阿木咧嘴笑了，悄悄看了看身边坐着歇息的十几位村民。他们一口气也没歇，刚跟着竿叔赶路到此。这里是靠近山口的路，黑松枝上到处挂着衣物的碎片。没有血迹，没有人影，活的死的都没有。他们在山口附近找了整整一圈，没找到任何活物的气息。

窄路的前方，黑黢黢的山口像一张不怀好意的巨嘴，黑松的枝丫犬牙交错，狰狞地等待着有谁进入。那是阿爸他们唯一可能去的地方。

"喂，小鬼。"

西门突然被一股大力按到树上，黑松枝滚落在地。

"阿木说你能看见以后的事，我才同意带你来的。现在你快看看，他爹，还有其他村民到底在哪儿？魔物去哪儿了？快点儿看！"

竿叔凶狠地瞪视着西门。在他身后，十几名村民或嫌恶或冷淡地看着这一幕。

"竿叔你别这么凶啊，西门自己会看的，对吧，西门？"阿木赶紧上来打圆场，却丝毫拽不动竿叔的手。

西门冲阿木摇了摇头，闭上眼睛。每次他这么做时，内心都对自己充满了厌恶。因为他看见的东西，没有一次给别人或自己带来过幸福。

唯有这次，他迫切地想要看到，义父到底在哪里。可万一看到的是尸体呢？万一来不及了呢？他拼命压抑着心中对即将看到的东西的恐惧。我的眼睛啊，就这一次，让我看到吧。

黑暗笼罩四方，他的眼睛没有理会他。

"哼，我早就知道，召唤魔物的时候看得到，一让他帮着找人，他就什么都看不到了。你果然是邪恶的魔物之子。"

竿叔的嘴角扯出一丝冷笑，打了个响指。几个村民沉默而迅速地围了上来，掏出绳子把西门和西诗捆了起来。

"竿叔你这是干什么？放开他们——喂，放开我！"

阿木被竿叔一把圈住，动弹不得，眼睁睁看着西门兄妹被几个村民抬了起来，送往黑漆漆的山口。

"把他们扔进去，山口用石头堵起来！"竿叔嘶吼着，血红的眼睛闪着疯狂的光。

月光冷冷地照着地面，却照不进山口里浓稠的黑暗。

"不！求求你们，至少把我妹妹放走，她什么错也没有！她不是魔物之子！"

西门哀号着踢动双脚，奋力挣脱。西诗面露痛苦之色，却一声也没有吭。高举着他们的黑影们迅速地移动，把他们扔进无边的黑暗里。

阿木目瞪口呆，半晌才找回自己的声音，狂怒地喊道：

"竿叔你疯了吗？快让他们停下，我阿爸说不定还在山口里，我们一起去找找。西门他们没有错！放他们出来啊！"

"够了！听好，我们逃跑的时候，你阿爸已经被魔物叼走了，肯定是凶多吉少，救也救不回来了，都是这个魔物之子惹的祸！现在把他们扔进去，魔物吃饱了，说不定就不会来找我们了。再把山口堵上，咱们村就安全了。"

阿木如遭五雷轰顶，像不认识一般看着他的竿叔。这是从他出生起就照顾他的叔叔，是看着他长大，教会他钓鱼的叔叔。现在，那张经常露出豪迈笑容的脸，却狰狞得如同魔物一般。

"竿叔，你是我阿爸这么多年的朋友啊，西门、西诗是我的弟弟妹妹，你怎么能……怎么能……"

"这是为了全村猫民的命！听懂了就快跟我回去！喂，你们来帮我把他带走！"

"竿叔是胆小鬼！放开我！西门，西诗，坚持住！我一定回来救……你们快放开我！"

笨蛋，别过来。快回去，回家去。

西门躺在崎岖不平的地上，四肢酸麻。他听着阿木渐渐远去的声音，心里一阵剧痛。西门抬头看了看四周，只见陡峭的山壁直插夜空，上面密密麻麻都是黑松的枝丫，连月光都透不进来。他们就像井底之蛙般陷在里面，唯一可出入的山口已被堵满了巨石。以他和西诗的力气，绝无可能跑出去。

更可怕的是，从进了山口就能闻到的，空气里淡淡的血腥味。

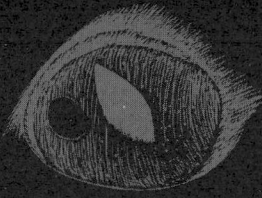

第四章

祸从天降

京剧猫

西门没有犹豫。就算在伸手不见五指的黑暗里，他的眼睛依旧能看得很清楚。他奋力挪动身躯，向他的妹妹靠近。西诗浑身都在颤抖，痛苦地蹙着眉。西门一看便知，这是她天生的心痛病犯了。这病犯起来心如刀绞，仿佛五内俱焚，病不知何时会来，也不知何时会走。西诗 3 岁那年，就曾经痛了整整五天五夜，连呼吸都困难。小小的女孩儿却还是会向焦急的哥哥展开笑颜："看，哥哥，我很厉害吧，这么痛都不怕。所以你也不要输给我，不要皱眉头啊。"

　　"嘿嘿，哥哥，别着急，阿木哥哥一定……会回来救我们的。等到天亮，他就……就会……来……"

　　西诗一如往常地笑着，豆大的汗珠滑过苍白的脸颊。西门赶忙低头咬住自己脖颈上的挂绳，一点点拽出一块碧蓝的小玉。这小玉呈鱼状，泛着荧光，照亮了周围的黑暗。西门用肩膀使力，靠近西诗，咬着小玉放到西诗的额头上。不一会儿，西诗的呼吸变得平稳了许多。小玉泛着幽幽的蓝光，似乎吸走了她的疼痛。

西门没有停下，他用嘴咬住妹妹身上的绳索，开始努力撕咬。粗粝的绳子磨破了他的嘴皮，血腥味一股一股地蹿进嗓子。要快。再快一点儿。必须让西诗活下去。时间不知道过去了多久，或许有一万年了吧。西门的头脑已经麻木了，只能用舌头感觉到慢慢变细的绳子……轻微的撕裂声响起，咬断了！

西诗手一松，立刻挣脱捆绑，爬起身去解哥哥身上的绳索。就在这时，黑暗中传来一声细弱的呼喊。

"……门，西诗，躲……点儿……"

"哥哥，你听！外面有声音！"

西门和西诗惊喜地对视一眼，西门立刻扑到山口的垒石前，贴耳听着外面的声音。

"西……门，你们……点儿！"

"是阿木！"西门抑制不住地拔高了声调，"我们在这儿！你说什么？"

"躲……点儿！"阿木的声音远远地传来。

"躲什么？"西门喊。

"躲远点儿！！！！"

砰！！！！

随着一声爆炸的巨响，山口垒起的石块七零八落地飞向四周。黑松枝被噼里啪啦地打落，烟尘弥漫，山口露出了一半的空隙。苍白的月光下，阿木的脑袋从半堵石墙上冒了出来。

"喂，你们没事吧？"

阿木四下查看，终于在角落的巨石缝隙处，看到了缩成一团，灰头土脸，用看傻子的目光看向他的西门和西诗。

"嘿嘿，我就知道过年的炮仗留着准有用！"阿木咧嘴一笑，招招手，"知道本京剧猫的厉害了吧！还不快以身相许，磕头谢恩！"

"谢谢……你个猫咪啊！差点儿被你炸死！"西门实在无法保持冷静，顶着炸煳了的毛怒吼，"西诗还在呢！伤到她怎么办？"

"有你在，西诗哪会伤到，真夸张……行了行了，你俩出来再说。"

一番折腾后，三个孩子总算爬出了山口，踩在坚实的地面上。夜里的寒气渐渐上升，四周寂静得如同坟墓。

"喂，你们不觉得越来越冷了吗？"阿木牙齿打战，抱紧胳膊，"我反正是不信竿叔那一套，等天亮点儿，我就进山口找阿爸！你们怎么打算？"

"当然是陪你一起。"西门递给阿木一支燃着的黑松枝，"只要你不坑死我们。"

"我说，你要不再看一次试试，万一能预见后面的危险，咱们也好有个准备。"阿木说。

"还用你说。"西门盘腿坐下，深呼吸，再一次闭上眼睛。

很快，他清俊的脸上开始浮现出痛苦的表情。周围的温度低到足以让人呼出白气，而他却汗如雨下，周身笼罩起一层白雾。

"喂，都过去一炷香的时间了，他不太对劲吧？"阿木开始着急。

"不对，哥哥从来没花过这么长的时间去看，除非……"西诗皱紧了眉头。

"除非什么？"阿木问。

"除非他看到的东西，非常，非常，可怕。"

西诗话音刚落，西门突然睁开双眼，忽地站了起来。他仿佛被从水里捞出来似的，浑身湿淋淋的，眼睛却紧盯着山脚下不知村的方向。接着，他从牙缝里挤出一个字："跑。"

阿木一向听西门的话，蹦起来就要往村子跑。哪想到西门一手一个，以惊人的力气拽住他和西诗，掉头就钻进他们刚刚逃出来的黑暗山口。

"西门你跑反了吧？村子在那边啊！"阿木抗议道，"这里黑漆漆的好可怕，万一遇到魔物怎么办？喂，你说句话啊，别吓我。"

"……战争。"西门艰难地吐出几个字，"我看到，眼宗，要打仗了。"

阿木突然停下："你说真的？"

西门点点头。

"咱们村子呢？被卷进去了吗？今天就打，还是明天？"阿木抓住西门急问。

西门摇摇头："不知道，估计很快。我看到魔物成群结队地漫过山脉，前往极峰岭，我们的村子，被魔物……什么都没有剩下……"

"那还愣着干什么？赶快回去通知大家伙啊！"阿木跳起来就往回跑。西门大惊，一把拽住他的胳膊。

"你疯了吗？村子里说不定现在就有魔物，你跑回去撞上了怎么办？"

"那也得回去救啊，万一来得及呢？"阿木理直气壮地说道。

"那万一你死了呢？不行！打仗不是我们能参与的事，这种事让真正的京剧猫来管，你不要逞强了，我们快点儿跑……"西门道。

"我早晚要成为真正的京剧猫，怎么能见死不救！"阿木火了，甩开西门的手，瞪着碧绿的眼睛吼道，"要跑你自己跑，我要回去救！"

阿木转身就跑。西门咬了咬牙，一个横扑把阿木拦腰扑倒。两个男孩儿在地上动起手来，你一拳我一脚，互不相让。阿木舞动着假腿踢开西门，西门又揪住阿木的耳朵。西诗急得眼泪都要掉下来了，手足无措地看着两位最亲的哥哥扭打在一起。最终，体格更占优势的阿木摞倒西门，自己一瘸一拐地站起来，头也不回地向山口方向走去。

"别去……求你了……"西门仰躺在地上，艰难地发出恳求的声音，"我和西诗，就只有你了……"

阿木顿了一下，慢慢回过头来："西门，我老是想，你这么聪明，又看得到以后发生的事，为什么老是逃避，不试试改变它呢？我没你聪明，也没你有本事，但我知道，只要我一直像京剧猫一样做事，总有一天，我就能成为真正的京剧猫。再见啦，你俩。"

阿木吸了吸鼻子，又道："快跑吧。"

他摇摇手，转身走出山口。

一片黑暗中，寂静无声。

时间似乎过去了很久，西诗默默地走到西门身边，跪坐下去，握住哥哥的手。

西门的脸脏兮兮的，俊秀的眉拧成一团，额头也被打肿了，胳膊上青一块紫一块的，素日整洁的蓝衣也皱皱巴巴了。他闭着眼睛，眼角有亮晶晶的东西滑过。

哥哥真是笨蛋。西诗扑哧一声笑了，在她看来，哥哥永远是笨笨的，不知道怎么表达自己。被村民误解的时候是，和阿木吵架的时候是，就连现在躺在地上，沮丧得快哭了，也不知道该怎么求助。他脑子里一定只想着："这下糟了，该怎么安慰西诗呢？"

这下糟了，该怎么安慰西诗呢？

西门眼睛都不敢睁开，怕一睁开就有没出息的眼泪撒着欢落下。阿木那个横冲直撞的笨蛋，为什么偏偏这次不听他的话了？西诗还在旁边等着，魔物随时可能出现，他是哥哥，他必须坚强，必须做出决定。

"走吧。"

西门忍着疼痛，强迫自己站起来。西诗转了个身，轻盈地向山口迈步。

"等等，不是那边！"西门急了。

"不是这边吗？"西诗脚步没停，回过头开心地笑了，"哥哥，我一点儿都不怕。不怕魔物，也不怕我的病。所以哥哥你，做你想做的事就好了，别顾虑我。你想救阿木哥哥的吧？"

说完，西诗张开双臂，像显示健康一般蹦蹦跳跳，朝着山口跑去，嘴里唱起她和哥哥们经常唱的歌谣。

> 不知村有不知花，花开花落到谁家。
>
> 谁家兄妹长不大，牵手出门看桃花。

西门听着歌，慢慢笑了："是这边。"

他擦擦眼睛，抬脚跟了上去。

"真美啊……"

一位身材颀长、姿容冷艳的女子高高坐在一头庞大的魔物之上。她优哉游哉地看着几十头魔物肆无忌惮地横冲直撞，村民惨烈的哀号和房屋倒塌的声音此起彼伏。桃林在燃烧，粉嫩的桃花瓣燃着火苗纷纷坠落在地，雪白的西沟渐渐被鲜血染红。她却仿佛看到了什么绝世美景，脸上浮现出陶醉的神情。半晌，她才微微垂下眼皮，看向魔物脚下被踩到泥里的细瘦村民。

"你说，你叫什么来着？"

"村……村里都叫我竿叔，大人，求……求求您，放过我们村吧……您要是想找那个魔物之子，他就在山口那边，我们已经把他关进山里了，您就饶了我们吧……"

竿叔奄奄一息，挣扎着看向头顶上那个傲慢又恐怖的女子。她的脸上布满单纯的笑容，声音却比野黑林的夜晚还要寒冷。当她的眼睛看向他时，竿叔觉得自己和旁边燃着的桃树、一块石头，或者一只虫子没有任何区别。他不明白，明明已经把那该死的魔物之子关进山里了，他们村从今往后，应该高枕无忧了才对。他晚上悼念完阿木的爸爸，甚至是哼着小曲儿入睡的，为什么半夜一睁眼，整个村子已经被魔物袭击了？

"所以那孩子能准确地说出，魔物什么时候会出现在哪里？"

"是，是这样……"

"每一次都是？"

"对，没错……"

"然后你们就认为他是魔物之子、不祥之兆，把他扔到野黑林的山口去了？"

"是，是的……"竿叔有些困惑，有什么地方不对劲？

"哈哈哈哈！听到没有，妹妹，得来全不费工夫啊！"女子突然仰天长笑，欣喜若狂。

在她身后，另一头眼上带疤的巨型魔物，驮着一个身着华丽黄衣的妙龄少女走来。那少女娇俏万分地笑道："杀瞳姐姐，我之前就说嘛，抓住那魔物之子，咱们准能立个首功。谁能想到，他竟然是预知瞳的拥有者！呵呵，这要是献给千岁大人，不，直接献给黯大人的话……咱们可就飞黄腾达了呢。"

女子和少女的眼中燃起同样的狂热。突然间，一串噼里啪啦的东西燃着火苗飞出，画着弧线落到女子和少女的中间，轰然炸响！两头魔物被炸得东倒西歪，痛号不已，女子和少女大惊，吆喝着稳住各自的魔物。

"是谁？"

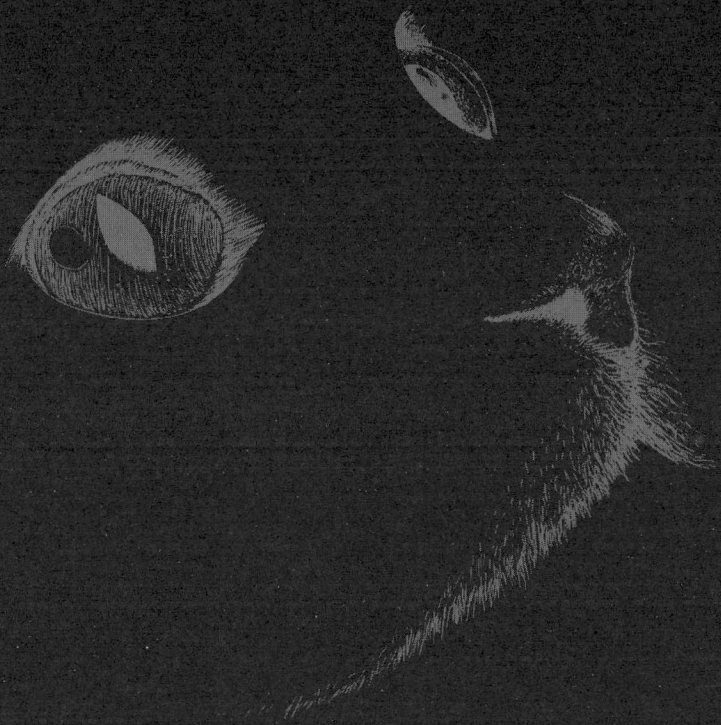

第五章

可是我想

当个英雄

京剧猫

"谁？"

女子眼风如刀，只见她目光过处，树木砖瓦无不齐齐割断，仿佛被刀刃扫过一般。

"哎哟！"一个人影踉跄着跌倒，树丛中露出阿木惊慌的脸。

"臭小子，竟敢拿鞭炮炸我的脸！！"少女不可置信地掏出一面小铜镜，左右仔细查看着自己的脸，之后娇眉倒立，恶狠狠地看向阿木。

"我呸！你们、你们这群不要脸的坏蛋，为什么攻击我们村子？快放开竿叔！"阿木挣扎着站起来，赤红着眼睛吼道。

"为什么要攻击？问得好。因为黯大人要十二宗灭亡。

因为黯大人的新世界里，不需要你们这帮弱小的愚民。因为战争已经开始了，而你们，没有活下去的价值。"女子傲慢地说，"懂了吗？懂了就……哎哟！"

一坨湿答答的脏泥嗖地糊到了女子的脸上，一张冷艳的脸瞬间面目全非。

"杀瞳姐姐！"黄衣少女惊呼一声，连魔物们都忘了咆哮，噤若寒蝉地呆立着。

"坏蛋！京剧猫不会放过你们的！我告诉你们，眼宗的京剧猫可厉害了，他们马上就会来收拾你们的！"阿木气喘吁吁地喊道，手里又扔出一坨脏泥。然而，这坨泥还没来得及飞出树丛，就仿佛被刀劈斧砍一般，在空中碎裂成无数的泥点儿，溅射到阿木的身上。阿木哀号一声，惊讶地看着自己的胸腹，泥点儿在上面画出了数十道血痕，血水顺着泥水流了下来。

"臭小子……"女子轻轻抹掉脸上的泥。她的动作明明很轻柔，她胯下的庞大魔物却无端颤抖起来，发出呜呜的哀号。周围的空气突然开始变得冰冷，凶猛的魔物们躁动不安，有的甚至已经开始后退，蹲坐到了地上。女子轻抬起眼，阿木瞬间觉得两把冰刀顺着她的目光插进了自己的胸膛。那冰冷的刀尖越来越深，他的血液凝固了，心脏甚至已经感受到了那恐怖的寒冷——

"阿木，快跑！快跑！"

女子胯下的庞大魔物突然抬起一只前爪，痛号起来。竿叔倒在地上，手里握着他那杆握了十几年的破竹竿，一边拼命地捅向魔物，一边向阿木喊道："傻孩子，快跑！！"

女子的凝视被打断了。阿木愣了一下，感觉胸口的冰刀被拔出，所有的血液突然恢复了流动。他立刻爬起来，看了竿叔一眼，一瘸一拐地向山上跑去。

"废物！"女子暴怒地一拍魔物，魔物哀号一声，一脚踏到竿叔身上。竿叔瞬间没了声息。

"杀瞳姐姐，你别生气，那个臭小子就交给我吧。"黄衣少女骑着魔物贴近女子，她仿佛有种天生的本领，可以一边咬牙切齿，一边露出可爱至极的笑容，恶毒和甜美在她的脸上浑然天成，形成一种毒药般的俏丽，"看来只有他能带我们找到那个预知瞳的拥有者了。黯大人对预知力可是相当重视，你这一眼看过去，咱们的前程可就给看没了啊。"

"……你说得没错，爱瞳，是我大意了。"女子深呼一口气，轻柔地摸摸少女的头，"他就交给你了。如果是，务必把活的抓回来。如果不是，给我狠狠地折磨到底！要是有京剧猫来捣乱……"

"我知道，我知道，就算抓不回活的，也不能把预知瞳留给眼宗，对吧？"

黄衣少女乖巧地笑了笑，从腰间摸出一条长鞭，狠狠一抽魔物，向山上奔去。

女子扫视了一眼烈火熊熊的村子，慢慢把目光移到奄奄一息的竿叔身上。

"还有口气儿，不要浪费。"女子喃喃自语着，打了个响指。不一会儿，烟紫色的混沌从地面的缝隙里钻了出来，向四面八方蔓延开来。雪白的西沟变得浑浊不堪，桃林在混沌中枯萎干瘪，竿叔被淹没在混沌中，连咳嗽都失去了力气。他的脑中浑浊一片，阿木跑掉了吗？难道这么多年，他真的错怪西门那孩子了？预知力，预知力，如果那孩子只是想救他们才说出看到的事情……

我们都干了什么啊。

一颗浑浊的老泪掉进紫色的混沌里。

"呵呵，其实弱小的愚民，也可以变得强大而有用，很快，你也可以像它一样。"

女子得意的声音忽近忽远，竿叔勉强抬起眼睛，看向那庞大的魔物。混沌一拥而上，他剧烈地咳喘起来，很快，他的意识便滑入了无边的黑暗。

"哥哥，你确定是……是这里吗？"

西诗气喘吁吁地停下脚步。头上的月亮似乎变小了，惨白的月光洒在黑松们张牙舞爪的枝丫上，投下诡异的阴影。她已经不知道跑了多久，只记得刚一出山口，一声凄厉的惨叫就从村子的方向传来。"是阿木的声音。"西门的脸色如同月光一样惨白，他只说了这一句，立刻不由分说拉起西诗向山下冲去。他们已经拼命按着记忆中的方向跑了，奇怪的是，转了一圈又一圈，既找不到回村的路，也看不到任何人影。西诗甚至觉得，连一路经过的黑松，都长得一模一样，到底是……

她盯着其中一棵黑松，眼神渐渐凝固。

西门从没有像现在这样绝望过。他咬了咬牙，又试着闭上双眼。拜托了，让我看见吧。会招来魔物也好，就算减寿十年也无所谓。如果这双眼睛的力量救不了唯一的朋友，要它们又有什么用？

"哥哥……对不起，我……我肚子饿了，能不能帮我找找什鼠果吃啊……"

西诗突然捂着肚子蹲下去，可怜巴巴地拽住西门的衣袖。

……什么情况？

西门又是心疼又是好笑，这都什么时候了，怎么突然肚子饿？直到他自己的肚子也传出咕噜噜的声音，他才意识到，他们已经快一天没吃任何东西了。

"算了，反正暂时也找不到，先填饱肚子吧。"西门强迫自己把注意力转到找吃的上，环顾四周。什鼠果是野黑林里最常见的果子，状如老鼠，有坚硬的外壳，成熟后会从地里冒出来，像老鼠一样跑来跑去。一旦被抓住，就会老老实实地脱壳，露出里面饱满的果肉来。这种果子最喜欢在沟里生长。西门弯下腰，摸索着附近的地沟。

"怎么样，哥哥？"

"有点儿窄，稍微等等。"

西门几乎是跪在地沟边上，把手伸下去摸索着。就在这时，一股大力从旁一推，西门瞬间滚落到沟里。紧接着，乱七八糟的树枝从天而降，把他埋了个结结实实。狭窄的沟壁夹住西门的身体，再加上树枝，西门几乎动弹不得，只剩半个脑袋露在沟外，勉强可以看见外面的动静。他惊讶地看着西诗又扔下一些树枝，匆匆忙忙地盖在他身上。

"西诗……你在做什么？快住手！"

西诗恍若未闻，似乎铁了心要把哥哥埋在沟里。她甚至摸索到一只什鼠果，把剥了壳的果肉塞到哥哥的嘴里。做完这一切后，她仰头看了看月亮，又低头笑了，眼睛里有亮晶晶的东西一闪而逝。

"哥哥，我有个秘密，一直想告诉你。"

西诗擦了擦眼睛，站起身。月光映在她的脸上，她的脸仿佛瓷娃娃一般玲珑剔透，却一点一点晕开了悲伤的裂痕。

"其实我不想出嫁。我知道哥哥希望我平平安安地嫁人，有人照顾，在乱世里也不用担惊受怕。可是，我想当个英雄，当个像哥哥们一样，可以温柔地保护别人的英雄。我总是躲在你们后面，你们好高大，我看不到前面有什么危险，只能看到你们拼命的背影。哥哥，我好不甘心，好羡慕你们啊。"

西诗吸了吸鼻子，伸手拍拍自己的心口，笑道："我不怕我的病，我只怕到最后，一次都没实现我的梦想。所以哥哥，这次你可不许捣乱哦。"

说罢，西诗做了个鬼脸，不理会西门的拼命挣扎，转身走了几步，伸手扶住一棵黑松。她闭上眼睛，深吸一口气，之后猛地睁开双眼，看向空荡荡的黑松林深处，大喊一声：

"住手！我才是你要找的魔物之子！"

稚嫩的声音在黑松林的上空回响。那声音仿佛撞到了无形的墙壁，来来回回地环绕在黑松林四周。很快，黑松林开始骚动起来，树枝无风自舞，一道隐隐的光从西诗所扶的树里透出来，仿佛撕掉一层薄膜一般。四周的景色随着那道光开始逐渐变化，相似的黑松不见了，松林间的空地上，一头魔物正张开巨口，露出尖牙，向爪下浑身是血的少年咬去。

"慢着。"

一个甜腻的声音随着长鞭高高扬起，鞭子瞬息之间缠住魔物的巨口，刚才还凶猛无比的魔物突然发出痛苦的呜呜声，乖顺地安静下来。仔细一看，那长鞭仿佛荆棘一般，布满了密密的长刺。长鞭的主人一身明亮华美的黄衣，侧坐在魔物的背上，娇俏的脸十分惊讶地看着西诗。

"哪来的小丫头，竟然能看破我的结界？"

西诗大声说道："我都看见了，也听见了，不管你是谁，你都抓错了。阿木哥哥不是魔物之子，也不是你要找的预知瞳，有预知瞳的人是我！"

"闭嘴！"西门无声地呐喊着，拼命想吐掉嘴里的果子，挣扎着要从狭窄的沟里爬出去。然而他只能被夹在原地动弹不得，眼睁睁看着妹妹小小的背影，就站在距他几步之遥的地方。

原来她早就看出来了。

西门绝望地闭上眼睛。是啊，她的眼睛总是能看到那些藏起来的东西。她是故意把我推下来的，为了替我去送死。

"原来你们认识啊……"爱瞳笑了，刚才追着那独腿的臭小子跑了半天的路，本想慢慢享受追逐猎物的乐趣，没想到碰上个硬骨头。无论怎么威胁利诱，他半个字也不透露那魔物之子的去向。她看了眼浑身是伤，却依旧在魔物爪下挣扎的少年，漾起一丝笑意。别急，咱们慢慢玩。

"小妹妹可别害怕，若你真的是预知瞳，只要你肯为黯大人效力，要荣华富贵、金银财宝，还是权势地位，甚至长生不老，都随你挑。一看你的样子，就知道没过过什么好日子吧？"爱瞳做出一副惋惜的样子，"可怜啊可怜，生逢乱世，咱们漂亮的女孩子总得对自己好一点儿，找个靠山，舒舒服服地活下去。看到我身上的黄鹂缎了没有？十二宗最稀有的衣料，身宗的贵妇也穿不上这些啊。"

爱瞳轻抚身上的衣料，怎么也摸不够似的。那衣服在月光下变换着不同层次的明黄色，整件衣服仿佛一只有生命的黄鹂鸟，轻轻依附在爱瞳的身上，把她娇小的身段衬托得玲珑有致。

西诗低头看看自己身上的补丁旧衣，摇摇头："我不要黄鹂缎。放过阿木哥哥，我跟你走。"

"可怜的女孩儿，你还没尝过富贵的滋味。"爱瞳甜美一笑，压低了声音，"可姐姐也不能就这么信了你啊。预知瞳是真是假，咱们总得试上一试。"

说罢，爱瞳一收长鞭，一个翻身跳到高处的松枝上，回手一鞭抽在魔物身上。魔物皮开肉绽，狂吼一声，厚重的巨爪高高扬起，阿木便像个破布娃娃似的被掀了起来，重重摔到地上。魔物转过头，血红灯笼似的眼睛死死盯住阿木，开始用爪子刨地。西诗惊呼一声，眼泪夺眶而出。西门拼命扭动着身体，眼睛里几乎要滴出血来。

爱瞳咯咯笑着，舔了舔嘴唇："来吧，用你的预知瞳看看，一炷香之后，他是能活下来，还是会死呢？"

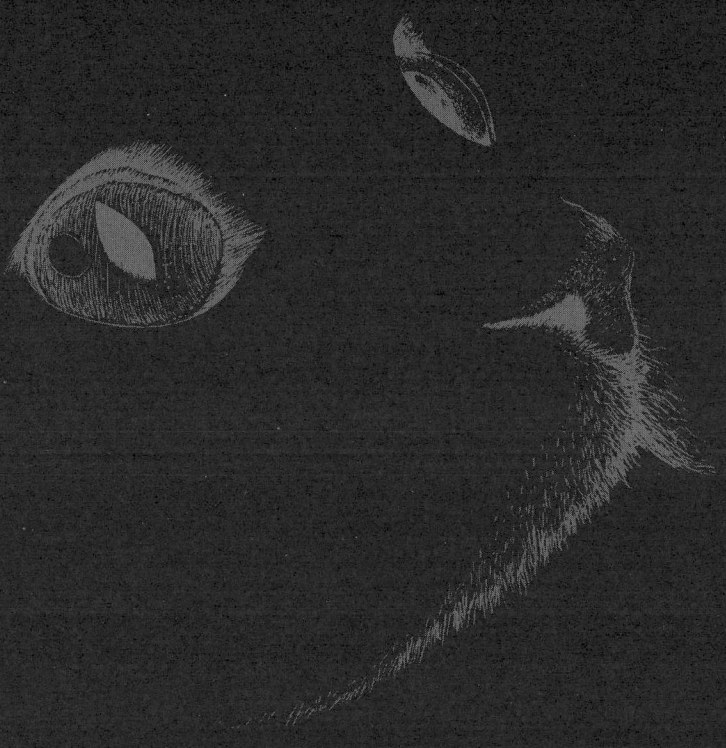

第六章

觉醒

京劇苗

"你别……别吓唬她，告诉你，我将……将来……可是要成为京剧猫的，才不会死在这儿呢。"

阿木咧嘴一笑，不知什么时候站了起来，歪歪斜斜地走了两步，从裤兜里掏出一串宝贝鞭炮。他已经连站都站不稳了，斜斜地支在那条假腿上，大大小小的伤口遍布全身，气喘得好似破落风车一般，却还不忘嬉皮笑脸地冲西诗扬扬头。

爱瞳娇笑连连："京剧猫？等他们发现的时候，眼宗恐怕早已被我们夷为平地了。你期待眼宗的京剧猫来救你吗？别傻了，自从黯大人现世，十二宗早就自顾不暇，被打得分崩离析了。现在这世上，哪还有什么英雄来救你。瞧瞧这眼宗，他们被千岁大人的百万西军吓破了胆，缩起头来当乌龟呢。你看，我们屠村的时候，京剧猫来了吗？"

"你……你胡说！"阿木气得浑身发抖，碧绿的眼睛几乎要冒出火来。

"可怜的孩子，有信仰很好，但要相信对自己有利的东西啊。你们如此弱小，就更得学会依附，才能活得久一点儿，不要去相信什么虚无缥缈的东西。就像它，"爱瞳冲那头狂躁的魔物努了努嘴，"老大不小的男人了，还跟你似的，把京剧猫挂在嘴边，傻乎乎地让村民们先走，自己挡在最后。好像是村长吧，呵呵，我差点儿都被感动了。"

"你说……什么？"

阿木如遭雷击，慢慢转过头，呆呆地盯住那头狂躁的魔物。血红灯笼似的眼睛，毫无焦点的眼神。在它的右眼上，有一条长长的旧伤疤。

像他阿爸一样的伤疤。

"不，这……这不是……阿爸……"阿木没了声响，像一片纸一样倒在地上。

"哟哟，不会这么巧吧，他是你阿爸？难怪连这股傻劲儿都一模一样！"爱瞳坐在高高的树枝上，摇晃着脚笑得前仰后合，看起来就像一个纯真娇美的少女，得到了自己最心爱的宝物。

"再哭一哭，我最喜欢听别人哭了。"爱瞳拍着手，"小妹妹，一炷香之后，他到底是活着还是死了呢？哎哟，看他这副模样，八成会死呢。那就再加一条，你来看看，一炷香之后，他最相信的京剧猫，会不会来救他呢？"

伴随着娇滴滴的笑声，长鞭呼啸而至，狠狠抽中西诗身旁的黑松，整棵松树应声而断。

"快说！让我见识见识，预知瞳的力量。"

西诗面色如纸，紧紧捂住心口，筛糠似的抖了起来。她的心脏太疼了，眼睛也看不清了，只看到阿木哥哥呆若木鸡地跪在原地，那头可怕的魔物正滴着涎水，慢慢地向他靠近。是义父啊，怎么办？阿木哥哥……要被他阿爸吃掉了……我该怎么办？

她绝望得想回头。哥哥是真正的预知瞳，他看见了吗？只要他一个眼神，她就能明白，只要她回头看一眼……

不行！

西诗生生扭回了自己的脸。她在想什么？哥哥会被发现的！她好不容易把他藏起来，好不容易，她能站在哥哥面前，用自己的背，帮哥哥把厄运挡住。她怎么能回头？她现在是保护哥哥的英雄啊！

不能回头，你要靠自己！要靠自己！

泪水的灼热伴随着尖锐的疼痛突然袭上西诗的双眼，她晃了一晃，朝阿木伸出手去。

停下！！！

西门发出无声的呐喊。当他发了疯似的集中全部意念，恳求，甚至诅咒自己的眼睛时，他看到了他最害怕的一幕。

碎裂的碧绿色眼睛。

魔物染血的牙齿。

像个破娃娃一样倒在地上，动也不动的西诗。

爱瞳得意地张开手，手心里有一双血淋淋的眼睛，正笑眯眯地看着他。

时间仿佛过得很慢。他脑海中看见的未来和眼中看到的现实渐渐重叠。魔物一爪拍下。阿木仿佛人偶一般被掀到了空中。魔物张开了巨嘴。阿木慢慢下落。西诗尖叫。阿木回过头，和他的目光在一瞬间交汇。阿木手里鞭炮的捻芯冒出了烟，噼啪作响。阿木睁大了碧绿的眼睛，嘴唇翕动。

"快跑。"

牙齿交错的咬合声。

他消失在魔物的嘴里。

"我就说过，京剧猫是全猫土最厉害的英雄！我以后也要当京剧猫！"

西门的眼睛，渐渐泛起血红色。

怎么突然变冷了？

京剧猫之眼宗外传

74

爱瞳抖了一抖，裹紧了身上的黄鹂缎。她本来还期待看到一出父子相残的好戏，没想到傻小子连半点儿反抗都没有，真没意思。她费了这么大劲儿，傻小子和小丫头都不是她要找的预知瞳。小丫头恐怕是眼睛天生有了点儿韵力，碰巧能看透她布下的结界。可既然不是预知瞳，对黯大人的战局也就毫无用处了。当然，留给眼宗也是万万不行的。

"小妹妹，可别怪姐姐心狠，生逢乱世，就要早早找好靠山，永别啦。"爱瞳轻扬手指，长鞭已出，呼啸着刺向一动不动的西诗。

尘土微微扬起，西诗消失了。

爱瞳一惊，指尖一甩，长鞭挥向一旁的地面，抽出一道深深的裂缝。刚刚西诗倒下的地方，现在空无一物，仿佛原本就没有人在那里。

她去哪儿了？

一阵轻微的噼里啪啦声传来。

爱瞳打了个哆嗦，不经意地向下一看。

寒冰乍起。

一道道肉眼可见的气浪拔地而起，沉而坚硬的黑松仿佛浪花上的泡沫般层层飞向空中。无数的什鼠果成群结队从地面破土而出，它们仿佛变成了真正的老鼠，露出亮晶晶的尖牙，黑压压连成一片，江河决堤般奔涌向爱瞳。

"老鼠啊——"

爱瞳发出一声不成调的尖叫，双足一蹬，高高跃起。片刻之间，她刚刚所站的黑松就被一拥而上的什鼠果淹没了。爱瞳娇俏的脸扭作一团，几个翻身落在魔物身上，眼瞅着密密麻麻靠近的什鼠果，气急败坏道："还愣着干什么？还不快给我吃了这些恶心的东西！"

庞大的魔物一动不动，还保持着刚刚吞食阿木的姿势，恍若未闻。爱瞳仔细一看，那魔物身上浮起了一层细细的寒冰，寒冰牢牢包裹住了它。它带着伤疤的右眼角，一滴冰泪似悬非悬，凝在那里。

"废物！"爱瞳娇喝一声，手中长鞭直刺魔物后背。不料那长鞭刚一碰到魔物，细细的寒冰便缠绕而上，瞬间冻住了整个鞭身。爱瞳抽手不及，整条右臂被冻在了鞭身之上，动弹不得。

"是谁？出来！"爱瞳娇美的脸上惊惧弥漫。野黑林的上方，月亮不知什么时候变成了苍蓝色。无数的什鼠果泛着寒气，发出咔嚓咔嚓的声音，在苍蓝的月光下扑向爱瞳。

"别过来！！"爱瞳紧紧裹住自己名贵的黄鹂缎衣，那缎衣突然发出了黄鹂鸟的叫声。那嘲笑的鸣叫此起彼伏，什鼠果仿佛听到了召唤，瞬间一拥而上，将名贵的衣料撕咬得粉碎。

爱瞳发出凄厉的哀号，她的视野已被散发着寒气的老鼠们所占据。在视线的缝隙里，苍蓝月亮之下，她看到一个蓝衣少年高高立于黑松之上，散发拂面，一双血红的眼睛熠熠生辉，仿佛雪原冰狼般流淌着杀意。他的双臂中抱着刚刚消失的西诗。他嘶哑着嗓子，低低地笑了。

"我就是她的靠山。"

眼宗的地界经年高寒，为十二宗最寒冷纯净之地。传说京剧猫的始祖修，在敲响元初锣之后，独坐七七四十九天，于震荡猫土的锣声中参悟了天地之力，命之为"韵力"。这韵力存在于天地之中，更潜伏于生灵体内，京剧猫便是靠修炼种种韵力，拥有了驱散混沌，净化魔物的本领。

在十二宗之中，眼宗的韵力极为特殊，因集中于眼睛，故需要最为精细纯粹的韵力。初代眼宗宗主便看中了这绵延千里的极峰岭，岭间白雪皑皑，常年冰封，可算作苦寒之地，却布满了精纯天然的韵力。眼宗数百年来镇守于此，遍尝清寂，却培养出了一代又一代个性极强、举世无双的瞳术高手。他们注重名誉，行侠仗义，逢乱必出，不贪虚荣，在十二宗之中享有盛誉。在和平年月，多少名门世家，削尖了脑袋也要把家中子弟送入眼宗，期待在严格到近乎冷酷的培训中，在天才集聚的竞争环境下，自家子弟能够出人头地，成为猫土闻名遐迩的英雄。

然而，可能是出自清寒雪岭，眼宗弟子们总被人评价为性格孤傲，眼高于天，独来独往，不擅社交。其中，往往越是天才型的人物，其个性就越是古怪离奇，甚至极度危险。

"这小子，果然和凤颜有几分像。"

独目老者若有所思地盯着西门。和白天所见到的单薄感完全不同，蓝衣少年的周身升腾起浓厚的冰寒之气，连他脚下的黑松都结了厚厚一层白霜。他眼中的血红色流转不息，仿佛深海旋涡，以老者的眼光自然能够看出，那是过于强大的韵力在不受控制地冲撞。暴起的青筋，皮肤上时隐时现的裂纹，嘶哑的嗓子，极低的体温。老者断定，不出半炷香的时间，这份混合着杀意的天赋才能就会直接要了少年的命。

"才 11 岁就开眼了啊……不只是预知瞳，连幻术也很有天赋吗？"老者轻笑一声，抿了口酒，把酒壶一扔，大喝道，"断！"

壶中酒液腾空而起，在月下闪着银光，如同游龙一般钻入西门的双眼和口中。西门呜咽一声，抱着西诗从黑松上直落而下。老者一拍身下的纸鹤，纸鹤盘旋而下，轻盈地接住下落的二人，缓缓降落到地上。

"臭小子睡什么睡，起来！"

老者不耐烦地抄起拐杖就是一通敲。西门忽地睁开双眼，不知自己的眼睛到底进了什么东西，只觉有两道清凉冰爽的液体顺着血液走遍四肢百骸。刚才还烫得发疼的身体，立刻放松了下来，集中于眼睛的某种膨胀的力量，也开始渐渐平息下去。舌尖和喉咙逐渐发出麻麻的感觉，这液体……好辣！但是这个独目老人……他怎么会在这里？

"坐起来！"

老者不由分说把西门拎起来，提小猫似的把他转了个圈，让西门背对着自己。

"想活命就按老夫说的做！提气养息，闭四白，通睛明，摄迎香！"

老者的长尾盘卷而上，轻轻覆盖住西门的眼睛。一股奇异的清温之气顺着毛茸茸的长尾导入西门的皮肤。老者枯枝般的手指疾而迅猛地在西门后背的几个穴位上频频击打。不消片刻，西门周身的寒气便化作春风。西门只觉通体舒畅，体内仿佛有四海游龙，将疲惫和伤痛尽数驱散。那游龙最终汇聚于双目，他睁开眼，周围的世界霎时清明，万物毫发毕现，甚至连苍月边的云丝都看得一清二楚。

　　眼睛看起来没事了，但西门心里的困惑却比刚才的力量更加汹涌。一切发生得太突然，他看着七倒八歪的黑松林，倒在地上晕厥过去的爱瞳，已经记不清自己刚刚干了什么。他本来还被夹在沟里一动不能动，然后，然后……

　　西门猛地拽住老者的胳膊，眼睛死死地盯着他，泪水唰地流了下来："您对我有救命之恩，西门万不敢忘，做牛做马必当报答，但是……请您救救我的家人！"

　　"小猫崽子吵死了！哭什么哭！看着！"老者极不耐烦地向后一指，一道韵力的波光瞬间顺着他的指尖放出，击中冰冻的魔物。接着，仿佛时光倒流一般，魔物那庞大的身形渐渐缩小，毛发逐渐缩短，可怕的巨嘴和红灯笼似的眼睛，也一寸寸消失——阿木的父亲倒在地上，均匀地呼吸起来。在他身旁，阿木神志不清地瘫在那里，手里还牢牢握着他那串熄灭的鞭炮。

　　"脑子不错，还知道用韵力从里到外冻住魔物。你要是再晚一步，那傻小子的鞭炮一响，炸碎了他俩，怕是老夫也救不回了。"老者满意地咂着嘴，瞥向西门，"现在可以把你手里的东西放下了吗？"

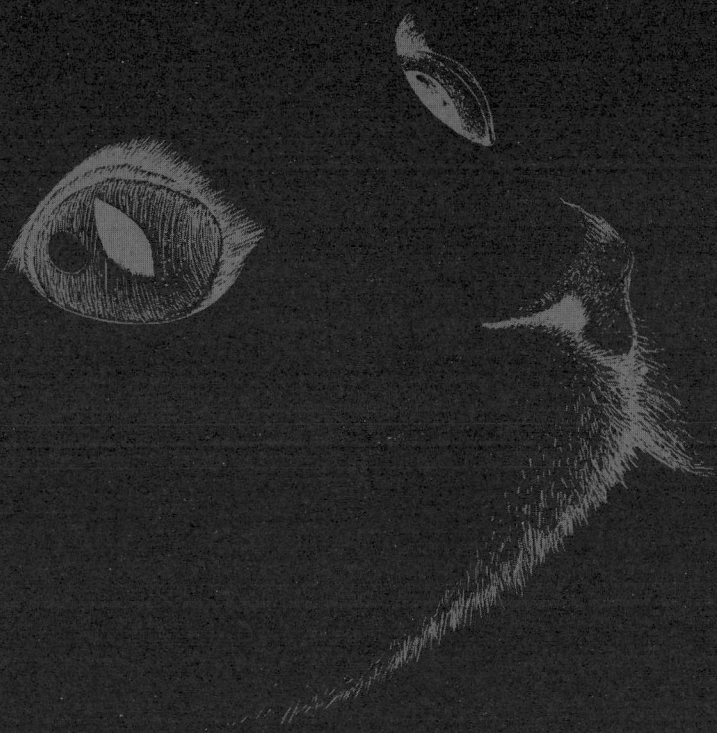

第七章

狼一九二的眼睛

京剧猫

西门不知什么时候已挪到了晕倒的西诗身前。他咬咬牙，默默伸出一直缩在背后的手。手心里，一截尖锐的黑松枝，仿佛短剑一般，正朝着老者的方向。

"若刚刚老夫对他们不利，你就要用这小树枝子，刺向老夫吗？"老者独目中的精光一闪而逝。

西门低下头去，手却没有松开。

"哈哈！果然是个好苗子，这就对了！"老者完全没有生气，反而爽朗大笑，"现在的猫土邪恶当道，连十二宗都有背叛到黯阵营的家伙。所以，就算是救你命的人，也不能随意轻信，除非你知道他到底是谁。让开。"

老者拐杖一挥，粗鲁地把西门推到一边，一瘸一拐地走近西诗。西门这才发现，老者的右腿似乎有残疾，几条狰狞的伤疤在宽松的裤腿下若隐若现。老者探手到西诗的眉心，面色忽然变得阴晴不定。他伸手拍了拍背后的大葫芦，倒出一粒银色的药丸，送入西诗的口中。

西诗苍白的面容开始流露出灿若星辰的光芒，生机焕发，紧皱的眉头也舒展开来，只是还没有苏醒。

"这丫头，天赋奇才，却天生心病，体内真气逆行，汇集于心脏，若不善加修炼引导，恐怕命不久长啊……这枚银霜丸是集雪岭霜松百年寒霜所制，可镇压她体内逆行真气，保她一段时间的平稳。但若要根治，老夫怕是得费点儿功夫。嗯，上次德云写的药方放哪儿来着……嗯？小子，你这是干什么？"老者斜着独眼，看向西门。

西门仿佛这时才敢松一口气，俊脸上霎时布满了泪水。他恭恭敬敬敛衣跪下，向老者咚咚咚叩了三个头，双手把黑松枝递上："西门年少无知，对您多有冲撞，甘愿受罚挨打。感谢您救了我们全家的性命。"

西门说着，就又把他那张俊脸往地上磕。老者浑身一麻，赶紧拦住："行了，行了，别整这套！老夫最受不了这个，瞅你一脸聪明相，怎么这么爱哭！"

西门还在磕头，气得老者一把夺过那根破松枝，瞅了他一眼，咂了一声舌："过来！"

西门顿住了，犹疑地挪了过去。老者二话不说，抓起他的头发绾了一绾，手中松枝一转，斜斜地插在他的发髻上。一缕刘海垂了下来，老者嗤笑一声，端详道："现在还像点儿猫样。"

西门摸了摸自己的发髻，不由得愣住了。这是村里的孩子成年之时，由家中长辈给梳的样式，猫土的"成年髻"。

他还没到岁数。但他曾以为，不会有人给他梳这种发髻。

发髻很整齐，高高别在他的脑后。视野没了遮挡，清清爽爽。

西门鼻子一酸，反笑道："您……还会梳这个？"

老者嘟哝道："老夫不过是……给那些丫头小子们梳惯了。那些臭丫头的头发才真叫个烦人……喂，别磕了！不是刚跟你说过别轻信别人吗？"

西门抬袖擦了擦眼睛，不好意思道："可您是眼宗的京剧猫吧？"

老者神色一凛："臭小子，你怎么知道的？"

西门笑了笑，抬手指向老者黑衣胸口处，一个快磨掉了的淡色印记。

"阿木曾跟我讲过，他遇到的眼宗京剧猫，胸口上也有眼睛状的纹样。刚刚您用拐杖拦我时，我才看到，失礼了。"

"哈哈，果然是个好苗子，好眼力！"老者拍掌大笑，一脸发现宝贝的大喜之色，"那你知道老夫为什么来找你吗？"

西门的脸色顿时暗淡下去："因为我……我是魔物之子，您是来抓我的。"

"蠢蛋！"老者气得直瞪眼，完全忘了自己白天真是这么骗他的。老者不禁满腹狐疑，这小子怎么回事，面对危机的时候明明很冷静聪明，有着超越年龄的成熟镇定，怎么危机一解除，就成了个哭包迷糊蛋？

"魔物是猫吸入混沌变的，混沌能破坏猫的心智，让猫变成没有理智，只有吞噬欲望的魔物！魔物哪来的什么孩子！你就没想过，为什么自己能看到以后发生的事吗？为什么你妹妹能看破爱瞳的结界吗？"

西门迷茫了："那是因为……我们有眼疾？"

"眼疾？"老者简直要气爆炸了，他捶胸顿足，像个小孩子一样上蹿下跳，"蠢货啊蠢货！你拥有世界上独一无二的眼睛，是能预见未来的'预知瞳'！你妹妹的眼睛甚至能看透老夫的幻术，她是天生的'透幻瞳'！眼宗的《千年明睛谱》上，十二种最稀有的眼瞳，你们兄妹就占了两个！你们有京剧猫的血统，你们是京剧猫的后代！"

轰的一声，西门只觉得所有的血液都冲到了脑门上。老者说他是什么？肯定搞错了，他是孤儿，是住在野湖边的孩子，是被人唾骂的魔物之子，会给村里带来不祥的东西。他的眼睛总是不受他自己控制，看到魔物，魔物就来了，看到战争，战争就发生了。他多少次诅咒自己的眼睛，害怕看到那些他改变不了的事情。他甚至在夜里一宿一宿地独坐，不敢闭上眼睛睡觉，怕分不清看到的画面到底是噩梦，还是即将到来的现实。他连自己都快相信自己是个怪物了，他怎么可能是京剧猫？是千年来守护猫土的英雄的后代？

"您……您肯定搞错了，阿木才是京剧猫，我的朋友、义兄，您……您看，他才应该是京剧猫！"

西门张开手脚爬过去，急切地摇醒阿木。力道之大，仿佛要把阿木的灵魂摇出来才罢休。片刻之后，阿木迷迷糊糊地睁开双眼。

"西……西门？你怎么在这儿？哇！！这个……这个老头怎么也在这儿？哇！！阿爸怎么也在这儿？"

阿木刚醒来就连受三击，差点儿再次晕倒，听西门急切地说完了前因后果，他睁圆了碧绿的双眼。

"我就说你们该上眼宗吧！看，我说得没错吧！"阿木猛拍西门的后背，骄傲得鼻子都快翘上天了，"老头……不，老爷爷，您快帮我看看，我是什么瞳？"

阿木跪拜到老者面前，使劲眨着他碧绿的眼睛。西门笑了，他这么勇敢，当上京剧猫后，一定是能当先锋的人，自己要是在他旁边，帮他看到危险就好了。

老者盯着阿木，手放到他的额心探了探，又仔细瞅了瞅他碧绿的眼睛，唇边浮现一丝苦笑。他慢悠悠地收回了手。

"小子，眼睛生得挺漂亮，可惜，你不是京剧猫。"

空气瞬间凝固了。希望的光芒如流水般从阿木碧绿的眼睛里流失。他看上去似乎不会动了，嘴唇微微颤抖，喉咙深处发出呜咽的声音。

"这不可能，您再看看！"西门慌了，像抓救命稻草一样抓住老者的袖子。

老者不耐烦地拂开袖子，吼道："老夫身为教宗，在眼宗教过的弟子无数，连谁能成为京剧猫都看不出来吗？他没有你那样的眼睛，就算上了眼宗，苦修一辈子也开不了眼。年轻人，命很长吗？为什么不珍惜时间，做点儿其他的事？"

苍白的月光落了下来。阿木呆若木鸡，西门一动不动。

一种背叛亲友的羞愧在西门的心中疯狂生长，如同荆棘般缠绕上他的脖子，掐紧了他的呼吸。无数个相伴的日子里，阿木总是睁着碧绿的眼睛，指着高高的极峰岭，骄傲地说："当京剧猫可是我的梦想啊！喂，你俩也跟我一起上眼宗吧！"

从来都是他保护他们，照顾他们，而现在，只有他当不了京剧猫。

为什么？

凭什么！

西门的眼前一黑，感觉一股滚烫的邪火从心底熊熊燃起，直蹿上他的双眼，烫得他想把自己的眼睛挖出来。都怪这双眼睛。为什么偏偏是他长了这双眼睛呢？对，挖出来就好了，挖出来给阿木，阿木就能当京剧猫了。

西门又开始觉得冷了，极寒的冰气在身体里左冲右撞，他的手开始不受控制地抖动起来，渐渐抬向自己的眼睛。

"挖出来吧。"一个低沉喑哑的声音在他的脑袋里响起。他头痛欲裂，眼前的一切慢慢变黑，只有那个低沉的声音越来越清晰，仿佛理解他的痛苦般不断地劝道："挖出来就轻松了。快！"

"挖出来，让阿木去……挖出来，让阿木去……"西门的嘴里不停地念叨着，保持着跪向老者的姿势，眼中浮起了诡异的猩红色。他微微笑着，将手指猛地戳向自己的眼睛——

一个长长的黑影迅速抽开西门的手，力道之大把西门也抽得翻倒在地。老者一个箭步冲上前，抄起拐杖狠狠戳向倒在地上的西门。阿木惊呆了，顾不得脸上的泪，大叫着扑上去咬住老者的手臂。老者睬也不睬，运拐如飞。十下点穴之后，西门咳出一口腥血，仿佛呛了水般大声咳喘着。眼中的猩红色慢慢退去，他感到血液又开始流动了，冰冷的寒气从脚底流走，头不疼了，那个低沉喑哑的声音也消失了。

"西门你没事吧？"阿木松开老者的手臂，抱住西门就号啕大哭。西门看看阿木，慢慢盯向自己的手，心中惊疑不定。刚才那个低沉的声音是谁？是他自己的意志吗？还是……

"所以老夫早就说过，京剧猫哪是那么好当的。看看，你这预知瞳刚一现世，就被人盯上了，连'脑蛊'这么毒的幻术都用上了。看来黯那边，也有个瞳术高人……"

老者随便抹了抹手臂上被阿木咬出的伤口，眼睛盯着地上西门吐出的那口血，若有所思。

"'脑蛊'是什么？"西门急切地问。

老者冷冷一笑，抽出拐杖指向地上的血迹，一道韵光射出，血迹挣扎着扭曲变形，最终化为一条红色的虫子，渐渐消失。

"一种恶毒的幻术，先把微小的蛊虫放出，这蛊虫能融入血液，钻进大脑。中术者一旦发生心志动摇，施术者便会通过蛊虫知晓，这时只要实施幻术，就可以通过蛊虫操纵他人的大脑和意识，甚至连中术者本人，都会认为是自己的意志，难以察觉。喷，刚才真是太危险了，看来有人想让预知瞳立刻消失……臭小子，还以为当京剧猫是儿戏吗？还以为这眼睛，是可以让来让去的东西吗？"

西门默不作声。阿木看了看他，低下了头。

老者暴躁地甩着拐杖，骂道："臭小子们，你们经历了一场战斗，还没有懂吗？时局动乱，大半个猫土已落入黯的手中，他的耳目和势力无处不在，四处残害生灵。十二宗和他抗争了数十年，保护了无数百姓，也牺牲了无数英雄，现在已经到了最危急的时候！

"老夫受眼宗宗主凤颜的委托，四处寻访有天赋的少年加入眼宗。哪怕是你们这样小的年纪，一旦上了眼宗，也是要立刻培训，投入战斗的。到时候，你们面对的可能是自己的父母、亲友变成的魔物，也可能是比爱瞳还要可怕的敌人，那时，你还要拿着鞭炮逞强吗？你还要拉着义兄和妹妹逃跑吗？

"别天真了！京剧猫不是口头说说就能当，有天赋者必担大任，必须站出来保护那些没有天赋的普通猫民。这才是京剧猫存在的意义！至于你——"

老者长尾一甩，把阿木拉到面前。他的眼睛里仿佛有雷霆之火，紧紧地盯住阿木："虽然当不了京剧猫，但你今晚的表现，老夫得承认，你是个英雄。"

寒风丝丝划过松林。阿木像鱼一样张了张嘴。

老者松开了阿木，罕见地露出一个笑容，大力拍了拍他："臭小子，好样的。"

阿木呆愣片刻，浑身打了个激灵，接着狠狠擦了擦眼角的泪，一把拉起西门，好像要把全身的力气用光似的拍了拍他，激动地大笑着。

"喂，你听到爷爷说的没有？我是京剧猫也承认的英雄啦！以后我的面子和梦想，就交给你了，你上了眼宗后，不许偷懒！带着西诗好好学功夫，将来要成为让我骄傲的大英雄，听到没有？拉钩，拉钩！"

西门盯着阿木，眼泪唰地就下来了。他为什么还能这么笑呢？明明村子都被袭击了，多年的梦想在一瞬间破灭。他没有回得去的家了，以后还要守着父亲，在战乱里重新生活。他为什么还能笑得出来呢？他为什么还能相信自己呢？西门想骂他，更想打自己。他狠狠举起手，最后说的却是："好。"

两个手指钩在一起。西门看着阿木明亮的碧绿色眼睛，突然觉得不再害怕了。他不再害怕自己看到的未来，第一次有了改变它们的想法。这里还有人相信他，还有人需要他保护。

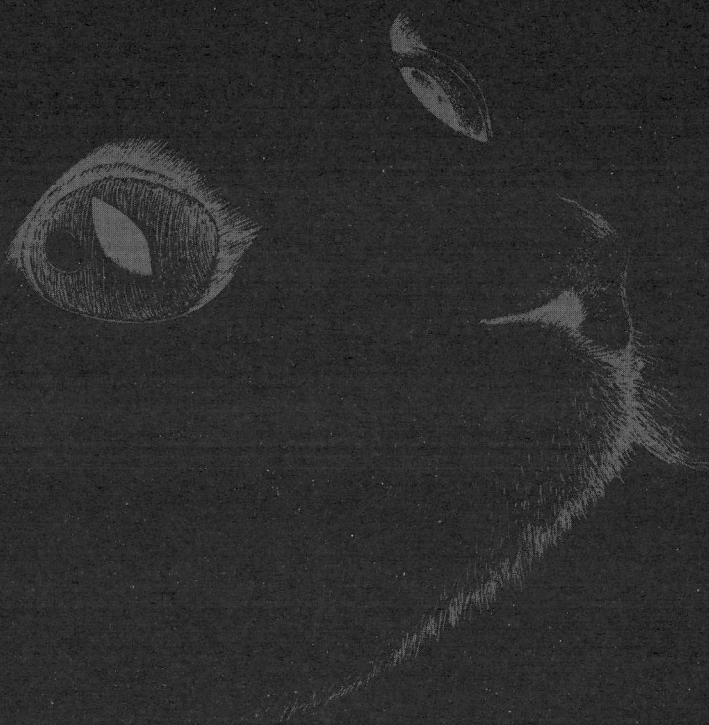

第八章

背叛的

猫瞳姐妹

京剧猫

"臭小子们，好样儿的！哈哈！"独目老者极为痛快地长啸一声，毛茸茸的长尾啪啪地拍打着两个孩子的头，拍得二人抱头直叫。他一拍葫芦，倒出几颗红色丹丸，扔给阿木："和你父亲吃了它们。这是百里丹，服下它，百里之内，不会有魔物敢近你们的身。因为你们的身上会散发出——"

　　"强大的韵力吗？"阿木兴奋得双眼放光。

　　"强烈的臭气。"老者品着阿木垮掉的表情，哈哈大笑，"你们闻起来还好，但嗅觉灵敏的魔物就糟糕了，它们最讨厌这个味儿，会躲你们远远的。快带着你父亲躲起来吧，顺着这条路上去，不老峰西面有几个岩洞，里面有食物和水，洞口有韵力的保护，魔物进不去。记住，三天之内不要出来。老夫得马上带这对兄妹回眼宗——糟了，现在什么时辰？"

西门抬头望了望月亮的方向，脱口而出："快到子时了。"

"不好！坏事儿了！坏事儿了！"老者一蹦老高，急得直敲自己的脑壳，拎起西门就要往纸鹤上扔，"胜兰说过子时封闭宗门！快快，你们快跟我走！"

"独目拐，你想往哪儿走！"

一声清脆的暴喝凌空而起，与此同时，撕裂空气的声音从四面八方袭来。数棵黑松突然断为几截，仿佛有看不见的风刃盘旋着逼近众人。

老者轻喝一声，拐杖随意一画，一道韵力的光圈便倏然暴涨，牢牢罩住众人。几声巨响后，风刃仿佛被这光圈吸收，静悄悄地消失了。

"杀瞳丫头，还不死心啊，刚才没给你教训吗？"

月下，一个修长曼妙的身影立于巨大的魔物之上，静静地从松林的暗影中出现。她一身玄黑色的素衣，姿容冷艳高傲，面带寒霜，一双藏蓝色的深瞳在月下熠熠生辉，仿佛见到仇人般盯着独目老者。

"啊！是带着魔物烧光村子的女魔头！"阿木失声喊

道，迅速将之前看见的景象告诉了西门。

"哼，我好不容易把那些下贱的愚民变为有用的魔物，你竟然敢把他们统统救走，太可恨了……你的命和预知瞳，今天都得给我留下！"

伴随着杀瞳冰冷的声音，松林的四周开始出现密密麻麻的脚步声。西门只粗略一看，便暗叫不好，环绕着他们的黑影至少有数百头。魔物们低沉的咆哮声此起彼伏，把他们围困在中央。

"糟……糟了！爷爷，我们怎么办？"阿木又捏紧了他手里的那串鞭炮，看向老者。老者似乎对周围的一切充耳不闻，只是用一种微妙的目光看着杀瞳。那目光里有怜悯，有痛惜，甚至还有一些怀念。

"老鼠……老鼠，好多老鼠……"

爱瞳紧紧蜷缩在她那件黄鹂缎里，发出楚楚可怜的抽泣。她刚刚被杀瞳拎到魔物背上唤醒，现在还惊魂未定，嘴里不住地念着"老鼠""好可怕"之类的话，仿佛一只小黄鹂一样靠在杀瞳怀里。

杀瞳焦急地看着她，伸手摸着她的额头，探知情况。她浑身冰冷，瞳孔涣散，体内的气息如同受惊的蛇一般纠缠在一起。这明显是中了高等幻术的症状。这幻术既凶且猛，仿佛龙吟虎啸，幸而施术者似乎韵力不足，爱瞳才没有当场晕死过去。

杀瞳心下大惊，这到底是谁做的？

她竖指为刀，凌空凝出一团暗紫色的雾气，缓缓输进爱瞳的眉心。爱瞳挣扎了一下，慢慢睁开双眼。

"杀瞳姐姐！"爱瞳一见杀瞳，仿佛受了委屈的小姑娘，紧紧抓住杀瞳的衣角，回头恶狠狠地瞪视西门，厉声叫道，"就是那个蓝衣服的臭小子！他就是预知瞳！刚才竟敢对我施幻术，我饶不了他！"

是他……杀瞳缓缓地移过视线，盯住西门，眼神仿佛在看一只肮脏的老鼠。这孩子会有那么大的本事吗？

"啧啧，老夫真为你们感到羞耻，好歹在眼宗修习了几年，也算叫得上名字的'猫瞳姐妹'，怎么叛变到黯的阵营后，反倒连小男孩儿的幻术都破不了了？呵呵，黯没给你们吃饱饭吗？"

杀瞳和爱瞳面色突变，西门和阿木更是大吃一惊。黯的名号，在民间讳莫如深。关于他的传闻早已数不胜数，流传最广的一种是：他是一个追求强大功法而走火入魔的魔头，曾掀起与十二宗的旷世战争。十二宗联手把他镇压在阴霾山谷，他却在数百年后用秘法卷土重来。如今他的耳目遍及猫土，势力盘根错节，凶恶阴险而又无处不在。普通人家孩子一旦哭闹起来，只要母亲一说"黑猫要来了"，孩子准会吓得噤声。他在民间的知名度不亚于京剧猫开天辟地的始祖——修，百姓们却不敢称呼他的大名，只敢以"黑猫"代称。而老者却对这个恐怖的名字浑无所惧，像叫邻居家的宠物一样叫了出来。

"有些人怕他，有些人想利用他，还有些人禁不住诱惑，投靠于他。杀瞳，爱瞳，老夫真是好奇，他到底给了你们什么好处，让眼宗排名十二的弟子'猫瞳姐妹'，也敢抛下老夫多年的教诲，背叛眼宗？如今还敢回到老夫面前，耀武扬威？"

"什么？她们是眼宗的？"阿木不可置信，跌坐在地，"不可能！她们肯定不是京剧猫！"

老者没有回答他，独目中却隐隐有怒火涌动。

西门看着这一幕，内心有什么东西一闪而过。京剧猫的叛徒——她们也曾是像老者一样拯救百姓的英雄吗？为什么现在能对保护过的百姓下手？中间到底发生过什么？西门紧紧盯着"猫瞳姐妹"，他突然迫切地想知道，京剧猫怎么会背叛自我的。

不想杀瞳听了这话，冷若冰霜的眼里突然布满了震惊，她仰天长笑，好像听到天下最好笑的笑话。

"独目拐，你居然还敢自称教诲？也对，眼宗本来就是个崇尚强者和竞争的地方，你当教宗的时候，有多少弟子禁不住你的残酷训练和辱骂，自请退学？又有多少弟子受不了严苛的宗内弟子大会，绝望于永远追不上的天才们，从此一蹶不振？

"你的教诲是什么还记得吗？'强者为尊'，天赋高的便受你青眼相待，天赋低的你连看都不看！我们曾经都相信你的教诲，想要做宗内的强者，做眼宗的宗主！结果呢，我们还没成为英雄，就被你摧残殆尽了！断雪崖上跳下去的小师兄，你不会忘了吧？他不是你最得意的门生吗？"

听到"小师兄"三个字，独目老者的身子明显晃了晃。西门忙抬头看去，发现老者独目紧闭，容颜似乎又苍老了十岁。

杀瞳仿佛还不解恨，恶狠狠地说道："全十二宗都尊你独目拐是'天医药神'，是实力堪比宗主的眼宗四圣，是总管眼宗教诲的教宗大人。全十二宗都知道你酷爱收徒，桃李满天下，不论是十二青云榜，还是同光名门谱，甚至是民间流传的七十二英雄录，你教的弟子都榜上有名。但谁知道，他们是踩着多少同门弟子的血泪爬上去的？

"你问我为什么叛出眼宗，呵呵，我可是好好理解了您的教诲，'强者为尊'啊。既然在黯大人这里，我能轻而易举就得到修行百年也难获得的功力，既然黯大人比十二宗加起来都要强，我为什么不背叛？"

爱瞳盯着独目拐，也幽幽地吐出几句："教宗大人，我听说您十年前辞了教宗的职务，还把眼宗四圣的名号让给自己的徒弟凤颜，助他成为宗主后，就不理世事，云游四海去了。如今十二宗七零八落，六宗已经崩毁，全部落入黯大人手中。只要再拿下顽抗十年的眼宗，黯大人的前路便能畅通无阻，执掌猫土指日可待。

"大势难挡，千岁大人的百万西军马上就到。凤颜师兄虽是百年难遇的天才强者，但这次也绝对敌不过花千岁大人的机械联军。今夜，眼宗必灭。您老就别插手，把预知瞳交给我们，让我们攻上极峰岭，过后您想要什么名誉权位，都是黯大人一点头的事。如何？"

独目老者闭上眼睛，苍白的月色如霜雪般覆盖在他苍老的面容上。有一瞬间，西门以为他化成了一尊雕像，许多爱恨情仇从他的脸上划过，变成深深的皱纹，刻出一个沧桑的表情。半晌，他轻轻点了点头。

阿木和西门大急，老者这是也要背叛眼宗了吗？

杀瞳和爱瞳惊异地对望一眼，刚要露出几分欣喜，就听老者吹了声口哨，笑道："还好你们这番胡说八道不是老夫教的。真乃臭不可闻也。"

西门和阿木大笑起来。杀瞳和爱瞳柳眉倒竖，面色难看到了极点。

"独目拐，你最好想清楚……"

老者突然独目圆睁，厉声喝道："强者为尊，何为强？身为眼宗弟子，以眼观世，明辨是非者，为强；大难当头，不屈不挠者，为强；勤修苦练，守护弱小者，为强；孤身担义，勇于伐纣者，为强！你们身为眼宗弟子，却走上邪路，不是因为实力弱小，是因为你们想走捷径。"

说毕，老者吹了声口哨，嘲弄般地哼起了小曲儿："贪婪的心呀，懒惰的手，不劳而获的小嘴，吃呀吃不够……"

这小曲儿圆滑活泼，朗朗上口，说不出的逗趣，听得阿木和西门也忘了害怕，笑着跟唱了起来："贪婪的心呀，懒惰的手，不劳而获的小嘴，吃呀吃不够。你瞅瞅，她瞅瞅，哪个京剧猫不知羞！"唱完还对着杀瞳和爱瞳大做鬼脸。

二女的脸色蓝了又绿，显然怒到了极致。"好，敬酒不吃吃罚酒，独目拐，这可是你自找的！"

杀瞳的眼中杀意流转，藏蓝色的深瞳仿佛海洋般起了滚滚波涛。四周的空气充满了剧烈的波动，时聚时散，树枝随风而动，沙沙地发出磨刀的声音。爱瞳拾起了她的长鞭，鞭上荆棘暴涨，她的身影也开始若隐若现，几乎要与周围的环境融为一体。

"刀风瞳，隐界瞳，都是好眼睛啊，被两个臭丫头浪费喽。"老者摇摇头，"徒不教，师之过，罢了，老夫再教教你们吧。"

老者伸手向怀里迅速一摸，扔出两团纸鹤，纸鹤迎风自长，瞬息便化为真鹤一般大小。

"上去！"老者低喝一声，三下两下便把阿木和他父亲扔到一只鹤上，又把西门和西诗甩到另一只鹤上。

"你带他们去不老峰岩洞。你带这两个，子时之前飞到眼宗。西门，帮老夫把这个交给凤颜。去吧。"

西门和阿木还没反应过来，老者便交代完毕，啪啪两下击掌，纸鹤如闻命令般升上半空，飞速分开向两个方向飞去。

"西门！西诗！"阿木扯着嗓子喊，眼见纸鹤载着西门和西诗越飞越远，心揪成一团。从小一起长大的家人，以后还会再见面吗？阿木越想越慌，撑着自己的假腿站起来，大喊一声："喂！你俩照顾好自己，好好当京剧猫！别给我丢脸！"

提到"京剧猫"三个字的时候，阿木的喉咙一紧，不自觉地摸了摸自己的眼睛，发现指尖湿润了。这不是能成为京剧猫的眼睛啊……少年苦笑了一下。不对，想什么呢，真没出息！我该替他们高兴才对！他摇了摇头，紧紧地盯着向极峰岭飞去的二人，像是要用眼睛永远记下兄妹俩的身影。别给我丢脸！他呼喊着，眼泪终于流了下来。

"少担心了！你才是要照顾好阿爸，好好活着！别生病！自己当心，当心……"西门紧紧抱着妹妹，冲阿木拼命地喊。收养他的义父，从小一起长大的义兄，一夜之间，都离开了他。西门眼睛一酸，心跳如鼓，独目老者能敌得过"猫瞳姐妹"吗？前面还有什么在等着他和妹妹呢？

西门摸了摸怀里，独目老者最后塞给他的锦盒。野黑林的远处冒起了滚滚浓烟，那是不知村的方向。雪白的西沟不复存在，桃林陷入火海。再往远处，出了眼宗的边界，还有好几处浓烟四起，烈火熊熊，似乎也是被烧毁的村落。越过白茫茫的美丽雪原，地平线的尽头，无数阴影黑压压地攒动着，似乎有成群结队的魔物正在向眼宗逼近。

"孩子，有这么好看的眼睛，不要哭，用它多看看外面的世界。"

少年的眼睛湿润了，目光渐渐变得坚定。他还没有看见多少外面的世界，就已经想要保护他所看到的一切。他怀中还有年幼的妹妹，背上还有阿木沉甸甸的梦想。这次不能逃，他想。寒风凛凛，他遥望前方。黑暗中的极峰岭仿佛一朵巨大的雪莲花，在月色下闪着明晃晃的光，向他发出召唤。

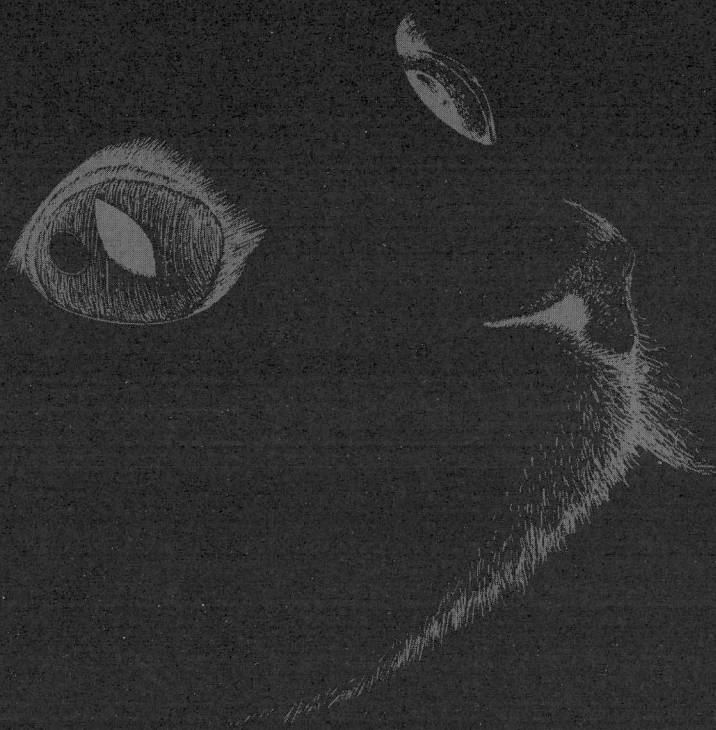

第九章

失踪的宗王

京剧猫

"不好啦！宗主……宗主又不见啦！！"

眼宗，雪晴城内。

由千年冰晶制成的华美走廊里，正奔跑着三个跌跌撞撞的身影。他们身材矮小，圆咕隆咚，几乎长得一模一样，身着同样的淡紫色宗服，拽住每一个经过的眼宗弟子，以恐怖的表情追问着：

"你看见凤颜宗主了吗？"

"要出大事了，要出大事了！"

"找不到可怎么办？胜兰宗师会杀了我们的！"

回想起胜兰宗师那副比极峰岭上的冰雪还要寒冷的神情，三胞胎的守宫弟子宫一、宫二和宫三，真想现在就长上一双千里眼，把他们神龙见首不见尾的凤颜宗主找回来。全眼宗上下都已知道，大战在即，敌众我寡，眼宗的生死存亡就在今夜一战。除了他们这些守宫弟子，各级弟子都已领命而去，驻守在眼宗各处要害。今夜子时，宗门就将封闭，而战前的最后一次集会，正在雪睛城最高处的议事堂中进行。掌文掌武的两大宗师，以及眼宗的各位要人早已如约而至，偏偏最重要的宗主迟迟不到。再这样下去，怕是还没等黯的魔物大军来到，雪睛城就要被恐怖的胜兰宗师给拆了。

"完了，完了，我宁愿死在战场上，被魔物吞下肚，也不愿面对胜兰宗师的怒火……"

"你说我的墓志铭写什么好？要不我把藏鱼丸的地方写下来吧，就在我宿舍床底下靠墙第三块砖下面，这是我十五年的人生，能留给宗里最珍贵的东西了……"

"凤颜宗主到底去哪儿了啊……为什么每次开会都躲起来……哎！有了，有了！"

"找着了？"

刚才还愁眉苦脸的宫二和宫三，立刻兔子一样地跳起来，只见宫一双手高举，像个打滚的鱼丸般冲向走廊对面，接着熟练地扑倒在一位高大威严的黑衣少年身前。

"离山大师兄啊啊啊——"

宫一不愧是三兄弟中的泪包大哥，眼泪说来就来。他上前抱住黑衣少年的脚，像抱着老家的亲娘似的，一把鼻涕一把泪地哭诉着前因后果。

"知道了，手放开。"

宫一浑身一震，困惑地抬起头来，正对上黑衣少年漆黑冷峻的瞳孔。那眼睛仿佛深夜中的猛虎，冷冷地看着他。

"手、放、开。"

少年的声音既低且沉，仿佛虎啸前的低吟。

"丸子！你忘了离山大师兄是什么人吗？怎么敢上手碰他！"

宫二和宫三大惊失色，噼里啪啦拍掉宫一的手，把他拖离大师兄五步之遥，按着他的头行了个标准的宗礼，心中暗暗叫苦。

离山大师兄，那是他们眼宗弟子人人景仰的天才。他可靠的不仅仅是结实高大的身材和威风凛凛的气势，更是12岁就开眼驾驭"黑焰瞳"的才能，以及15岁上战场以来，为眼宗立下的累累战功。他沉默寡言，做事却雷霆万钧，人人都看好他的未来，盛传他将接替伯虎将军的位置，也有不少人认为，眼宗一代传奇凤颜，必定相中他作为继任宗主，从而悉心培养，毕竟，他是凤颜宗主唯一的内门弟子。

只是，相传他的脾气，非常、非常、不好，尤其是，在别人冒犯了眼宗，或者冒犯到他的时候。

宫三兄弟想起那些恐怖的宗院传说里，冒犯离山的下场，不由得缩紧了脖子。连眼宗四圣中脾气最好、教导医理药学的德云宗师，在一天之内连续治疗了 25 个被离山教训到鼻青脸肿、一个月都下不了地的弟子后，也忍不住抄了本《静心经》送给离山，劝他收收火气。相传经书离山收是收了，第二天那 25 个弟子就吊着胳膊、瘸着腿在医馆里开始抄东西，前去探望的弟子一看，抄的不但有他们所犯的宗规（200 遍），反省他们的过错（4000 字并且全文背诵），还有《静心经》（50 遍）。德云苦笑着问起，弟子们却争先恐后地表示这些都是他们自愿做的。他们不该犯宗规，更不该在大师兄检查风纪的时候找他的碴儿，一边说一边还偷偷藏起一些新添的伤口。离山大师兄的威严，在"每日一揍"的标签底下越发坚固，他更是眼宗五千来条宗规的最佳守护者。怪不得连眼光极高的胜兰宗师，也对离山青眼有加了。

想到这里，宫三兄弟更绝望了，刚才他们犯了多少条宗规来着？不能在雪睛城内喧哗，不能在走廊内追跑打闹，见到师兄必须先行宗礼才能开口讲话，若有宗师交代的事情，不能告诉其他无关弟子……三人汗如雨下，头都不敢抬，恐惧地看着地上离山的影子越走越近。完了，今晚医馆见吧。

"别怕，他只是不喜欢被别人碰，洁癖罢了。"

一丝温润的笑声淡淡传来。一双笼着月白色袖子的手轻轻扶起三人。宫三兄弟抬头一看，心齐齐一松，泪水夺眶而出，像看见救命的老母亲般热切地喊道："空蝉师兄！！！"

一身月白衣衫的空蝉仿佛一株水仙，带着救苦救难的气质立在三兄弟面前。他笑眯眯地摇了摇头，回头冲离山说道："你还有空站在这里，不去议事堂吗？"

如果说有人能稍稍劝住离山大师兄的话，那就非空蝉二师兄莫属了。这位总是眯着眼睛微笑的温和师兄，走到哪里都让人如沐春风，待人接物更是滴水不漏、亲切周全，在眼宗弟子中简直是偶像般的存在。同离山一样，他也被特别批准出入宗师们的议事堂，不仅仅是因为他那超越年龄的缜密心思，更因为他拥有仿佛看透人心的谋略。传闻数年前眼宗陷入花千岁的一次致命围剿，13岁的他还未开眼便毛遂自荐，跪在眼宗议事堂外，指着作战图一一道出破围之法，以大胆的作战方案成功破解了花千岁铁桶般的围攻，救下眼宗上千条人命。自那之后，"小军师"的名号便如影随形，带来一次又一次的胜利。气急败坏的花千岁曾悬赏万金捉拿这传闻中的"小军师"，却不知道与他周旋战场、屡出奇策的是一个十几岁的少年。

宗师们一向把空蝉树立成眼宗上下的楷模，他自己却不怎么在意，每天笑嘻嘻地忙这忙那，仿佛什么都很有趣。至于他是怎么跟眼宗著名的硬石头离山大师兄混熟的，已经被列入宗学院内的七大不可思议之谜。看着他俩一黑一白，常常一起上课或执行任务，其他弟子们总是一脸困惑，这天使和魔鬼怎么还变成挚友了呢？最后，他们只好认为空蝉是为了广大弟子的生命安全着想，牺牲自己时时看着离山，好防止医馆被挤爆、德云宗师被累死、眼宗的下一代弟子颗粒无收。

　　"哼。这就去了。"离山瞪了宫三兄弟一眼，大步离开。空蝉笑了笑，对三兄弟做了个"走吧"的手势，也轻盈地跟了上去。两人的身影瞬间消失在走廊尽头。

　　"吓死我了……幸亏空蝉师兄在，不然我们今天肯定要写墓志铭了。"宫二心虚地擦着汗。

　　"那咱们还找不找凤颜宗主？"宫一擦着眼泪，无助地看向两个弟弟。

　　"丸子！离山大师兄都去议事堂了，还用得着我们吗？凤颜宗主的事他肯定会处理好啦。喂，老幺，你在干吗？"

　　宫三晃着小脑袋，望向雪晴城硕大的落地窗外，指着苍蓝色的天空道："哥哥，你们看，上面有裂缝。"

"嗯？"宫一宫二疑惑地凑过来，"哪里有裂缝？"

苍蓝色的天幕上滑过一层湿润的水光。宫二咧咧嘴，一个暴栗敲在弟弟的头上："这不好好的嘛！你可吓死我了……天眼结界都守护眼宗多少年了，除非宗主出事，否则结界不可能出问题的，瞎看。快走吧，快走吧，还差半个时辰就子时了，咱们还得去关宗门呢……"

宫二絮絮叨叨地拽走了兄弟俩。宫三盯着天幕，好奇地想，刚刚的裂缝去哪儿了呢？

雪晴城，议事堂内。

"你说什么？还没找到凤颜？"

震天动地的吼声从议事堂传来，说话的是一位比常人高大足足三倍的男子，一双虎眼炯炯有神；声如洪钟，霸气威猛。一对巨大的铜锤交叉在他背后，看似重若千斤，他却背得毫不费力。他的全身覆满着金光灿灿的锦鳞铠甲，一看便是由上等的锦鱼鳞和玄冰铁所制。锦鱼鳞稀世难得，不仅因为它惊人的柔韧和刀枪不入的属性，更因为拥有这身鱼鳞的北冥锦鱼凶恶难当，食肉贪婪。敢入北冥之海的英雄万中无一，能活着归来的更是世上罕有。而近百年来唯一一位七天内就生擒锦鱼，成功归来的英雄，就是眼宗这位独一无二的伯虎将军了。当他轻松扛着比他身体还要大十倍的巨型锦鱼，像游了趟泳似的踏浪上岸的时候，所有渔民的下巴都惊掉了。

"这家伙玩着玩着非要吃我，我正好饿了，就把它扛上来了。嘿，你们谁会烧烤啊？今晚我请客，都吃都吃。"这么说着的伯虎，直接在贫瘠的北冥海边开了三天三夜的烧烤宴，才和渔民们一道把那条巨鱼给吃完。要不是他严格可靠的副统领雪云及时找到了他，他差点儿把珍贵的锦鱼鳞连鱼皮一起丢回海里去。

"皮不是不能吃吗？"伯虎困惑地打着饱嗝，迎接他的则是雪云毫不留情的拳头。直到他穿上珍贵的锦鳞铠甲，在征战中刀枪不入、大杀四方的时候，他才笑得像个孩子似的炫耀着："雪云，这鳞甲还挺结实，我看咱们休个假，叫上大伙儿一起去捞几条，人手一件吧。""你以为大家都跟你一样是怪物吗？"不用说，迎接他的又是一顿拳头。

像这样的传闻太多了，洒脱豪迈的伯虎凭着天生神力和强大的功法，很快就得到"雪山白虎"的威名，成了眼宗的战神，更在成年后立下赫赫战功，跻身眼宗四圣之一。他似乎生下来就懂得如何打仗，直觉奇准。旗下的部队"飞虎骑"更是群以一当千的好手，对他忠心不贰。可惜的是，这

位将军缺根筋的时候实在太多。比如现在，当雪云不在他身边看着，离山就十分担心这位将军会做出什么过激的反应。

"那还打什么仗！先把孩子找回来啊！"

伯虎急得满面通红，抬脚就要走出门，招呼他那些备战的部下找孩子去。离山和空蝉无奈地对望一眼，刚想出手拦，就被一个苍冷的声音截住。

"站住。"

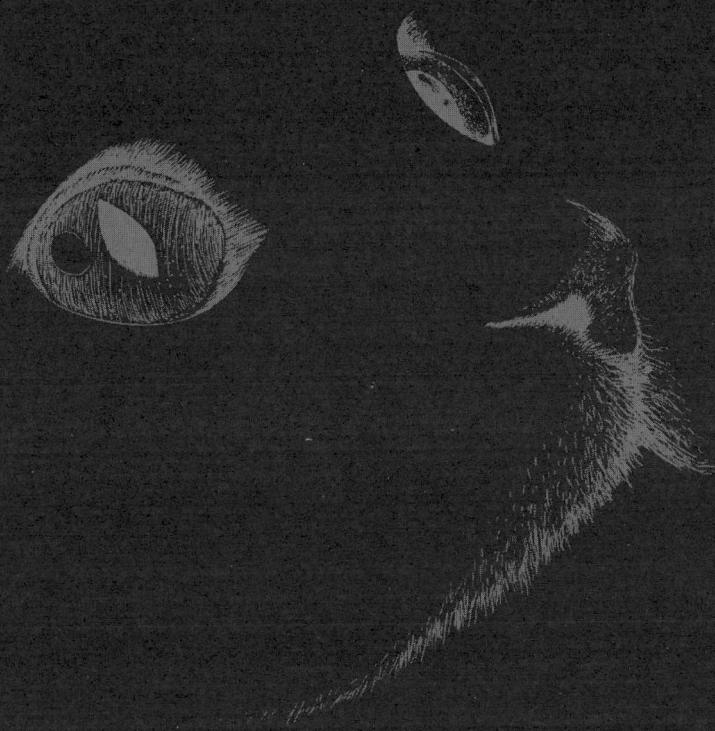

第十章

眼宗的战术

京剧猫

在属于眼宗四圣的青岩座上，一个周身布满寒气的男人微微抬了抬眼皮，看也没看在座的众人，只用苍白细长的指尖敲了敲桌面。只是一个微小的动作，却让在场的所有人心下一寒。门外守卫的弟子，甚至筛糠似的抖了起来。

伯虎高大的身躯一个激灵停住，他咂了下舌，有些垂头丧气地回过头来，看向他的老相识，这位立于眼宗顶点，地位仅次于宗主的男人——胜兰。

"小……胜兰，这可是你儿子，今夜子时就要决战，他却不见了，万一是黯的人提前做了什么手脚，那他就危险了——"

"他知道自己该做什么，不必管他死活。"胜兰毫不在意地挥了挥指尖，指向离山，"接着说。"

短短几句话，室内的空气便冰冷凝重得令人呼吸困难。这个男人的话里有不容置疑的威压，仿佛一条历经沧桑的巨龙，连伯虎这等久经沙场的人物，都难以招架。离山自诩胆色已远超寻常弟子，可他宁愿面对战场上发狂的魔物，也不愿面对这位可怕的宗师。但不得不承认，眼宗能在黯掀起的腥风血雨中，始终屹立不倒，甚至牢牢阻拦住黯吞并十二宗的攻击路线，斩落黯的数员得力干将，都多亏了有这位铁血寒心、手腕老辣的人物。名门兰家的家主，"血金兰"的称号，绝非浪得虚名。

"是。"离山敛了敛心神，迅速跳过宗主失踪的话题，将宗内弟子们备战的情况一一报来。胜兰眼皮也不抬，只是简洁扼要地做出一些战术改动，偶尔也指指空蝉，空蝉便恭谨地上前一步，朗朗道出自己的方案。

"最大的问题是敌众我寡。"空蝉苦笑一下，指了指巨大的冰晶桌案，桌面上的冰晶折射出一幅详细的眼宗立体地形图，悬浮在桌案的上方，正随着空蝉视线的移动，放大或缩小。

"这次花千岁来势凶猛，百万西军共分成六路。据探子所报，先锋军以眼宗叛逃的'猫瞳姐妹'为首，从东侧直上不老峰。估计是想依靠她们对眼宗地形的熟悉，从不老峰直下奇寒道，总攻宗门。其余四路均已潜入极峰岭，对眼宗形成合围之势。只是还有一路人马，始终探不到消息。

"我们的弟子人数太少，花千岁一定是看到了这一点，才动用庞大的军队兵分六路。这样，就算我们分散御敌，他的每一路人马也数倍胜于我们，而我们并不知晓他本人会出现在哪一路军队中，把哪一路当作主力。他甚至还刻意隐去了一路军队。不论这一路是魔物军，还是他引以为傲的机械军，都会牵扯我们的心力。"

"花千岁那个魔头，不论是魔物军还是机械军，我看死多少他都不心疼，竟然还一路把沿途的百姓变为魔物充入军队，该死的邪魔外道！"

离山紧绷着脸，忍不住小声咒骂。他虽然已多次替眼宗上战场拼杀，但始终未曾见过这位黯手下的得力魔将"杀心千手"——花千岁。

传闻他邪魅乖张，阴险毒辣，一手出神入化的机关术横行天下，偏偏还生了张颠倒众生的脸。据说他出身于精通机关器械的手宗，也曾是赫赫有名的高门弟子，在十二宗弟子实力排行的"十二青云榜"上排名第七，却性格乖戾，目中无人。不知他受了黯的何种蛊惑，在一个雨夜从生养他的手宗叛逃。他不但盗取了手宗宗主最机密的设计图纸，还一夜放倒了半个宗与他同吃同住的师兄弟们，其心狠手辣令人发指。

手宗早已放话将他开除宗籍，传令十二宗各个宗门，若见此子，任谁都可替天行道，手宗必以大恩相报。而负责抓捕罪犯的督宗，早在"督宗通杀令"上将他列入危险等级甲级的黑榜中。偏偏他在黯的阵营里也没闲着，数年之内便蹿升为黯手下恶名昭彰的八位魔将"恶鬼八方"之一，独自带领着一支千变万化的机械军替黯开疆拓土，所过之处寸草不生。只知道躲在机械后面的胆小鬼！这种背叛宗门的恶徒，要让我看见他，必定将他揍得连手宗都不认识！

"喀喀，离山，"空蝉面带微笑，捅了捅离山，从牙缝里挤出一句话，"你把心里话都说出来了。"

离山猛地抬头，这才发现一室的宗师们都在盯着他。

"嘿！"伯虎的虎眼闪闪发亮，兴奋地大声说道，"这孩子爱眼宗！有骨气，我欣赏你，小山！来，站起来再大声说一遍！"

太丢人了！离山迅速低头行礼，面无表情的脸上浮现出一抹红晕。不知道是不是他的错觉，他觉得一起行礼的空蝉腰弯得特别深，好像是憋笑憋的。

"哈哈，小山和小蝉怕什么？咱们又不是第一次以寡敌众。花千岁那小魔头，不会是爱上咱们眼宗了吧，输了这么多回还不长记性，看我这次把他打回去吃奶！"

伯虎阳刚气十足的脸上布满跃跃欲试的兴奋，抬起屁股就要朝外走。

"慢着。"

寒气逼人的声音适时地响起，伯虎高大的身躯一个激灵停住，咂了下舌，有些垂头丧气地回过头来，望向面无表情的胜兰。这场景怎么这么眼熟？离山摇摇头。

"连敌方的主攻路径都没搞清楚，你想往哪儿去？"

"有啥难猜的？肯定从宗门来啊。"

"你的记性真让我惊讶。花千岁什么时候光明正大地攻过正道？你白和他交手这么多次吗？"

"万一他今天心情好，想和我堂堂正正一决高下呢？"看伯虎自信的神情，仿佛花千岁早就和他约好了一道吃晚饭似的。他迈开大步走出议事堂，声如洪钟地大笑道："都别怕，管他从哪路来，我给打回去就是。"

胜兰皱了皱眉头，一屋子的人立刻觉得温度又降了几度。他瞥了眼伯虎大步离去的身影，低声道："记住，你只许动手，不许动脑。"

"知道了，知道了。"伯虎挥了挥大手，消失在走廊尽头。

离山长舒了一口气。他们家的将军哪里都好，就是除了打仗之外的事情都不太灵光。要不是副统领雪云常常揪着他的耳朵对他吼战术，他早就不记得胜兰的什么策略啊战计啊之类的，凭本能跑到战场上撒欢儿去了。只是这次的战役明显与之前不同，花千岁不但手里有百万西军，还特意兵分六路大摆迷魂阵，摆明了是要置眼宗于死地，而眼宗除去安置好的百姓们和太过年幼的弟子，能够出战的师徒战士，加起来也不过三千人。就算他们有顶尖高手凤颜、胜兰、伯虎这些人在，数量依然相差太悬殊了。离山紧盯着战术图，要是他们有预测的能力就好了，哪怕仅仅是知道花千岁会从哪路来也好……

空蝉仿佛和他想到一起去了，上前一步，试探性地提醒道："独目拐教宗的聆音燕还是没有回来，他也还未回到眼宗。依之前的战术，子时就要封闭宗门，胜兰宗师，您看是否要延迟闭门的时间？"

胜兰恍若未闻，指尖敲打着桌面，盯着面前的战术图。战术图在他的视线之下飞速地旋转，不时放大缩小，谁也不知道他到底在看些什么，但谁都不敢出一声大气。半响，胜兰的指尖停住了。

"奇寒道。"他微闭着眼睛，命令道，"花千岁会从奇寒道正路攻宗门。按时封闭宗门。传令下去，设好阵法，严加备战。"

"这……"一屋子宗师面面相觑，有胆大的出言问道，"这不是与伯虎将军方才猜测的一样吗？"

"他那是胡猜。"胜兰的视线穿过地形图上的宗门，静静地落在不老峰野黑林的下面，一处标着"不知村"的小村落上。"独目拐发现了两个孩子，是对兄妹，其中一个是稀世罕见的预知瞳，会在子时之前带回来。"

"预知瞳？"

议事堂立刻像沸水般蒸腾起来，兴奋、怀疑、紧张的喧闹声此起彼伏。

"预知瞳已经有五百年没出现过了，真的存在吗？"

"有了它，咱们什么仗打不赢？"

"慢着，花千岁一向狡诈，偏偏在这个时候出现预知瞳，万一是他的诡计呢？"

离山和空蝉震惊地对望一眼。预知瞳，那可是眼宗《千年明睛谱》里记载的最稀有的眼瞳之一，能够预知未来，短可以看到几秒内即将发生的事，长甚至可以看到数百年后的光景。围绕它的传说有很多，但在他们这一代，预知瞳依然是神话一般的东西。

空蝉的脑子飞速地转了几下，斗胆开口："各位宗师说的是。独目拐教宗纵然阅人无数，但若预知瞳真是花千岁设下的陷阱，这孩子就成了骗我们打开宗门的钥匙。花千岁只要隐兵跟在他身后，就可长驱直入我们眼宗，如此看来，宗门前的奇寒道，倒极有可能是花千岁入侵的地方。"

"原来如此……"满屋子人如醍醐灌顶，纷纷赞同地点头，对空蝉的头脑和胜兰的远虑十分佩服。

"但如果那个孩子……真的是预知瞳呢？"离山不禁脱口发问，"若过了子时，宗门关闭，他不就被挡在外面了吗？"

"独目拐的人，自己还带不好吗？就算那孩子不幸卷入战场……"胜兰一挥手指，桌上的战术图瞬间激出数道金光，射入在场所有人的眼睛里。

"不要管他。我正好看看，这个预知瞳，到底是真是假。"

哪怕那孩子会有生命危险吗？离山复盘着刚刚接收到的战术图，只觉得脊背一阵发冷。毕竟是连亲生儿子失踪都不放在心上的男人，看来哪怕是稀世的预知瞳，他也只会关心这对眼睛的价值，不会在意拥有者的性命。他悄悄歪头，只见空蝉给他使了个眼色。

　　胜兰不再多言，起身离去。各位宗师在恭送他离开后，才神色肃穆地奔赴各处。离山和空蝉趁人不注意，悄悄退到议事堂的角落，待人去堂空，二人对视一眼，迅速地开始在堂内寻找起来。

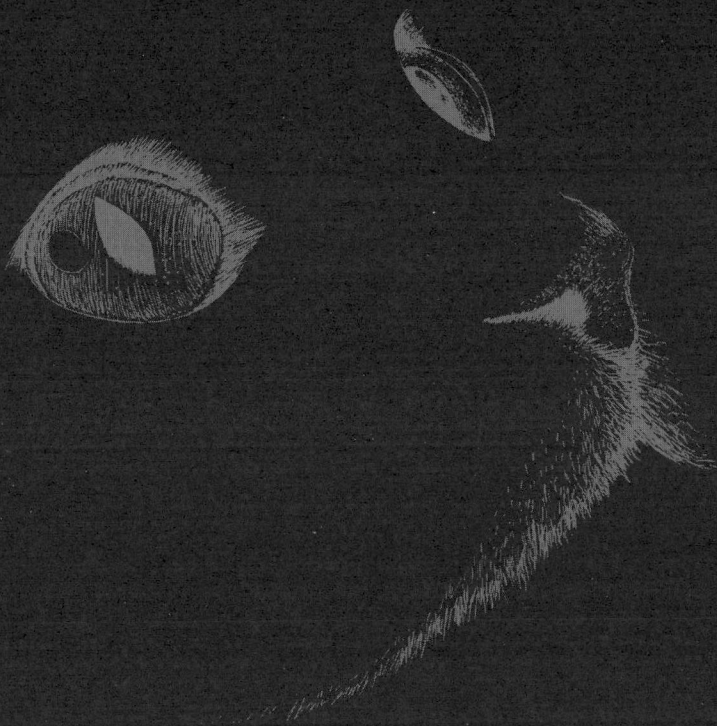

第十一章

凤颜

京劇菌

在翻遍了议事堂内的桌椅底下、帘幕后头，连几根柱子都摸了好几遍之后，离山的耐性渐渐蒸发，脸色越来越像一块黑炭。

"他怎么每次都这样！！让人好找！不知道会给人添多少麻烦吗？"离山一捶柱子，低声吼道，"我看宗规应该再加一条，禁止宗主乱跑，出门必须打报告！——空蝉，你笑什么？"

笑点颇低的空蝉扶着柱子，眼睛都弯得快看不见了："离山……你看起来好像一个丢了孩子的保姆啊。"

"你闭嘴！"离山瞪了一眼看热闹不嫌事大的空蝉，头痛极了。他简直不想再去回想，他的师父凤颜到底有多讨厌开会，又有多喜欢捉迷藏这个游戏。每一次开会，凤颜必会在接到通知的一瞬间失去踪影，掀起一轮"来捉我呀，捉到我，我就跟你们去开会"的幼稚游戏。身为他唯一的内门弟子，每次都是离山顶着胜兰冰冷的目光和全宗子弟的哀求，废寝忘食地进行找师父的艰苦劳作。凤颜听说后若有所悟，开始好心地留下一些线索，让离山找起来更加艰难。

"这也是修炼啊，离山。"有一次，在离山翻遍了眼宗的白雪林，终于从一个鸟蛋上翻到一处记号，最后在一个巨大的鸟窝里找到睡得香甜的凤颜时，凤颜一本正经地说，"人生充满了选择。要么找到能帮你解决难题的我，要么你得自己成长，学会替我去开会。"

"制造难题的不就是你吗？"离山咬牙切齿地瞪着他师父那张毫无愧疚的俊脸，念了三遍《静心经》才把到嘴边的粗话咽了回去。

他师父才不会管，当他在茅厕的手纸上、洗碗柜的老鼠窝里、雪原冰狼的狼窝里头找到记号时是什么心情，又遭遇了怎样的苦痛。他只知道在他每次红着眼睛找到呼呼大睡的凤颜时，他师父总是一脸被扰清梦的不情愿，冲他伸手："早饭呢？"

"离山啊，我不想打扰你追忆似水年华，但是呢，"空蝉笑得上不来气儿，指了指前方，"你再捏两把，议事堂就

京剧猫之眼宗外传

136

要和这柱子一起塌了。”

离山啧了一声，若无其事地把手指一根根从柱子上的洞里拔出来。突然，他双目圆睁，迅速贴到柱子上，紧盯着一处小黑点。

“找到了。”他嘶哑着嗓子说道，迅速动用起韵力。仿佛有黑色的旋涡在他的眼中流转，不多时，一道纯黑色的流焰从他的目中射出，准确地落在那处黑点上。那道黑焰倏地燃成一朵巨大的火焰，像放大的镜面一般将黑点映了出来。那不是一个点，是一团极小的文字。

会开完乎？吾与周公堂外对饮也，缺酒少食，速送。

“这是什么意思？”空蝉好奇地凑过来。

“省省你的头脑吧，”离山臭着一张脸，“他这是困了渴了饿了，顺便向我炫耀又成功躲了一场会议。不过……”

离山又仔细地看了看那团文字，接着，他转过身，目光顺着柱子的影子看去。烛火照耀下，柱子投下长长的阴影，向堂外延展而去，仿佛中线般将厅堂一切为二，正印在空空的宗主座椅上。离山眯了眯眼睛，迅速贴近宗主座椅，在上面仔细地搜索着。果然，一个与柱子上的小黑点同样不起眼的黑点，在阴影中浮现出来。

离山这次没有动用韵力，他上手一摸，感到那黑点竟活动了起来。

"小心！"空蝉伸手把离山扯得后退一步，只见那黑点在高大的椅背上游动着，越变越大，之后，仿佛在椅背上开了一个大洞般，一团白乎乎软绵绵的东西从大洞里掉了出来。

离山和空蝉吓了一跳，瞬间一左一右，默契地移动到座椅两侧，对那团古怪的东西形成包夹之势。两人的眼睛都亮起了韵光，摆起攻势，警惕地看着那团东西。烛光闪烁，夜风呼号，那团东西随着纷乱的阴影诡异地起伏着。

室内安静了一会儿，那团东西毫无下一步动作。离山皱紧眉头，脚步放轻，慢慢靠近，试探着将手伸向那团东西。"小心有毒。"空蝉叮嘱道。离山点点头，以衣袖垫手，迅速抓住，猛地一扯——

白乎乎的东西软塌塌地倒在一边，露出里面一个颀长的身影。

是床被子。

眼宗遍寻不着的宗主凤颜，正舒服地躺在这床被子里，睡得极其香甜。

"离山！你冷静一下，他好歹是你的师父，你不能真的动手啊！"空蝉一边牢牢扯住脸色绿得像青蛙一样的离山，一边歪头拼命憋笑。

离山显然已经出离愤怒了，瞪着一对虎眼狠狠盯着凤颜那张名扬十二宗的俊脸，手指捏得咔吧咔吧响。

"就这一次，"他喃喃地说，"打完这一次，我会主动找胜兰宗师受罚，哪怕被关到雪炼冰牢里也没关系，我今天一定要打醒他……"

就在空蝉和离山角力的时候，躺在被子里的男人皱了皱眉，打了个哈欠，眼睛都没睁开，先缓缓伸出了手："离山，饭呢？"

"你……还想着吃？！！"离山气得话都说不利落了。空蝉不得不揪着他的脸皮往后扯，才能阻止这头发怒的小公牛。唉，空蝉简直要同情他的师兄了，眼宗不知有多少男女弟子，挤破了头想成为眼宗一代传奇凤颜的座下弟子。凤颜是眼宗赫赫有名的瞳术名门——兰家的长子；是在十二宗龙门会上连败 74 名绝世高手，让眼宗拔得头筹的天才少年；是史上最快登顶落雪台的眼宗弟子，传闻他在寒冬大雪中站了整整三夜，便悟得了足以和四圣抗衡的韵力。而在十二宗开始受到黯势力的激烈围攻，黑暗来临的那段日子里，他不拘出身血统，征集民间的奇人异士，甚至连叛逃过的人也设法收服，组成"万家军"对抗黯的魔物大军和黑暗势力，不惜因此与自己的父亲胜兰决裂。

在那次著名的围眼之战里，阴险毒辣的花千岁曾倾尽全力布下天罗地网，誓要踏平眼宗。是年轻的凤颜趁夜色率领兰家十勇士，夜上极峰岭，用惊世绝艳的自创瞳术破了花千岁引以为豪的机械阵，一战名扬十二宗，并在眼宗教宗独目拐的力推下坐上宗主之位。

"凤颜在，眼宗不败。"这句话几乎被眼宗每一个人骄傲地挂在嘴边，甚至有千百个离开家乡，慕名而来想要加入"万家军"，与黯对抗的年轻人。更何况凤颜为人如谦谦君子，温润如玉，洒脱从容，对待任何人都和气平等。"绝世公子名录"中将他点评为"俊雅之兰""凤栖之材""凤泣之颜"，单论容貌，甚至说不出他与花千岁谁能冠绝十二宗。看着他那张与世无争的面孔，你绝对猜不到在这之下隐藏着的深不可测的实力，与火焰般清澈燃烧的灵魂。

数年前，当战技出众、脾气也出众的离山被凤颜收为内门弟子时，全眼宗仿佛过节一般庆祝了整整七日。一半人疯狂地羡慕，一半人疯狂地嫉妒。离山当然也是激动与紧张并存，冷着脸在自家祖坟上烧了三天的高香。然而，当他真正成为内门弟子后，他才明白，香烧早了。等待他的不是严师高徒敬爱有加的场景，而是炼狱一般天天被折腾的痛苦生活。他无数次怀疑，这个爱睡觉、爱折腾人、爱玩捉迷藏的家伙，真的是眼宗至高无上的宗主吗？还是凤颜私下有另一重人格呢？哼，什么绝世公子，照他看，是绝世幼稚才对！

"离山啊，我说了多少次，心里话要放在心里说，你怎么又漏出来了。"

被子里的男人扑哧一乐，睁开了那双稀世罕有的眼睛：那双眼因为聚集了深厚的韵力而极为透亮，仿佛世间的一切都瞒不过他的探视。凤颜慵懒地靠在被子上，眨了眨眼睛："这是你最快找到我的一次，有长进。"

"子夜大战在即，又想听会议的内容，又觉得参加会议太麻烦，那藏在议事堂里，是最好的方法了。"离山冷冷地说，"师父睡得可还安好？可以起来工作了吗？"

"不急。"凤颜一个翻身把自己裹回被子里，连头都蒙住了，"再让我睡一会儿，就睡到独目拐把我的兵器带回来……"

"那会儿仗都打完了好吗？"离山气得七窍生烟，"教宗大人什么时候守过时？您也是，这么重要的兵器，为什么非得交给他去修？万一他没及时赶回来，今晚的战斗，难道您要两手空空上战场，去对付花千岁的百万西军吗？"

"我是收了个弟子还是收了个保姆？你真啰唆……"凤颜抱怨着。

空蝉拼命捂嘴，扶着柱子笑成了个虾米。

离山脚底晃了一晃，那双眼睛已经可以杀人了。

"好吧，你俩也饿了吧，走走走，跟我去居大娘那里吃饭，别空着肚子。"凤颜若无其事地岔开话题，拍拍屁股站了起来，随手把被子往离山身上一丢，"空蝉，刚才分析得不错。"他挤挤眼睛，大步向堂外走去。

"可是那个预知瞳……"离山忍不住问道，"您认为真的存在吗？"

凤颜顿了顿，抬头望天。苍蓝色的天幕上，水光一闪而过，那是眼宗结界运行良好的证明。明亮的七子星不停闪烁，其中有两颗，甚至发出了金色的光芒。

凤颜看了一会儿，嘴角含笑："你们怎么想？"

离山和空蝉对望一眼。

离山想了想，开口道："预知瞳千年难遇，是世上最稀有的眼瞳之一。我认为拥有它的家伙，是个幸运的天才。"

空蝉点点头："能看到未来的话，就可以提前躲避灾祸，不必害怕任何事了。他会一生顺遂的。"

凤颜扑哧一声乐了，潇洒地挥挥手："你们想得倒乐观。在我看来，他是世界上最不幸的可怜人了。"

"为什么？"

离山大惑不解。空蝉皱起了眉头。

凤颜眯了眯眼睛，他俊雅的脸仿佛突然沧桑了几岁，一种悲伤的同情浮现在他的眼睛里。他遥望星空，淡淡说道："生于乱世，怀璧其罪。越是拥有稀世的才能，越容易成为各方争夺、利用的目标。就算能够看透未来，也未必可以主宰自己。他要变得非常强大，才能掌握自己的命运。况且……"凤颜歪了歪头，可惜道，"有多少人会相信他看到的呢？他一定很孤独。"

离山张了张嘴，不确定地问："那眼宗……他要是来了，我们该怎么对待他呢？"

"我就说他们误会你了嘛。"凤颜突然笑眯眯地望着离山，"他们叫你什么？硬石头离山？明明是个体贴的山娃子。"

离山的脸红了又黑，整个人仿佛一只茶壶，头上就差冒出蒸汽来。他的手指又握得咯吱响，好像下一秒就忍不住要欺师灭祖了。

空蝉这次拦都没拦，他已经被这只茶壶笑到地上去了。

"该怎么对待怎么对待，别把他当怪物看就行了啊。"凤颜逗完徒弟，满足地伸个懒腰，从容迈出堂外，"看来今夜运气不错，说不定，眼宗收获的不止一位预知瞳呢。"

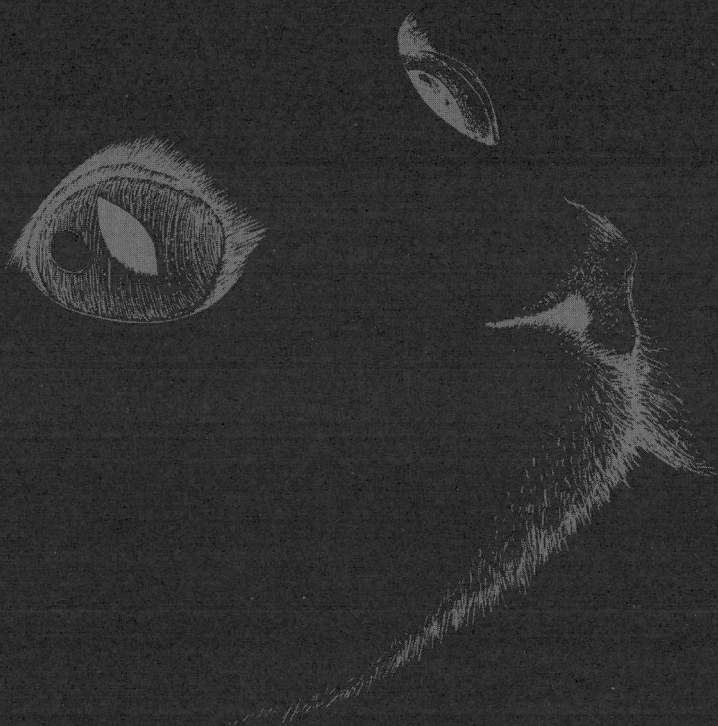

第十二章

生瞳的选择

京剧猫

西门微微睁开眼睛，感到血从眼角流了下来。

视野里是一片模糊的红。他浑身冰冷，半截身子已经埋在雪里。我这是在哪儿？

他忍着头痛，回想起刚刚的场景——

袭击几乎是突如其来的。当西门抱着妹妹，乘着轻盈的纸鹤，充满希望地看着极峰岭越来越近，甚至可以看到眼宗高耸的宗门时，天空突然开始飘起雪花。

一片晶莹的雪花落在西门的鼻尖上，带来一种奇异的冰凉麻木之感。

西门伸手拂去这片雪花，便看到眼前出现了一个影影绰绰的白色身影，是个年轻女子。她立于一片巨大的雪花之上，白裙飘扬，面容清丽，身影仿佛蒙了一层薄雾，一双雪白的眼瞳静静盯住了西门。

"你是……"西门提防起来，纸鹤开始躁动不安。

女子沉默着，轻轻抬起手，指向西门。

一瞬间，数片不知何处而来的巨大雪花，仿佛飞刃一般盘旋过来，将纸鹤切得粉碎。西门还来不及叫出声，便和西诗一起急速向着遥远的地面坠落。纷乱的树枝和雪花扑面而来，他在一阵巨大的撞击中失去了意识。

现在在哪里？妹妹呢，西诗在哪儿？

西门挣扎着从雪中拔起自己的半截身子，蹒跚着站了起来。从那样的高空坠落下来，怎么也会断几根骨头，奇怪的是，西门试着活动了下手脚，除了皮肉的疼痛之外，没有受任何重伤。他摸了摸胸口，松了口气，独目老者交给他的锦盒还在。

一片轻飘飘的纸片忽然从袖口里飞了出来，飞到他的手上，筋疲力尽似的动了动。

是纸鹤的残骸。

在被粗暴地攻击之后，它的碎片们竟然还忠实地遵从独目老者的命令，在坠落中保护了西门。

"谢谢。"西门的感激之情油然而起，他轻轻戳了戳纸片。纸片蹭了蹭他的掌心，突然飘了起来，向着远处飞去。

见西门没有跟上，它又停下来，着急地上下飘动着。

难道，它知道西诗在哪儿？西门心中涌起一丝希望，急忙跟了上去。纸片轻飘飘地引领着，西门发现四周都是松软深厚的雪坡，数棵高大的雪松稀稀松松地分布着。

月亮已经很高了。西门一路四望，明白这里已是极峰岭的顶端。他们掉下来的地方已离眼宗宗门不远了。只要找到西诗……西门想起那个危险的白衣女子，拼命加快了脚步。她到底是谁？也是黯势力的一员吗？她是要杀他，还是要抓走他？西门唯一清楚的是，他必须在她之前找到西诗。

在不知爬了多久的雪坡之后，纸片忽然加快了速度，往一个方向冲去。在陡峭的雪坡尽头，一个娇小的身影匍匐在地。西门冲了过去，果然是西诗。她的衣服上残留着几片纸片，面色苍白，呼吸微弱，但看起来没有严重的外伤。

西门握住她的手，心凉了半截。体温太低了。她天生体弱，若再在这天寒地冻的地方待下去，刚刚被独目老者镇住的心痛病，说不定也会卷土重来。她需要温暖和安全。西门二话不说背起西诗，过低的体温让他都不禁打了个寒战。

"我们该怎么去眼宗？"西门抬头望向飞在空中的纸片。纸片像蝴蝶似的舞动了几下，向雪坡的另一侧飞去。

西门拔出自己的脚，雪越来越厚，都快到他的膝盖了。

他的脚已冻得失去知觉，更让他害怕的是背后毫无声息的妹妹。

"西诗，快醒醒，别睡了！"西门不住地低声唤着，有的时候，西诗会发出一声几不可闻的嘟哝，仿佛回应他的呼唤，更多的时候，她一动不动，好像一个冰冷的人偶。西门不断地述说刚才发生的事情，阿木父子的得救，"猫瞳姐妹"的追杀，还有独目拐是厉害的眼宗教宗。他每说几句，就会问西诗有没有听到，希望借此保持西诗清醒的意识。

离子时……还有多久？宗门到底在哪里？西门抬头看了眼月亮，心下一紧，他们没有多少时间了。

就在西门觉得永远也走不出这个雪坡的时候，他的视线豁然开朗，面前是一片宽阔的下坡，正对着一条大道。这大道在月色下呈现出熠熠生辉的冰蓝色，仿佛是由冰面做成的，连台阶都反射着月光，西门顺着大道望去，道路沿山而上，笔直通往峰顶。在那峰顶之上，遥遥耸立着一扇大门。

"是宗门，西诗，快醒醒！我们找到了！"西门欣喜若狂，一边低声唤着，一边拔脚向坡下冲去。空气越来越冷，西门已经感觉不到自己的四肢了。他拼命跑得快些，仿佛一停下就会晕倒在地。

"哥哥……"一阵微弱的低语在西门耳边响起。

"西诗，你醒了？"西门大喜，"别怕，还有时间，咱们马上就……"

"哥哥，小心！"

空中飞舞的纸片应声而碎。一阵大力把西门拍倒在地。西门感觉肋下一疼，接着便是无数冰雪扑在了脸上。他翻滚着掉下雪坡，什么也看不清，只来得及把西诗紧紧抱进怀里。松枝扫过他的脸，坚硬的雪块撞在他的身上，火辣辣的疼痛从肋下一直延伸到了后背。最后，随着一声沉闷的撞击，西门感觉自己嵌进了一面墙里。直到眼前的金星渐渐飞到了天上，他才发觉自己正仰面躺倒在冰寒的大道上，他的左手还紧紧抓着妹妹。

西诗躺倒在他旁边，眼睛痛苦地浮现出异样的金光。她紧紧盯着他的身侧。西门顺着她的目光，伸出右手摸到了肋下，一片温热的猩红出现在他掌心。寒冷急速地从那道伤口钻进他的四肢百骸，他觉得这条大道上简直聚集了猫土一百年的冬天。更让他心寒的是不远处那只通体灰白、双眼赤红，足有三四丈高的巨型魔物。魔物正悠闲地舔着爪子上的血迹，在它身旁，一片巨大的雪花悬浮在半空，上面站着之前那位清丽的白衣女子。

"你是……谁……为……什么追来……"西门忍着钻心

的疼痛坐起来，牢牢挡在西诗的前面。西诗面色如雪，眼睛里有不知名的光泽流转。她恐惧地盯着魔物，手里却忙着把一捧洁净的冰雪敷到西门的伤口上。

"预知瞳，你只有一次机会。"

冰冷，如机械娃娃般的声音从白衣女子的口中发出。她的身影依旧如蒙了一层雾般飘忽，话语却清晰而不带一丝情感。

"跟随黯大人，或者死，请回答。"

乌云渐渐遮住了天空。

空荡荡的大道上寒风呼啸。巨型魔物不耐烦地甩动着长尾，发出震耳欲聋的低吼。

"西诗，听着，待会儿我喊跑，你就往宗门跑，别回头。不管发生什么都别回头。"

西门冷静地低语，甚至都没有回头看一下。

"哥哥……我……我会跑得很快很快，你要答应我，等着我，等我找人……回来救你……"

出乎西门意料的，西诗既没有反对，也没有要求留下来。他回过头，看见西诗定定地盯着他，用力之猛，好像要把他印在她的眼睛里似的。她努力憋回眼角的泪，松开了紧握着他的手。

西门强迫自己扭过头。

乌云毫无声息地移动，在寒风中遮住了月亮。大道骤然陷入昏沉的黑暗之中。

"就是现在，跑！"

西门大喊一声，同时向魔物扔出手中的东西。混着冰碴的雪球直飞向魔物的面部，狠狠击中了它的双眼。魔物毫无防备地吃了这一下，痛号一声，长尾狂扫，四爪乱翻，沉重的身躯像战车一般撞来撞去，惊得白衣女子向后连连飞去。成功了！西门连忙将手摸向怀里的锦盒……这时，他突然听见身后传来一声尖叫。

"西诗！快……"那个"跑"字还没有说出口，西门的舌尖就冻结了。

这不可能。

明明刚刚还在的。

乌云慢慢离开了月亮。大道上重又洒满了月光。西诗跪坐在地。道路尽头，峰顶洁白如雪。

宗门不见了。

机械娃娃般的声音冷冷地响起。

"拒绝黯大人，即是死。"

魔物长长地号叫一声，巨大的阴影伴着呼啸的寒风，扑向西门。

眼宗的宗门是由玄冰铁和万年晶龟的甲背所铸成的。宗门高耸，设于极峰岭的最高处，上面密布着眼宗的各种符文阵法，看上去华丽而神秘。在宗门的正中央，一只巨大的眼形雕刻沉默地看着门外的一切。

宗门两旁的塔楼上，离山和空蝉并肩而立，看向门外长长的奇寒道。此道的路面全是坚固如铁的深寒之冰，道路两侧雪坡高耸，传闻若在此道上行走，万万不可停留。只消片刻，停留的人便会在极度的寒冷中失去意识，成为雪坡上的一尊冰雕。奇寒道之名，就是由此得来。它也成了眼宗的一道天然屏障，看似直通宗门，实则凶险万分。就连韵力深厚的眼宗弟子，也不敢在道上多作停留。

"来得及吗……"空蝉喃喃自语。

话音刚落，遥远的钟声便传了过来。子时到了。

整个眼宗回荡着浑厚的钟声，在极峰岭连绵的冰山雪岭间仿佛战鼓一般，一下一下敲在每个眼宗弟子的心上，使他们更加肃穆而紧张。最后一声钟响消失后，不知何处响起一声长啸。冰狼伏地，雪燕归巢，一切都陷入可怕的寂静之中。

离山的身姿如肃立的黑松，浑身散发出蓄势待发的张力。他的双眼亮起韵光，牢牢盯着奇寒道的尽头。

"快来呀。"他低语着。

狭小的塔楼内突然响起冰晶碎裂的声音。离山和空蝉回头一望，立时弯腰行礼。胜兰宗师的虚影凭空出现，静静地看着他们。

"子时已到。闭门。"胜兰的声音不容置疑。

离山咬了咬牙，向前一跪，斗胆进言道："独目拐教宗还未归来，他带着宗主的神兵和预知瞳，可否再等一等？"

可怕的沉默笼罩了塔楼。离山不敢抬头看胜兰的表情，只听见身边衣角掀动，空蝉也跪了下来。

"弟子愚见，预知瞳对眼宗太过珍贵，还请胜兰宗师三思。"

"三思？"

胜兰慢条斯理地落下目光。离山和空蝉同时感到被两条冰狼叼住了脖子，仿佛他们敢微微动一动，等待他们的将是最可怕的下场。

"若记不住作战会议的决定，下一次就不必参加。这是战争，收起你们天真的幻想和无用的慈悲。"

毫无情绪的声音仿佛绳索般勒紧了二人的胸口，强烈的威压让离山和空蝉几乎喘不过气来。

"眼宗不会因为任何一个人改变立场。不论他是教宗、宗主，还是预知瞳。听懂了吗？"

"是……"离山和空蝉从牙缝里挤出一点儿声音。

"闭门。"

说完这句话，胜兰的身影如同出现时一般，悄然消失了。

离山和空蝉像被突然丢到了地上，大口地喘着气。

"他还是那么可怕……"

离山摇了摇头，强迫自己站起来。他的目光再次穿过奇寒道，放在地平线的远方。寒风呼啸，那里空无一人。

"现在怎么办？"空蝉轻轻问道。

离山收回目光，抬手取下墙壁上的一块冰晶，在冰晶微微发亮后，他严肃地开口："守门弟子听令！子时已到，闭门！眼宗封界！"

高耸的宗门发出一声巨响，亮起了韵光。很快，宗门上的眼形雕刻突然活动起来，巨大的眼珠转了转，缓缓闭上。随着一声轻微的碰撞，整个宗门倏然消失。奇寒道的尽头空空荡荡，仿佛什么都没有存在过。

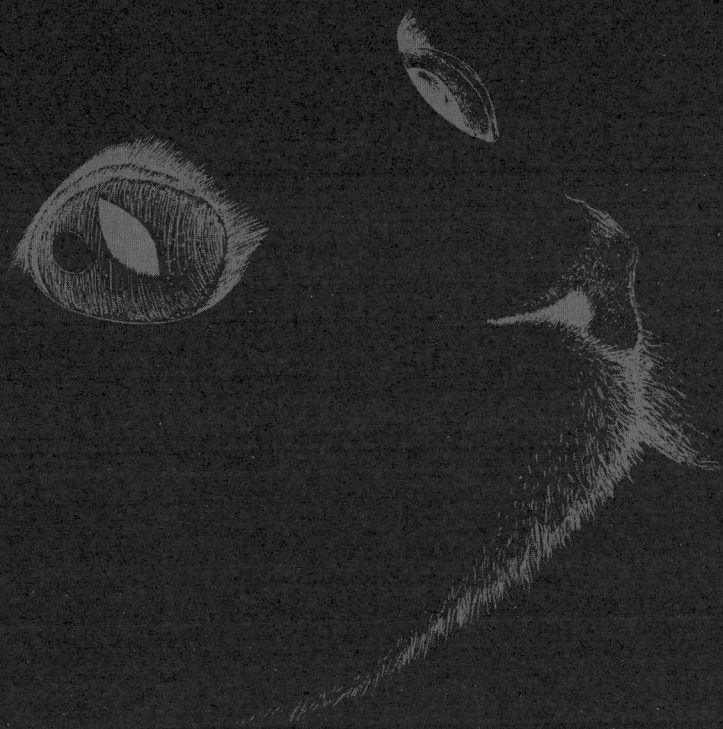

第十三章

开眼

京劇猫

"独目拐！臭老头，快放我们下来！"

坚硬如铁的黑松枝横七竖八地插在一起，做成了一个怪模怪样的大笼子，挂在高高的松树上。一身玄衣的冷艳女子和裹着黄鹂缎的娇俏少女，正愤怒地躲避着尖锐的松枝，在笼子里又摇又晃，冲树下的老者大喊大叫。

"吵死了！"

背着葫芦的独目拐独坐在树下，悠然地咂了口酒，打了个响指。霎时，林中扑棱棱飞起数百只巨大的纸鹤，每一只的背上都驮着几位昏迷不醒的村民。他们有的还长着魔物的牙齿，有的正在褪去刚硬的毛。明亮的韵光围绕着他们，一丝一丝的混沌争先恐后地从他们的身体里逃散出来，在韵光中化为乌有。他们的体形也渐渐缩小，恢复到正常的状态。有个别村民已经苏醒，难以置信地望着身上的韵光，不停抚摸着恢复原状的脸和身体，流出欣喜若狂的泪水。

"京剧猫大人……是京剧猫大人救了我们！多谢恩公！这两个可恨的魔女……烧了我们的村子，还把我们变成这副鬼样子……多谢京剧猫大人，帮我们报了仇！"

恢复原状的村民们对杀瞳和爱瞳怒目而视，不停叫骂着，朝她们吐着口水。杀瞳和爱瞳面色难看，她们的眼睛却像看不清一般，茫然四顾。更多的村民冲独目拐跪下来，重重磕着头，把他当神仙一般叩拜着，感恩不已。

"别吵了！在洞里躲好，三天之内谁也别出来！听懂没有？"独目拐扫视了一圈，满意地点点头，长尾击地，"去吧！"

数百只纸鹤腾空而起，高高飞入苍蓝的夜幕之中。它们排成一排，仿佛一条银线，掠过明亮的月亮，消失在不老峰的西面。

杀瞳听着纸鹤振翅而飞的声音，痛惜与愤恨凝结在她冰冷艳丽的面容上："可恨……竟然毁了我们费尽心思打造的军队……千岁大人，恕属下无能……"

"是够无能的。派两个小丫头当先锋，花千岁那个嚣张的小猫崽子，真当眼宗没人了吗？"独目拐嗤笑一声，又灌了口酒，细长的黑目悠然地斜睨着二女，"让老夫猜猜，你们特意向花千岁请缨，以为能凭着自己对眼宗的熟悉，抄不老峰的近道，攻下宗门？哈！不自量力。也不想想你们那点儿功夫都是谁教出来的！"

杀瞳愤怒地转向他，恨意在她的眼中翻涌，但她那双引以为豪的刀风瞳，如今已蒙上了一层薄薄的烟雾，再也发不出那削金断铁的风刃了。爱瞳不断擦着她的眼睛，烟雾却如影随形，覆盖在她的眼睛上。现在她的隐界瞳，连一个最基本的隐藏结界都施展不出来了。

"可惜啊……都是难得的好眼睛。"独目拐再次叹息一声，扯出一个难看的笑，"在老夫毁了它们之前，把知道的都说出来吧。"

"教宗大人可别得意得太早。花千岁大人神机妙算，早有布局。眼宗的所有人，今夜都插翅难飞。教宗大人若识时务，还是及早换个靠山，向黯大人效忠为妙。"爱瞳语音甜美，俏丽的小脸上闪过一丝算计。

独目拐大笑："花千岁号称百万西军，兵分六路。除了你们这一路魔物崽子，还有四路各取清凉峰、碎冰岭、断雪崖、寒尽冰原，你们当真以为眼宗不知？"

爱瞳和杀瞳大惊失色，她们原以为眼宗多日闭门不出，必然是怕了花千岁的百万西军，躲在宗内等死。没想到他们的消息竟如此灵通，连前几日刚刚定下的攻路，竟然也都摸得一清二楚？

"说吧，剩下的一路在哪儿？由何人率领？"独目拐厉声道。

杀瞳转向独目拐，扯出一抹意味不明的笑容："呵呵，你真想知道的话，对我用真言幻术不就行了？"

"真言幻术……"独目拐的眼珠动了动，轻轻道，"只能施行一次的幻术……中术者，要么说出真话而疯，要么说出谎话而死。你连这种眼宗禁术都知道了，看来黯的手下，除了你们，更有级别不低的眼宗叛徒在帮他啊……"

独目拐低头思索一阵，嘲弄地笑了："杀瞳丫头，这种毒术你也敢提，你就这么想为黯尽忠吗？"

"少对我说教！你早就不是我的师父了。我们'猫瞳姐妹'的眼睛再好，在你眼里，在眼宗眼里，也永远不是当宗主的料，甚至比不上那个厨娘生的猫妮子居晴！黯大人可不一样，他承认我，看重我，他能给我想要的一切，权势、地位、强大的功法……呵呵……"杀瞳的双眼迸发出疯狂的光芒，如同冰芙蓉一样的脸庞突然散发出生机勃勃的光彩，

"毕竟，我可是把更珍贵的东西交到他手上了，那个预知瞳……"

"预知瞳有老夫的护法护送，早就进眼宗了。"独目拐哼了一声，巨大的长尾一扫，黑松枝做成的大笼子就剧烈地摇摆起来，震得二女在笼中翻来滚去，狼狈不堪。

"快说，花千岁是怎么盘算的？剩下的一路军在哪儿？"

"预知瞳到不了眼宗了……"

"你说什么？"

独目拐收了长尾，眯起眼睛细听。杀瞳抱紧爱瞳，勾起美艳的唇角，露出得意的笑容。

"你忘了吗？'猫瞳姐妹'可不止我们两个呢。当年那个小小的、不起眼的丫头，现在成了花千岁的首席先锋，可以一人成军的'幽灵公主'……"

独目拐的眼睛骤然紧缩。他听说过这个名号，这个以冷血著称，给民间留下无数白色恐怖，连孩童的性命都不放过的"幽灵公主"。传闻她一袭白衣，如幽灵鬼魅一般，可以单独召唤出一支军队，所过之处寸草不生，是花千岁最忠诚的杀手。同时，他的回忆中也渐渐出现了一个小小的身影，一个迟迟不能开眼，被姐妹和同窗嫌弃，游走在眼宗的孤单身影。

"你们对那丫头做了什么？"独目拐的眼中燃起了怒火，他的周身仿佛被无形的火焰围绕，任谁都能感受到他滚烫的怒气，"她的体质不能开眼，你们早该知道——"

"花千岁大人，早把那个没用的妹妹给改造了。'猫瞳姐妹'的第三位，生瞳——"杀瞳冷酷地笑了笑，"她是最完美的杀手。现在，预知瞳已经落到她手里了。"

雪花是脆弱的，美丽的，易碎的。

这是西门从前对雪花的印象。记得以前，年幼的他和西诗曾经趴在木船边，伸出手指去接那些从天空飘零而下的雪花，想看清那一簇一簇"枝丫"的模样。

而现在，那曾经喜爱的雪花，正深深插进他和妹妹的皮肉里，吸取着他们的热量。

西门拼尽全力抓紧手中锋利的兽牙，黏嗒嗒的口水大滴大滴地落在他身上。他的膝盖很痛，跪在寒冷的冰面上止不住地打滑，但他绝不能滑倒，否则下一秒，他和身后的妹妹就会消失在魔物的血盆大口之中。他们的身体已经被大大小小的雪花刺中，这些雪花坚硬如铁，不断掠夺着他们身上的温度。

太冷了……到底还能坚持多久？他的双手剧烈地颤抖着，魔物越逼越近，口中的腥气已经喷到了他的脸上。西门绝望地抬起头，白衣女子默然悬浮于半空，一轮苍白的月亮在她身后悬挂着。

"坚持下来啊，西门！我刚放心地送走你们，你怎么就陷入这种绝境了！没出息！"

阿木的声音在他耳边响起，分不清是幻觉还是现实。

"你说得倒轻巧……我又没你那么大力气，魔物好重，我快坚持不住了……"

西门的双手剧烈地颤抖着，魔物的牙一寸寸向他的咽喉逼近。

"动动脑筋啊！想想独目拐爷爷说过的话，快！"

"他说过的话多了，你指哪一句啊？"

"你自己想，快想想！"

阿木在脑海里吵得要命，西门闭上双眼，魔物的牙齿已经挨到他的脖子了。

"想活命就按老夫说的做！"

独目拐的声音粗鲁地响起。

"提气养息，闭四白，通睛明，摄迎香。"

西门感到自己在一片寒冷中沉了下去。他仿佛浸到了野湖里，熟悉的水的味道包围着他，向他的四肢百骸灌了进来。游鱼环绕在他身边，他自如地跟它们游来游去，好像小时候无数次在湖里畅玩时一样。

西门感到通体舒畅，他自由自在地游着，笑着，喊着，嘴里吐出一串串泡泡，连身体也似乎变小了。游鱼们成群结队地把他引向深湖的某一个方向，那里有一扇巨大的门扉，门上条纹密布，如天上星斗。西门还没来得及看清，就被大门中央一个巨大的球状物体吸引住了。那球体仿佛是活的，有什么东西在球体表面的薄膜之下转动着。一条细细的金色裂缝横亘在球体正中，不断有美丽的金色泡沫从那道裂缝中逸散出来。

西门踌躇了片刻。他隐隐感觉到自己将做一个很大的决定，一个如同反对自己一般的决定。他要开启的是一个他不知道的东西，也是一个他已经知道的东西。

大门后面是什么？

他抬起指尖，伸出手去。

第十四章

生瞳与西诗

京剧猫

触碰球体的同时，一道热流迅速从指尖传遍西门的全身。那球体上的金色裂缝突然张大，无数金色的泡沫喷涌而出——

西门睁开了眼睛。

时空仿佛静止了。

巨大的灰白色魔物仰起头，对着苍白的月亮长啸了一声。

然后，它一寸、一寸地，趴了下去，低下硕大的头颅，趴到冰寒的地面，直到整个身体平贴在路面之上。每一根刚直耸立的毛发，都仿佛湖边的弱柳，安静地垂了下来。

生瞳伸手紧了紧身上的白衣。不应该会冷的，她的体质应该感觉不到冷热，但是她现在觉得冷了。

一双脚踏上了魔物的头颅。

单薄的蓝衣少年站到了魔物之上。

魔物呜咽着站起来，巨大的身躯如同小山般慢慢拱起。少年立在小山之巅，在月色下渐渐升高，直到与生瞳齐平。

他抬头看着月亮，轻轻抖一抖肩，那些插在他身上的雪花便消失不见了。

接着，他那双幽紫色的眼睛转向生瞳，月华流转。他的眼中斗转星移，韵光盛放。他伸出手，仿佛生瞳初见他时那样，轻轻一指。

一阵强烈的眩晕顿时袭向生瞳，她足下一软，跌坐在巨大的雪花之上。雪花随着她的动摇而上下颠簸，从半空中直落下去，六个角上开始出现延展的裂痕。瘆人的寒意从皮肤钻入她的五脏六腑，寒风呼啸着刮过她的脸颊，她抬头盯着少年，苍蓝月色下，少年的双瞳仿佛月下狼王，凛然不可冒犯。

是幻术。我竟然中了他的幻术。

生瞳紧闭双目，轻盈转身，仲出白细的指尖，向越来越近的地面画出一个复杂的图案。只听一声巨响，冰寒的地面上拔地而起一座高大的冰柱，生生托起了下坠的生瞳。她足下的雪花应声而碎，化作万千钻石冰尘。巨型魔物一声长啸，在冰道上绝尘而去。它的背上，蓝衣少年拉着妹妹的手，头也不回地驾驭着魔物向道路尽头冲去。

生瞳望着越来越远的魔物，一层阴云覆盖在她如雪的面孔上。她揉了揉眼睛，轻抬手臂。霎时间，雪松林中传出一声尖锐的枭鸣，一道白影冲天而上，之后迅速滑落到生瞳的手臂上。

是只雪枭。雪白的羽毛上有着点点横斑，看起来优雅清丽，与生瞳的气质颇有几分相似。只是那一双金黄色的大圆眼睛，生硬古怪地转来转去，像是机械做成的。它环视一周，硕大的眼睛盯住了生瞳，尖锐的喙轻轻打开。

"废物。"

一个风流懒散的男声慢悠悠地响起。

生瞳瞬间单膝跪下，她面无表情地低下头，用机械娃娃般的声音回道："属下无能。"

"你的姐妹已经失手。若你再失败……你该知道吧。"

生瞳的身体晃了晃，平板无波的声音里第一次注入一丝恐惧："属下明白。"

"去吧，我像从前一样期待你。"

"是。请千岁大人放心。"

"我看着呢。"

一阵低低的笑声过后，雪枭静止不动了。

生瞳慢慢站起身，望向大道的前方。

寒风凛冽。这条著名的奇寒道曾为眼宗阻挡了无数次来自黯势力的进攻。魔物、妖物、精怪、异猫、机械甲兵，它们统统倒在了这条道上千年严冬般的寒气之下，还未走到眼宗门口，便化作僵硬的冰雕，埋葬在雪坡之下。只消看一眼道路两旁一年比一年高耸的雪坡，就能理解眼宗何以固若金汤上百年，连麾下枭强云集的魔将花千岁，都久攻不下。

但是这份强韧也就到此为止了。她就是为了攻下眼宗而被改造出来的。她的身体不会感知到冷热，也不会受奇寒道的影响。她为了今天，已经经历了多年杀戮的实战，更亲手创造出耐寒的魔物，直到能够自如地操纵雪花和魔物大军，夺去所有碍事的性命。她是被训练多年的一支伏兵，全为了今夜这一战。事到如今，眼宗不可能料到她，也不可能拦住她。

只是，那对突然出现的预知瞳兄妹，怎么也能抵挡住奇寒道的威力呢？

生瞳摇了摇头，决定不再关心这些细节。这是属于她的夜晚，花千岁大人还在等着，她只要忠实地执行命令就好了。

她抬起头，月色退去了苍蓝，恢复到惨白的颜色。刚才的晕眩消失了。那孩子的幻术失效了。

生瞳迎着月亮伸出手指，低吟了一句："生生不息。"

接着，她把手指转向自己的右眼，狠狠地戳了下去。

一声凄厉的惨叫从她的嘴里冒了出来，雪枭振翅而上，盘旋着发出应和的怪叫。在极度痛苦的叫声中，乳白色的眼泪流了下来，而她的左眼中白光大盛，幽紫色的混沌在其中如龙卷风一般呼啸着，狂暴的力量仿佛要将她的眼球撕碎。过了片刻，好像暴风止息一般，她的左眼中忽然大雪弥漫，雪白的瞳仁盯紧了远处巨型魔物的身影。

然后，她转了转眼珠，看向左边的雪坡。

一团雪花飞舞的影子出现在雪坡上，渐渐凝成一个灰白色的巨型魔物。然后是第二个、第三个……第一百个、第二百个……随着生瞳的目光扫过，雪坡上接二连三出现了一模一样的魔物。它们此起彼伏地长啸着，凶狠地互相撞击。生瞳转眸看向右边，很快，右边的雪坡上也出现了成百上千的巨型魔物。它们与生瞳带来的魔物毫无二致，丝毫不受奇寒道的冰寒之气影响，反而躁动不安，异常凶狠。

生瞳注视着这支瞬息打造成的魔物大军，满意地放下了手。她的眼中不再有风雪，右眼的伤口也渐渐愈合，恢复成原本的模样。自始至终蒙在她身上的薄雾，似乎更浓了一些。

"魔将花千岁麾下首席先锋，复生瞳的拥有者，在此命令你们。"

生瞳向前一踏，她的足下立时绽放出一片巨大的雪花。随着她凌空走动的步伐，一片接一片的雪花出现在她的脚下。

"你们以我之血所造，为我之血效忠。"

机械娃娃般的声音回荡在奇寒道的上空。漫山遍野的魔物们仰望着她，发出整齐的长啸。

"遵从我的指令，今夜，冲破眼宗宗门，拿下眼宗和预知瞳！"

震天动地的号叫声随着轰隆隆的脚步声一齐响起。巨型魔物们疯狂地从两侧的雪坡冲下，如同雪崩般落到奇寒道上，向着道路尽头狂奔而去。无数的雪松被踩折、撞飞，雪枭一声尖鸣，冲上夜空。生瞳望着这一切，面无表情的脸上，头一次出现了光芒。

"哥哥……你刚才怎么了？"

西诗抓紧西门的手。刚才的西门完全不似她熟悉的哥哥，她几乎要以为那是另一个人。他看生瞳的眼神，比奇寒道的冰面还要寒冷，比今晚的月光还要冷酷。而现在，那双总是温和的眼睛终于不再闪烁着骇人的光芒，开始露出刻骨的疲倦。

"别担心。"

现在不是关心我的时候。西门抓紧魔物的鬃毛，驱使它更快地冲向道路尽头。他几乎已经记不清刚刚发生了什么。如同在野黑林里一样，他击倒了爱瞳，却什么也记不起来。唯一不同的是，自从那些金色的泡沫淹没了他，巨大的球体开启后，他的眼睛不再疼了，也没有左冲右突的力量在体内啃咬他的五脏六腑了。但现在这些都不重要。西门咬牙使力，巨大的魔物抬起前爪腾空立起，接着重重踏落在积雪皑皑的地面上。

道路结束了。他们面前是一大片空旷的积雪，这里似乎是个悬崖的崖顶，一棵老松树和一棵老梅树半死不活地枯立两旁。没有松香，没有梅花，除了月色，这里一无所有。

刚刚遥望过的宗门，就消失在这里。

西门掀衣而起，跳落在地。他全身冻得发抖，头依然很晕，四肢沉沉如铁，疲惫得想立刻昏睡过去。他扑倒在地，伸开冻僵的手指在寒冷的积雪中刨挖着。

一定在的，必须找到宗门。身后的震动如雷霆渐近，他拼命地搜索着每一处可能有线索的地方。结界？机关？到底在哪儿？

　　"喂，有谁在吗——"

　　"开门啊！救救我们——"

　　西门心急如焚，向着空旷的四周大喊着，然而回应他的只有悬崖底吹上来的寒风。西诗从魔物的背上滑了下来，睁大眼睛，拼命想在四周的黑暗中看到点儿什么。金色的月光在她的眼里跳跃，两棵老树的阴影鬼魅般斜织在一起，仿佛在嘲笑他们。

　　难道今夜，他们注定要命丧于此吗？

　　一阵撕裂空气的声音由远及近。西门本能地抱住西诗向旁边一倒，只听一声凄厉的哀号，灰白色的巨型魔物身上插进一片巨大的雪花，喷洒出滚滚冰尘。它挣扎着，顺着巨大的惯性踉跄了几步，一歪头栽了下去，掉进无边黑暗的悬崖深处。

　　西诗惊恐地尖叫一声，西门咬紧了牙关。他们的面前仿佛是一座魔物的森林，漫山遍野都是一模一样的灰白色魔物。血红灯笼般的眼睛点亮了苍白的雪坡，它们从四面八方逼近西门兄妹，崖顶仿佛是一座孤岛，后面就是万丈深渊。

生瞳雾蒙蒙的白色身影从半空中出现。她环顾四周，皱眉道："这是……宗门封印。"

她转向西门望了一会儿，雪白的瞳仁里看不出任何情绪。西门一步上前，将西诗牢牢挡在身后。他的头仿佛被千万头魔物踩过，又晕又痛，身体好像灌了铅一般沉重。生瞳在他的眼里分成了七八个影子，他需要努力集中才能看清她。她的嘴唇动了。

"真羡慕你。"

什么？

"真羡慕你。"生瞳点了点头，机械娃娃般的声音似乎轻了一些，她摸着自己的眼睛，露出遗憾的表情。

"你很强大。你有天生的好眼睛，还能够自由地使用它。你初用幻术，连我都能中招。若是假以时日，你入了眼宗，一定能成为强大的京剧猫吧。"

西门谨慎地看着她。她到底想说什么？

"我虽然是'猫瞳三姐妹'中的一员，但我的眼睛，是花千岁大人改造过，才能发挥力量的。"生瞳注视着西门的眼睛，"你不一样。你是天赋奇才，更该珍惜。眼宗今夜就要亡了，不要去死，追随黯大人吧。"

说毕，生瞳闭上了口。雪枭落在她的肩头，不满地鸣叫了一声。

西门沉默片刻，慢慢张开口："追随一个屠我家乡、害我亲人的凶手？一个在猫土掀起战争的魔头？"

生瞳摇摇头："想想你自己，你没有别的选择。"

西门盯着她："如果我拒绝，会怎样？"

"你和你的妹妹都会死。"

"我有一些疑问。"

"请讲。"

"你对京剧猫有怨恨吗？"

"没有。"

"对眼宗呢？"

"也没有。"

"我听说，你曾是独目拐前辈的学生，是眼宗弟子。那你为什么会背叛眼宗呢？"

生瞳垂下眼帘，眼中浮起一层白雾。

她摇了摇头："因为只有在花千岁大人这里，我才有用。"

生瞳举起了手，一片巨大的雪花在她的手中飞舞成形，旋转着割裂周围的空气。

"预知瞳，你的回答是？"

西门看着那片致命的雪花，轻轻笑了。

"其实，你们都看错了一件事。"

"什么？"

"哥哥，我找到了！"

西诗稚嫩的声音突然响起。一道华丽的光芒在西门背后绽放开来，随着光芒的涌动，巨大的流水声轰轰作响，仿佛银河落九天，空中出现了一道瀑布样的裂口，这道裂口如书本般左右打开，逐渐露出中间一扇华丽而高耸的门扉。门扉的正中央，一只巨大的眼形雕刻微微张开了缝隙。

西诗惊喜地看向西门，双眼中流动着异样的紫金光芒。

生瞳睁大了眼睛。

西门开心地咧嘴一笑："我妹妹的眼睛，才是最厉害的。"

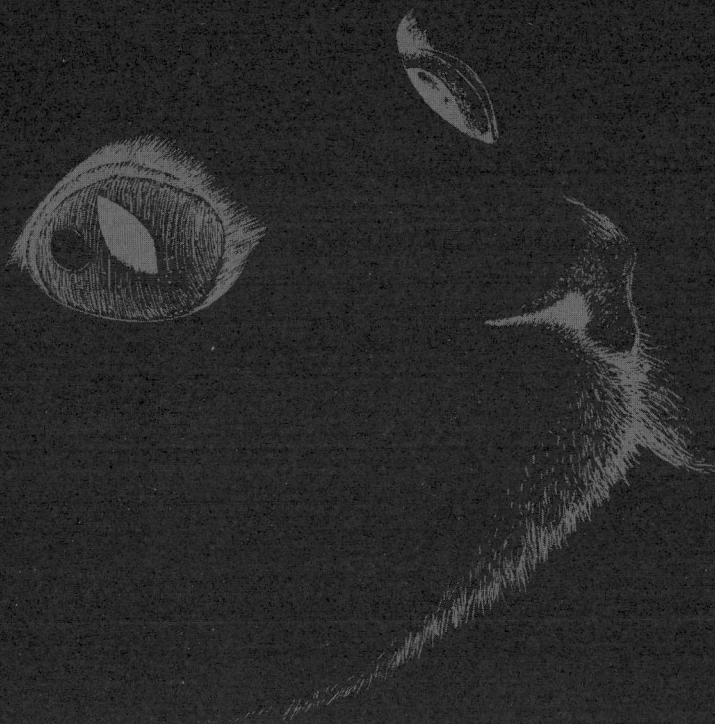

第十五章

西门的决断

京剧猫

眼宗弟子们披坚执锐，守备森严。

极峰岭的十二座主峰与侧峰都有各级宗师和弟子把守，寒尽冰原的边境，飞虎骑排兵布阵，严阵以待。断雪崖的崖顶，一声涤荡人心的凤鸣破天而起，几声穿云破月的琴音袅袅飞升，如流水涤心，给人无比安定之感。

群峰环绕之中，是一处宽广静谧、积雪皑皑的盆地，千万座矮小可爱的民居坐落其中。家家门户紧闭。每隔几家，就有一只冰蓝尾羽的聆音燕立在屋顶之上，机警地审视着四周。

要守好这里。离山暗自下定决心，转头望向宗门。子时已过半刻，独目拐和花千岁的军队都没有出现。到底在搞什么名堂？一股莫名的焦躁在离山心头升起。他宁愿冲到战场上与敌人光明正大地拼杀，也不愿忍受这种未知的等待。好像有个不怀好意的阴谋在蠢蠢欲动，藏在深深的黑暗里窥视着他们。

"宫一、宫二、宫三！你们在打什么瞌睡，给我起来！"离山顺着宗门往下看，一眼瞥见宫三兄弟在门前打盹。他脸色一黑，夺过墙上的水晶怒吼。

"是！是！是！"宫二仿佛梦里被雷劈了，捧着水晶蹦了起来，一脚踹醒旁边的兄弟，"快起来，看着点儿宗门！"

"封印结界不是好好的嘛……"宫一迷迷糊糊地撑起圆滚滚的身子，看了眼身后巍峨的宗门，接着伸出手，拍了拍门上巨大的眼形雕刻。紧闭的巨眼缓缓睁开了一条缝，宫一慢吞吞地凑过去向外看，接着，发出一声变了调的惊呼。

"咦！外面有人！"

宫三好奇地趴过去看："哇！有两个孩子！"

宫二两手扒开他两个圆滚滚的兄弟，挤进去一看："嗬！他们好像在找宗门！等等，那个小姑娘看过来了……她好像看见我了！她和我对视了！不可能啊，有封印结界在，谁从外面都看不见摸不着咱们的宗门，她怎么……她走过来了！她走过来了！"

"外面何事，报！"

离山威严的怒吼直穿耳鼓。宫三兄弟吓得一哆嗦，齐齐把手掌放在眼形雕刻之上。他们的眼中亮起一模一样的金色韵光，瞬息之间，巨眼慢慢变得透明，奇寒道上的景象映在上面，所有弟子都好奇地停下手中的事，关注着这里。西诗憔悴美丽的小脸在巨眼上出现了，她目光焦虑地环视四周，仿佛在找着什么，然后定定地看向这里，眼中流转着与宫三兄弟同样的金色光芒。

眼宗弟子们顿时一片哗然。

"怎么回事？这小姑娘是谁？"

"她好像……能看见这里？"

"这绝不可能！宗门封印由初代宗主创造，一旦开启，从外面根本看不见也摸不着，这可是极限高等幻术！"

"喂，你们看看她的眼睛！她这是开眼了吗？"

"胡扯！她看上去只有五六岁啊！哪有这么早就能开眼的？"

空蝉罕见地收起了笑容，他仔细地注视着西诗的双眼。

"离山，还记得凤颜宗主的话吗？"

离山没有搭腔，他的手早已紧握成拳。这太不可思议了。宗门封印只有宗师级的眼宗人才能看破，连他都还远远

第十五章 西门的决断

185

摸不到那层境界。

"说不定，眼宗收获的不只是一位预知瞳呢。"他想起了师父凤颜的话，这么说，隐约站在这小姑娘身后的那个男孩儿，说不定就是……

小姑娘小心地伸出手，向前一触。

"哥哥，我找到了！"

随着一声惊喜的叫喊，整扇宗门忽然变得如虚幻的影像般飘忽闪现。一道华丽的光芒通天而起，巨眼雕刻忽然睁大，整扇宗门变得隐隐透明，所有人都看见了门外的场景。

立于雪花之上的白衣女子。漫山遍野的巨型魔物。被围困在悬崖上的少年少女。

"敌军来攻，备战——"

数只聆音燕腾空而起，迅速飞往各方传递消息。上千名眼宗弟子不用任何人指挥，各自拿起武器，无声地冲向备战的位置。浅紫色的斗篷迎风飞扬，宛如旗帜，每个人的眼睛亮起灼灼的韵光，注视着宗门。

离山扫了一眼宗门，迅速拿起冰晶，晶体微微发亮，胜兰的虚影出现在他面前。

"禀宗师，如您所见，花千岁的前锋军已到宗门门口，是否下令出击？"

胜兰眼皮也不抬："等。"

"是，可是门前还有一对孩子，那个女孩儿刚刚看破了宗门封印。还有她身后的男孩儿，会不会是独目拐教宗提到的……"

"等。"胜兰声如冷铁，抬起指尖，"好好看看，那是眼宗的叛徒，'猫瞳三姐妹'的生瞳。她率领的这一队魔物，正是花千岁藏起来的第六路军队。"

离山和空蝉这才仔细注意起生瞳。

空蝉疑道："花千岁不是原本派出了一路前锋军吗？宗师如何肯定这就是隐藏起来的第六路……"

"以杀瞳贪婪嗜杀的性格，攻打眼宗她必打头阵。她未出现，独目拐未归，疑似预知瞳的孩子单独出现在宗门口。想一想这意味着什么。"

空蝉慢慢醒悟："多半独目拐教宗已拦住了杀瞳那一军。"

离山急道："那我们该打开宗门，把预知瞳他们接进来，再痛击魔物啊！"

"愚蠢。数数门外的魔物有多少，守门弟子抵挡得住？现在开门，你是把眼宗拱手让人。花千岁正等着你这么做呢。"

离山又瞅了眼宗门上的景象，不甘心地说道："可那两个孩子根本敌不过生瞳和魔物啊！哪怕只放我一个人出去，我可以救他们……"

"等。"胜兰意味深长地看了眼生瞳身旁环绕飞翔的雪枭，接着把目光落在那对孩子身上。

"谁也不准擅开宗门。我要亲眼看看，这个预知瞳是真是假。"

悬崖底吹上来的寒风激烈地撞击着宗门外层的结界。巨大的裂口飘忽不定，时而扩大，时而收缩，似乎下一秒就要消失。

雪枭高声鸣叫。生瞳望着宗门，眼中流露出一丝渴求。

"哥哥快来！"西诗用手抓住宗门上巨眼雕刻的缝隙，另一只手伸向西门。

"好！"

西门迅速转身，将手伸向妹妹。就在他满怀希望要踏进结界时，一阵熟悉的困倦袭向他，他的眼前忽然出现了模糊的景象。

又看见了。

他看见了让他毛骨悚然的场景。

巨大的宗门被成千上万只巨型魔物推挤着撞开，轰然倒地。

雪谷之中一户户可爱的矮房子，瞬间被咆哮着的魔物群淹没。

穿着浅紫色斗篷的眼宗弟子们奋勇顽抗，他们的双眼都亮着韵光，孤单地消失在比他们多十倍、百倍的魔物群中。

躲在雪洞之中的百姓瑟瑟发抖，被疯狂的魔物拖了出来。

母亲哭喊着护住孩子，父亲冲了上去，被巨大的爪子掀飞，落在一群争夺的爪牙之间，瞬间被撕得粉碎。

白色的盆地渐渐染成了红色。震耳欲聋的哭喊声中，幽紫色的混沌从四面八方升起，如同海啸般淹没了整个眼宗。

村民中不断有人倒在地上，四肢抽搐。他们的身躯渐渐膨胀，在哭号中变成了魔物。

新的魔物转过头，嘶吼着开始吞食周围的村民。

晶莹的雪晴城下聚集了无数的魔物，它们一只只跳上城墙，疯狂地攀爬、撕咬，城墙渐渐千疮百孔，摇摇欲坠。

苍蓝色的天幕中，眼宗结界开始出现一条一条巨大可怕的裂痕，结界的碎片轰然掉落。

破裂的结界之上，露出了一双覆盖了半个天空的巨大眼睛。它缓缓地睁开。

那是一双猩红色的凶恶眼睛，让人极不舒服地转动着，扫视着渺小的眼宗，发出狰狞的笑声。

它的视线所过之处，爆炸四起，哀号遍野。魔物们纷纷朝它欢呼，向它臣服。

那双眼睛转了转，最后盯住了西门，发出贪婪的、凶恶的光芒。

"你是我的……预知瞳……是我的……"
一个低沉邪恶的声音回荡在天际。

"去，杀光他们。"
西门倒抽一口冷气，瞬间清醒过来。他的心跳得那样急，血咚咚地撞击着他的耳膜。他的胃抽搐着，头痛得快要炸裂，视线里摇晃着西诗焦急的脸："哥哥，你怎么了？快过来啊！"

那是黯的眼睛，黯的声音。猫土最凶恶的大魔头，他要来了。

决定只需要一瞬间。西门迅速把西诗向宗门一推，透明的结界便如水流一般涌动着合向一起。西诗尖叫着伸出手，最终消失在结界之中，和宗门一起隐没不见了。

她会安全的。眼宗会保护她的。

西门转过身，现在他的身后空无一物，而他的面前，奇寒道上雪尘飞舞，积累了上千年的冰寒之气仿佛要吃掉他的骨头。寒冰结成的地面隆隆作响，漫山遍野的魔物咆哮着向他涌来。雪枭气急败坏地鸣叫。生瞳面无表情，眼神冰冷，手中的雪花已凝结成形。

西门的手微微颤抖，他是疯了吗？他一个没有力量的孩子，站在这里是想逞什么英雄？他怎么可能抵挡得住成百上千的魔物大军？甚至这里还有一个黯的杀手！他是不是得意忘形了？独目老者说他是几百年一遇的预知瞳，他就真的自以为是了？他甚至连韵力都还没搞清是怎么回事！

但是他看见了。他们兄妹会成为魔物叩开宗门的钥匙。只要眼宗为了救他们打开宗门，那个可怕的未来就会变成现实。

决不能让它发生！

西门咬牙，眨了眨冻僵的双眼，眼前浮现出阿木碧绿的眼睛。

"西门，你既然看得见以后发生的事，为什么老是逃避，不试试改变它呢？"

西门突然回想起阿木问他的话。明明才分别没多久，却好像是上辈子的事情了。

"有本事，没出息。"阿木挤眉弄眼，嘲笑道，"大哥我不在你身边，你就怕了？"

"去你的。"西门忍不住低声笑了，"你可看好了，从今天起，我既然看见，我就要改变。"

狂风渐起。

西门感到身体里有什么东西跟着狂风一起点燃了。刚才那番话，仿佛去掉了他心头困扰许久的阴霾和恐惧。他控制不了的预知力总是像个黑洞一样，追逐着他，绝不会给他带来好事。这是第一次，他试着伸出双手，扒住黑洞的边缘，想要撕开一丝光明。

西门笑了，他摸了摸身上，想找件趁手的家伙，却只摸到了那只独目老者要他交给凤颜宗主的锦盒。魔物群的脚步声越来越近，他急忙打开锦盒，摸到一件好像有点儿眼熟的东西。这东西轻轻巧巧。他来不及细看，便把它握在手里，好像握住了极大的勇气。他抖了抖，大喊一声："好，来吧！"

魔物群此起彼伏地号叫着。生瞳踏着雪花飞落，冰冷的声音再度响起。

"你破坏了千岁大人的计划。"她说，"最后一次机会，跟随黯大人，或者死，请回答。"

蓝衣少年笑了，单薄执拗得如同寒风里的一株幼松。飞雪落满了他的全身。他一人当道，动也不动，身后是看不见的眼宗。

"告诉你的主人……"

少年慢慢地举起手中之物，指向漫山遍野的魔物。

"他永远，得不到预知瞳。"

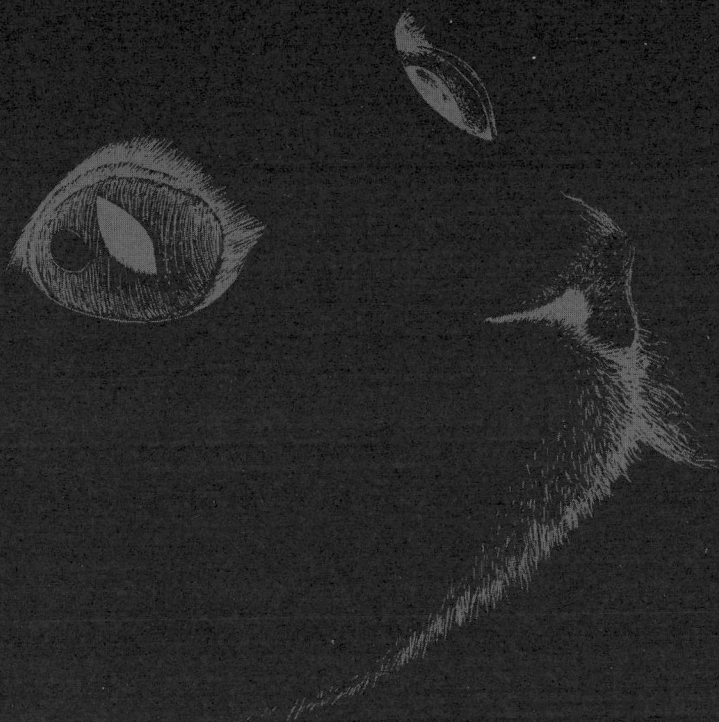

第十六章

眼宗大师兄

京劇笛

巨大的眼宗宗门上，令人眼花缭乱的映象还在持续着。

守门的眼宗弟子们窃窃私语，所有人都在关心门外的进展。

"喂，这小子到底坚持多久了？"

"有一炷香了吧。看看他面对的魔物和对手，换作是你，你能坚持多久？"

"他到底是哪儿来的？你们看看他使出的招式，根本连韵力都控制不好，东一股西一股的，但为什么能坚持这么久？"

"笨蛋，好好看看他手里拿的是什么！"

多嘴的弟子噤了声，仔细向门上的景象瞅去，慢慢露出不可思议的神情。他嗓子里呜咽了一声，嘶哑道："这不可能……不可能……那是……"

"是随风扇！他手里拿的是凤颜宗主的兵器！"

弟子们一片哗然，消息像插了翅膀一样迅速传开，每个人的脸上都惊疑不定，重新审视起宗门上的映象。蓝衣少年浑身是伤，他的背上、手臂上插着一片片细小尖锐的雪花，腿上被魔物的爪子抓出了一道深可见骨的伤口，殷红的血迹一簇簇盛开在他的蓝衣之上。他摇摇晃晃地立着，手里紧紧攥着一把精致的折扇。随着他眼中忽明忽灭的韵光，那把折扇被他挥出一阵阵亮晶晶的风。风如天河之水倾泻在魔物群中，所到之处，魔物如同被泼了滚烫的开水，纷纷哀号着避开。那在空中急速盘旋的巨大雪花，从四面八方凶狠地袭向他，却在碰到风的瞬间如冬雪遇春阳，迅速融化。

这个少年到底是谁？为什么会突然在大战前出现在眼宗门口？还使用着宗主贴身不离的兵器？

"胜兰宗师的命令还没到吗？再拖着不救，这孩子怕是支撑不下去了！"一位师姐不忍再看。

"慢着，还未搞清他是什么来头，是敌是友，万一他是花千岁放下的诱饵呢？"一位师兄冷冷说道。

"他被魔物追杀，还拿着宗主的随风扇，怎么可能是敌人？"

"那宗主的折扇为何会在他手上，莫不是被他盗了去？"

"那也要先救进来再问，人命关天啊！"

"放着一个孩子在门外不救，太有辱眼宗的脸面了！"

"大战在即，没有宗师命令，谁敢擅动！"

"去问问离山大师兄！"

高高的哨塔之上，圆滚滚的宫二和宫三气喘吁吁爬上楼，小心翼翼把手中抬着的女孩，轻放在一张高背座椅上。

"她刚跌进来就晕过去了，太不可思议了……这么多年，从来没有人能看透宗门结界，她竟然还穿过了结界……底下弟子们都炸锅了，这丫头到底什么来头啊？"宫二絮絮叨叨，可怜巴巴地望向离山，"离山大师兄，接下来该怎么办？"

离山没有回头，沉默地望着宗门。门外孤身一人的少年手持神兵，那一点点蓝在无穷无尽的灰白魔物里挣扎，随时都会倒下。他连韵力都没好好学过。这身板明显没受过锻炼。他不是预知瞳吗？为什么不把预知力用在战斗上……小心后面！笨蛋，随风扇不是这么用的啊，小子！

"离山，你的心里话太吵了。这么担心的话，下场指导一下如何？"空蝉笑道，手里不慌不忙凝起一团青绿色的韵光，缓缓输入小女孩的额间。

"我们是堂堂眼宗，是十二宗里与黯对抗十年，屹立不倒的宗门。我们保护过无数黎民百姓，为什么现在，一个小孩子在宗门前独自面对花千岁的魔物大军和先锋杀手，我们却只能在这里袖手旁观！这不是京剧猫该有的作为，胜兰宗师到底在等什么？"

　　冰晶应声而碎，滴滴鲜血从离山握得泛白的指节里滴下来。宫二宫三早吓得抱作一团，缩到角落瑟瑟发抖。

　　空蝉瞥了一眼，笑道："喂，你别给我增加治疗量啊。"

　　离山扔了冰晶，随手在衣服上抹了抹伤口，问道："她怎么样？"

　　空蝉思索片刻，收了手中的青光："不知她的眼睛到底是何种瞳力，但她未经锻炼，就贸然使用韵力，刚刚又惊悲过度，已是气力用尽。真是太乱来了。"

　　离山紧皱眉头："要送去德云宗师那里吗？"

　　空蝉笑笑："暂时不用。我刚才探过，她的体内有独目拐教宗种下的防护，并无大碍。只是她的心脉十分脆弱，真气逆行不畅，其中还有暗流涌动，以我之力只能暂保她平安，剩下的恐怕要请我师父亲自看诊，才能下断——轻点儿，你还不能动。"

　　衣衫破旧的女孩儿睁开了双眼。室内的所有人不禁呼吸一滞。

好像迎霜开放的雪芙蓉，在一夜之间钻破泥土，披了月华，在寒风中绽放出第一缕香。

美人尚幼，其韵已天成。

但是这韵味却没有温室里养成的轻柔。这是一种在苦难中安之若素的从容，是相信有人可以依靠的安然，是风雨飘摇，她自如一的沉稳。

小小年纪，便有这般气质，而且这双眼睛——

空蝉和离山对望一眼，都在对方的眼底看到了深深的震惊。

"稀世之瞳，数有十二，其中有一看透世间万般幻术的眼瞳，名为透幻瞳。其色浅，多为紫。韵力流通时，呈紫金之光。在此瞳前，任何幻术与伪装不攻自破，无所遁形。唯心地纯净者，能运用自如。"

这是眼宗秘籍《千年明睛谱》上的记载。它搜集了上千年以来，猫土曾出现过的各类稀世罕有的眼瞳。其中的十二种眼瞳，百年难遇。一旦现世，必将引起世间的动荡。他们高超的瞳力被各方势力争夺，往往左右了战争的结局，甚至历史的发展。

因此，世间对这些稀世之瞳的拥有者，态度相当分化。

有人拥戴他们，把他们当救世主，有人厌憎他们，把他们当扫把星。

透幻瞳，就是其中的一种。因为太久太久没有出现，甚至已经被人们遗忘了。

现在，活生生的传说，就出现在他们面前。

女孩儿转了转灵动的眼睛，目光依次扫过他们。忽然，她盯住了空蝉斗篷上眼睛状的绣纹，双眼倏地发亮。她立刻挣扎着起身，抓住空蝉的手，跪了下去。

"英雄哥哥们，你们都是眼宗的京剧猫吧？求求你们，救救我哥哥，他就在宗门外面！"

大颗大颗的泪珠从她的眼睛里滑下来，她仿佛是刚刚绽放就被暴雨打落的幼小梨花。那些眼泪烫了空蝉的手，也烫了离山的眼睛。她急促地述说着他们兄妹的来历，每一个字都像是落水的人抓住的最后一根稻草。

"哥哥一定是看见了什么，才自己挡在门口的。他不是坏人，求求你们救救他！"西诗哭哑了嗓子，头深深地低下去。

离山转开眼睛，远远望了一眼雪晴城，胜兰宗师所在的地方。

那个苍龙般的男人，眼宗的定心盘，运筹帷幄于指尖，让眼宗数次以极少的损失，顶住了数十倍、数百倍的敌人，保护了宗内黎民万千。

如果说凤颜是守护全宗、牢不可破的天眼结界，胜兰宗师就是宗门上历经千年不倒的门梁。

他的考虑自有其设计和道理，哪怕看上去无情无义。

他严名在外，极少亲近任何一名弟子，却曾在离山拜入凤颜师门的那一天，特意把离山招去，对他说："你既师从我儿，成为眼宗大师兄，当以宗主之律自束，以宗门之律束人。上梁正则下梁稳。你要成为眼宗的'律'，不论对手是情，是理，还是邪魔外道。"

这样已经算是寄予厚望了。离山不敢怠慢，终日严苛律人律己。哪怕师弟们沸反盈天，暗地里把他比作魔鬼，他也坚信自己没有行错，没有辜负。

但今天不一样。

门外的少年无辜被卷入战争，且不论他是不是五百年难遇的预知瞳，放他一人在宗门外不管，让他面对成百上千的魔物，这可没写在任何一条宗规里。那孩子经历的每一刻都是对"京剧猫"这三个字的羞辱。他坚持得越久，离山的脸就越感到火辣辣的疼痛。

京剧猫是猫土的英雄，是唯一能救黎民百姓于魔物之口的英雄。他们不能见死不救。

可胜兰命令他，等。

那双瞳术高深莫测、引领眼宗走向无数胜利的眼睛，现在也在看着宗门外孤身一人的少年，等他展示自己的瞳力，证明自己值得一救吗？

离山不想等了。

他解了身上的斗篷，随手往西诗身上一盖："空蝉，这里交给你，我去去就回。"

空蝉眉头一挑，解了自己的斗篷，回扔给他："奇寒道的寒气可不是闹着玩的，你好歹给他带件御寒斗篷。"

宫二大吃一惊，惶惑地左右看看，急道："这……离山大师兄该不会要出宗门吧？可……可胜兰宗师还没有下令啊！战时抗令、擅出宗门……那咱们都要被以军法论处的啊！大师兄三思啊！"

离山抄过空蝉的斗篷，眼风凌厉地扫了宫二一眼："我决定的，没你们的事儿。"

宫三怯怯地扯住离山的衣角："门外的魔物那么多，还有生瞳那个杀手在，大师兄一人或许……或许应付不了的，不如我们去找凤颜宗主……"

离山置若罔闻，一跃跳上塔楼的窗口，寒风掀飞了他的衣角，他如同一只黑色的寒鸦般锐利凛冽。他仿佛丝毫感觉不到寒冷，脸上的英气混合着怒意，眼睛紧紧盯着宗门上的映象，哑着嗓子说："为了眼宗的安全，就把一个孩子扔在宗门外送死，那我还算什么眼宗大师兄！空蝉，我出去之后，无论发生什么，都别再开宗门。你只管提防着花千岁，别管我。"

空蝉沉着地笑笑："那是自然。你自己小心。"

"还有，拦着点儿我师父。他身系天眼结界，只要他不出宗门、不受暗算，没人伤得了眼宗。"

离山腾空而起，风中的玄衣仿佛黑色的翅膀呼啦展开。他的身影只停留了一瞬，就骤然消失了。

宫二宫三看呆了眼，脑子在"大师兄竟然违规了"和"大师兄怎么违个规都那么帅"之间来回震荡。西诗倒抽一口冷气，她刚才听得糊里糊涂，只知道这人似乎是冒了极大的风险去救哥哥。但是他脸上的表情，她很熟悉，那是西门把她推入眼宗结界时，脸上浮现的表情。

他也要回不来了吗？

"他很强的，别太担心了。"空蝉笑着为她系上斗篷，刚要说些什么，一只冰蓝尾羽的聆音燕，就悄然落在窗口。

它眉目冷峻，看了眼地上碎裂的冰晶，目光扫了一圈，落在西诗的身上。

宫二和宫三见了它，立刻浑身发抖，忙不迭低头跪拜行礼，大气也不敢喘一声。完了完了，这么快就被发现了。他们绝望地闭上眼睛。那只聆音燕代表谁，他们再清楚不过。

"带她过来。"

一滴冷汗从空蝉万年不变的笑脸上淌下来，他上前一步，挡住西诗，轻轻一揖。

"是，胜兰宗师。"

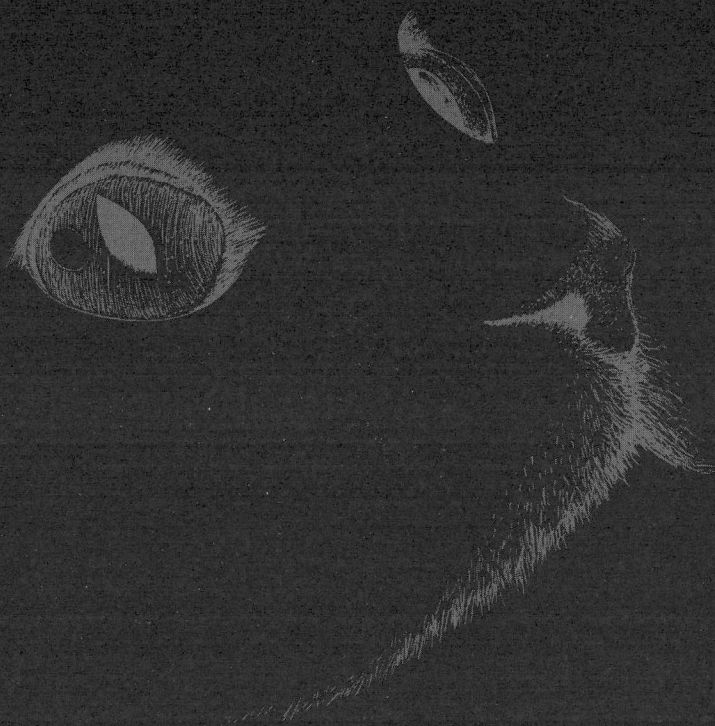

第十七章

高山与西门

京

剧

猫

雪枭冷冷地呷了呷嘴，慵懒的男声冒了出来。

"动手吧。"

西门笑了一下，跪在地上，手里的折扇晃了晃，滑落在雪地里。

生瞳一手拎起他的衣领，另一只手上寒光迸发。雪花纷纷聚拢，凝成一把尖刀，尖锐的寒光指着西门的眼睛。

"小心点儿，我要完整的眼球，可别弄坏了。"

雪枭嘎嘎尖笑。

生瞳把西门又提起来了一些，低低地凑到他耳旁。

"你也看到了，眼宗不会救你。"她机械般的声音钻入西门的耳朵，"快，归顺黯大人，你就能活。"

西门的嗓子已经冻得说不出话了。刀尖紧贴着他的眼球，视线里，苍白模糊的月亮被一劈为二。寒气已经顺着睫毛爬进了他的眼睛里。他喘了喘，露出一个遗憾的笑。

"你要是真的可怜我，"西门发出细细的气声，"就对准我的眼睛，帮我，毁了它。"

西门咳了两下，微微摇头。

"我答应过朋友，要做京剧猫。"

生瞳深吸一口气，手里的尖刀顿了顿，高扬起来。

苍白的月亮晃了一晃。

西门叹息一声。

抱歉了，阿木。再见了，西诗。

一切似乎都落幕了。

天赋异禀者的命运，往往不是由自己书写。他会像颗糖炒的栗子，在锅里跳得比谁都高，翻得比谁都远，然后第一个，在命运的烈火中崩裂。

西门现在不再怨这双眼睛了。他很高兴在短暂生命的最后关头，看到了眼宗面临的危机，让他有机会像个真正的英雄一样，第一次，亲手改变他看到的命运。

宗门到最后都没有开。他们安全了。

西门满足地闭上眼睛。

有风自耳后传来。

空气里传来噼啪作响的隐雷之声。

仿佛一道闪电劈了天地，白月剧烈地摇晃，虚星乱舞，遥远的峰群被刀锋一划，冲出一道迅疾如风的闪影。这闪影如墨笔狂书，在空中留下漆黑的风雷，又似黑虎出山，虎啸未至，其利爪已在眼前。

生瞳本能地朝后一倒，鼻尖掠过一丝燃烧的焦味。她一个后翻疾掠倒退，纤指向前一点，只听轰隆几声猛烈的炸响，数朵黑色的火焰撞击在她身前巨大的雪花上。一瞬间，冰尘碎裂，雪融为水，黑色的火焰坠落在地，一路向她侵袭过来。生瞳的白发燃着了数缕，她以指断发，白瞳急转，几头魔物纵身挡在她的身前。炸裂声起，她翻回空中，立于雪花之上，再抬头时，灰白色的魔物已哀号着在火中化为无数冰尘。

烈火驱散了奇寒道上的寒冷。烧焦的气味弥漫在安静的空气中。一个高大的玄衣少年黑瞳锋锐，周身缠绕着丝丝漆黑的烈焰，稳稳立于西门身前。他脚下的雪早已融化成水，周身三丈之内，滚滚热浪蒸腾。他微微侧身，居高临下地瞥了西门一眼。

"你就是预知瞳？"

西门擦了擦嘴边的血，坐了起来。

他曾经设想过无数次眼宗的京剧猫会是什么模样。像阿木的故事里讲过的那样，他们当是长身玉立的成年者，身披紫袍，目如寒星，护一方水土，洒脱而高洁。然而今夜他三番五次遇险，救他的京剧猫一个是古怪暴躁的独目老者，撑着一条瘸腿纵横往来；另一个就是眼前的玄衣少年，身材高大挺拔如黑松一般，眉宇飞扬，眉间川字倒竖，眉下两枚黑目凌厉如刀，看上去比西门大不了几岁。

原来做英雄的，并不都是玉树临风、相貌堂堂的成年者啊。

乱世如烟，老人和孩子，少年和女子，阿木和他，甚至西诗，谁都有可能在这夕阳将尽的乱世成为一缕幽魂，或者，一个英雄。

"不要怕。"阿木冲他眨眨眼睛。

西门突然出声笑起来。他的笑声越来越大，笑得魔物们都止住了骚动，笑得生瞳皱起了眉头，笑得雪枭开始焦躁地鸣叫，笑得离山瞪圆了眼睛，警惕地看着他。

被连续追杀的紧张感，目睹故乡村落被大火吞没的凄苦，被迫与义父和阿木分离的孤独，险些失去妹妹的惊痛……所有的情绪都随着这串大笑飞了出去，让西门险些忘了自己还身陷危机。他毫不在意地放声大笑，笑声如子夜的钟声，钟声敲响，他与过去的自己作别。

　　末了，他用袖口擦了擦笑出来的眼泪，望向离山，点了点头。

　　"我是。我是西门。"

　　西门？

　　不是眼宗的任何一个名家大姓，甚至在民间也不太常见。离山狐疑地打量着他。

　　这小子和刚刚的女孩容貌相似，看得出是亲兄妹，近看起来，倒比方才在宗门上看到的映象还要俊秀几分。那双招人的桃花眼让离山很是不喜，但他眼里淡然坚定的光，却又令人不敢忽视。看他细细长长单薄消瘦的样子，随便一头魔物都能把他踩在脚下，真想不通他是怎么坚持这么久的。为了他的妹妹？可他为什么不和妹妹一起入宗门，非要自己在门外坚守呢？

　　"穿上。"离山将手里团成一团的御寒斗篷扔到西门脸上，"你妹妹已受眼宗保护，你跟着我。宗门已闭，不会再为你打开。因为你们的突然出现，现在眼宗的计划都被打乱了。你最好三句话之内告诉我，你的眼睛看见什么了？"

　　"宗门……"西门晃了晃头，火焰的温度和厚实的斗篷让他整个儿活了过来。他盯住远处的生瞳，喃喃说道，"不能开门，一旦开了，眼宗会亡的，还有黯，我看到他了。他有一双可怕的猩红眼睛，他会打破眼宗的结界，烧了眼宗，他还会……"

——你是我的，预知瞳。

猩红色的巨眼裂开缝隙，发出低沉邪恶的声音。

——杀了他们。

西门浑身打了个寒战，突然，他好像刚刚反应过来似的，目光抓住离山："你是从哪里来的？"

"宗里啊。"离山说道。

"你！……你出来干什么！宗门在哪儿？关上了没有？万一魔物冲进去了怎么办？"西门噌地站了起来，仰头揪住离山的领口，急得满面通红，声音都大了起来。

"你知不知道这样有多危险！会有很多人死掉啊！你不是眼宗弟子吗？怎么这么冲动！"

离山一口气提不上来，憋得身边的火焰都小了几分。

冲动？说谁？说他吗？

他堂堂眼宗大师兄，宗主的内门弟子，眼宗律法的守护者，头一次为着心里那点儿正义感违背规矩，冒着被胜兰宗师剥皮的风险出来救人，被救的人居然痛心疾首地骂他冲动？到底是谁冲动，站在门口耍英雄？是谁一点儿韵力不通，还不知危险地胡来？到底谁才是京剧猫！

离山的脸面已经黑得跟炭一样了，身边的火焰熊熊燃烧起来。他从牙缝里挤出一句话："喂，你知道我是谁吗？"

西门大概也觉得自己有点儿失常，他松开了手，歉意地抚了抚离山的衣领，不确定地道："你，是眼宗的……"

他想了想，小心翼翼地说："看门人？"

一条粗大的青筋出现在离山的额角。

"好。很好。"

离山咬咬牙，回身一个眼风扫过，烈焰从他的眼睛里直烧出一道黑色的火鞭，生生抽飞了迎面扑来的三只魔物。

"刚刚还对你有几分佩服。身为预知瞳，能不被黯抓到，找到眼宗来，已是不容易。刚才你预见眼宗的危机，没有只顾着自己的安全，而是马上关了宗门，一个人和这么多魔物对着干。哪怕是眼宗弟子，也没几个做得到这么干脆。我还在佩服，这种家伙不是个傻子，就是个疯才。而你——"

离山狠狠瞪了西门一眼："很好。两个都占了。"

西门愣了半晌，有些不好意思地低下头："我没有你说得那么厉害，你是高抬我了。"

离山怒从心起："我并没有在夸你！！"

西门迷茫了，看来眼宗的人脾气都很暴躁啊。他摇摇头，劝道："我现在这个样子，也帮不上你多少忙了，若你是一时冲动跑出来，现在不用管我，快逃吧。只要照顾好我妹妹，我就心满意……"

"逃？笑话！"

离山扬了扬嘴角："我身为眼宗大师兄，要救的人，要赢的仗，还从来没有失败过。你收好我师父的扇子，给我老实待着！"

说罢，离山并指为刀，就地一画，地上便出现一道黑焰形成的火圈，那火圈将西门圈在中央。数只魔物呼啸而上，爪尖还未靠近西门，地上的黑焰便腾空而起，燃成一堵火墙，烧得魔物哀号滚地。离山看也不再看西门一眼，一个转身高高跃起，连连踏翻数只魔物，以快得惊人的速度逼近空中的生瞳。他的眼中燃起异常明亮的光。在他的脸上，人们说不出怒气和恨意到底哪一个更占上风。

"眼宗宗律第三百七十一条，背叛宗门者，不论是谁，逃至何方，一律封其双目，带回宗门审讯！

"叛宗者生瞳，你竟然还有脸回到这里——束手就擒吧！"

生瞳面无表情地看着离山，也不搭话，白皙的指尖轻轻举起，无数飞旋的巨型雪花便猛烈地向离山撞击过去。冰晶的碎裂声和火焰的燃烧声纠缠在一起，漆黑与雪白两道身影不断撞击、消失。离山的功法刚硬猛烈，又迅疾如风，那些成群的魔物只来得及扑到他的脚跟，便被当作垫脚石踏翻，包裹着烈焰摔落成灰。离山的身影几乎没有落过地，而生瞳也杀意毕现，每一招都直取离山命门，白色的瞳仁里波纹闪动。魔物们不再挤成一团胡乱扑杀，它们配合着生瞳的攻击，或前进或后退，或成群或散开，逐渐像一支灰白色的军队，在雪坡与大道之间上下来回，甚至渐渐形成了一种进退有度的阵法。离山的速度依旧未减，但他的活动范围也在一点一点收缩。上有无处不在、如飞镖般漫布的雪花，下有数量众多、指挥得当的魔物大军。任谁都能看得出来，初占上风的离山，纵然骁勇，也已经越来越吃力了。

"卑鄙！有本事一对一与大师兄相斗！"

"大师兄疾恶如仇，对叛徒最是痛恨，这次不拿下叛徒生瞳，怕是不会回头的！"

"胜兰宗师还不下令开门迎击吗？再这样下去，不但那个孩子会有危险，连大师兄也……"

宗门上映出激烈非凡的战况，门内，眼宗弟子们早已群情激愤，议论纷纷。

"比起那个，没人知道生瞳的来历吗？据说当年在宗中，'猫瞳三姐妹'实力强悍，宗内弟子排名十二，但只有大姐杀瞳和三妹爱瞳较为出名，生瞳……有人对她有印象吗？"有人发问。

"还能有什么印象！"有年纪稍大的弟子顿时唾弃道，"那三个姐妹本来是独目拐教宗执教时，座下的三位高徒，在女弟子中也是数一数二的楷模。杀瞳和爱瞳的瞳术早已声名在外，只有生瞳不知什么原因，无法开眼。她虽然有着不错的驭兽术，但实在不能和她的姐妹相比，也是三人中最不起眼的一个。

"那年，花千岁围攻眼宗之时，三姐妹负责护送十个村的百姓回宗，谁能料到，就在那天晚上……负责护送的弟子们和村民统统失去了消息。直到第二天，眼宗弟子们赶到约定的交接地点时，只看到了一地的死者……十个村的百姓，连带负责护送的十余名弟子，竟无人生还！

"现场凄惨极了，简直就是血池地狱……他们身上的伤口，不需查验就能看出，都是杀瞳的刀风瞳造成的。至于那天晚上，为什么连聆音燕都找不到他们……自然是靠爱瞳的隐界瞳制造的隐形结界了。之后，她们消失了一段时间，不久便传出，有人在其他宗的战场上看到过她们。她们居然骑着魔物，驱使混沌，替黯征战！真是忘恩负义的败类！"

提到这段往事，年纪稍大的宗中子弟，都印象深刻，无不引以为耻。若不是之后数年，花千岁频频围攻眼宗，使得眼宗忙于抗敌，这些弟子们早就离宗而去，亲手捉拿叛徒了。雪山不容污点。眼宗在十二宗之中，向来以清白高洁闻名，哪里容得下这等耻辱。而花千岁偏偏指使生瞳，作为攻破眼宗的先锋，这分明就是在打眼宗的脸。当生瞳的脸出现在宗门上时，所有熟知这段往事的师兄师姐，全都露出了震惊痛恨的表情。

"难怪大师兄忍不住，哪怕以少敌众，也要亲自出宗门迎战！"刚刚提问的小师弟气得鼓起腮帮子，目光炯炯地瞪着生瞳，心中对离山大师兄更加钦佩。

"那是自然，"年纪稍大的弟子点点头，又叹息一声，"当年第一个发现惨剧现场的，就是离山大师兄啊。"

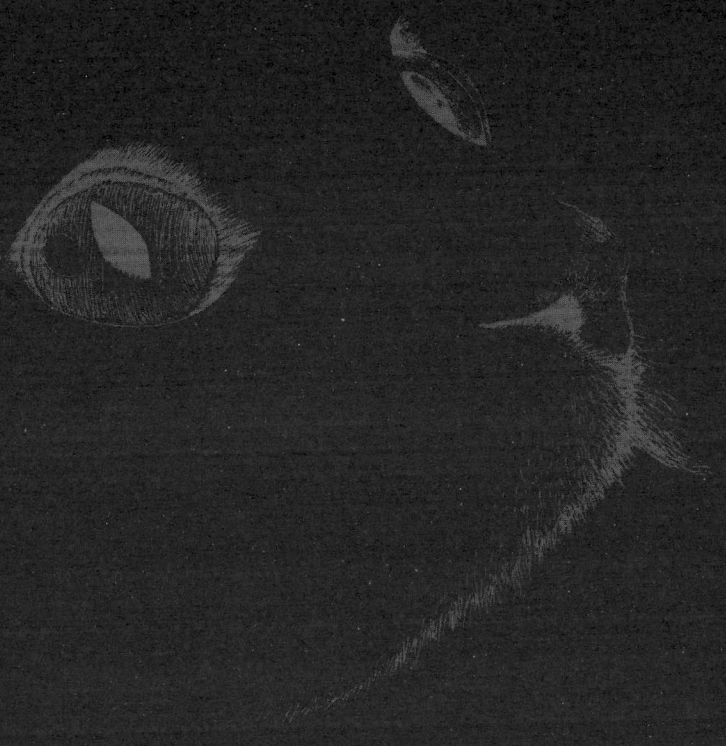

第十八章

出陣

京剧猫

"黯把你的嘴巴给封上了吗？"离山抹了抹嘴角的血，不在乎地笑笑，黑色的怒火在双目中燃烧，"为什么背叛眼宗，回答我！"

　　三炷香的时间过去了。离山的火焰越来越黯淡，和化为灰烬的诸多魔物一起落到地上，渐渐熄灭。他的眼里战意依旧，但围绕他的魔物却层出不穷，似乎永无止境。

　　不能再拖了。虽然离山很想亲手擒了生瞳，但就算是他，也知道独自一人面对这么多敌军，不可能获胜。生瞳自始至终一言不发，杀招一道凌厉似一道，看来继续打下去，也无法套出什么对眼宗有价值的情报了。其他几路战场可能已经开战，下一招要使个障眼法，先把西门护走为上。

　　离山打定主意，黑眸中火光逆转，一团火雾就要喷涌而出，就在这时，他听到了一声轻轻的嘲笑。

生瞳宛如一道幽灵，消失了踪影。

接着，一声尖锐的鸣啸破空而出，从他背后传来。

糟了，中计了！

离山心头大惊，他的火焰攻势虽猛，却会随着韵力的流失而逐渐减弱。刚刚他一心想着擒拿生瞳，耗时过久，却忘了护住西门的火焰也同时在慢慢地减弱！

大意了！

离山踏雪飞身，掉头便向西门冲去。火圈之内，空空如也。

西门不见了。

离山心头一震。他韵力全开，四下一扫，灰白色的魔物攒动不息，哪里都没有西门的身影。

冰冷的寒意从头顶蔓延。

不。不能这样。

我不能再重蹈覆辙。

多年前十村全灭的景象瞬间占据了他的脑海。血腥气就在鼻尖。那时他年幼力弱，却跟着一只引路的白鼠，第一个找到了那片血池地狱。那是他第一次触摸到死亡。那些不敢置信的眼睛无神地望着他，仿佛在哭诉："为什么不救我？"

　　他还记得那种羞耻和愧疚。他还记得从那之后，眼宗承受了多少辱骂和痛责。那些曾经无比信任他们的眼睛，一夜之间充满了沉默和敌意。而最令人痛心的还不只这些。曾有个小女孩儿甩开了拼命拉她走的母亲，跑到离山跟前，拉住离山的手，彷徨地看着他："京剧猫哥哥，妈妈告诉我不能再住在眼宗，不能再信你们了，可是你说过会保护我们的，你说过的！哥哥，我想留下来，我该怎么办？"

　　小女孩儿哭红了眼，最终跟着举村迁走的队伍，消失在宗门之外。

　　徒留他呆立当场，动弹不得。

　　当英雄背弃了承诺，信任的疤痕永不痊愈。

　　他从此痛恨背叛。

　　百姓们花了相当长的一段时间，才敢慢慢迁回眼宗。在这期间，年幼的眼宗弟子离山，早已凭着天分和刻苦声名鹊起，成为眼宗可靠的大师兄。他承诺守护的东西，人也好，物也好，律也好，从未有失。

　　直到今天，他看到门外那对孤零零的兄妹，本能地想出手相护。

　　但他竟因为再次见到眼宗的叛徒而战到头脑发热，忘了

第十八章　出阵

227

在生瞳的背后，还藏着那诡计多端、阴险毒辣的花千岁！

一片阴影悄然掠过雪地。

几片零星的桃花瓣飘落下来。

他抬起头。

苍白的圆月之上，一只身形暴涨的雪枭嘎嘎怪笑，展开了如鹰一般的双翼。它的身形比刚刚涨大了五六倍，脖子如蛇一般节节伸长，一双铁爪紧紧抓着西门，急速地飞向高空。

西门的双肩早已渗出了血，雪枭正甩着那条长长的脖子，用又尖又长的喙向他的眼睛袭来。西门本能地抬手一挡，手中的折扇还未来得及展开，便被巨大的力量撞飞，盘旋着坠落下去。染血的桃花瓣飞舞在空中。西门的手腕发出一声重重的闷响，折成一个奇怪的角度，垂了下去。现在他的面前再也没有任何遮挡了。雪枭那双硕大而古怪的金黄圆眼，正对着他的眼睛。尖锐的怪笑响彻他的耳畔，雪枭的长脖高高扬起，狠狠冲向他的眼睛——

离山纵身而起，黑色的火焰如离弦之箭疾射向雪枭。快一点儿，再快一点儿！但是他知道——

来不及了！

咔嚓。

一声清脆的碎裂声传来。

夜空中，有人低声笑了。

"撒手。"

雪枭愣了一下，看着自己的身子突然间四分五裂，在漫天桃花瓣中坠落下去。

银色的弧光飞旋着划过天际，带起亮晶晶的风，回到一双温润细长的手中，恢复成折扇的模样。

西门晃了晃神，腰间被人一揽，双脚已稳稳站在了地面上。他折断的手被人拎了起来。面前有个人正弯腰低头，仔仔细细地瞧着他的伤。

"小伤，德云宗师两下就能给你治好。先忍忍。"

一股暖流注入西门的手腕。韵力的光芒环绕着他，带着桃花的香气。疲惫与疼痛像流水般从他的身体里离去，西门晃了晃手，他的手感觉不到疼了，或者说什么也感觉不到了，但是功能却恢复得很好。

更让他惊讶的是面前男子的声音。极峰岭上有种神奇的鸟儿，叫作月下冰莺。冰莺的鸣叫能够驱散黑暗，将黑夜中的迷途者引出树林。野黑林中偶尔也会飞入这种鸟。年幼的他们曾在林子里迷路，阿木就曾跟着这种鸟，带着西门和西诗钻出野黑林。

这男子的声音，清朗又悦耳，如同冰莺一样，轻易就能安抚人心，让闻者心中充满了希望。

雪枭的头重重摔落在地，古怪的金黄圆眼转了转，死死盯住了那个男子。

生瞳悄然现身，抱起了雪枭的头。

刚才还在咆哮的魔物们仿佛感受到了什么，突然间安静下来，有的甚至开始后退。

离山落在男子身后，喷了一声，露出不甘心又庆幸的表情。

"叫西门是吧？"男子直起身，晃了晃手中的折扇，笑嘻嘻地拍了拍西门的头，"了不起，谢谢你帮我带回了它。虽然这儿气氛差了点儿，但是——

"欢迎来到眼宗。"

月下有松。

林间生竹。

泉边栖鹤。

冬日吹起了第一缕凉风。

它们合起来，就是眼前这位男子。

西门从未见过这样干净清雅的男子。长身玉立的男子轻摇折扇，折扇上绘着一幅精美的桃花。月色映着他的双眼，西门见了，不由得倒抽一口气。

"他的左眼蓝得发亮，像下雪后的晴天一样。他的右眼，是浅浅的金色，灿晃晃的，像正午的太阳似的。"

阿木曾经兴奋地告诉他，救了全村的京剧猫的模样。

此刻，那双万中无一的异色瞳，正兴致盎然地看着西门。

"嘿，我是凤颜。"

凤颜？

西门拼命回想这个名字，就在不久之前，他还听过这个名字来着，独目拐老者和杀瞳，他们都提起过，说他是，他是——

雪山极峰岭的主人，眼宗宗主凤颜！

"喜欢吃包子吗？"凤颜忽然眨眨眼。

"啊是，不，什么？"

西门有点儿蒙。他还没缓过神来，就见凤颜兴致勃勃地从宽大的宗主袍袖里，摸出一个纸包，随手从里面掏了一个足足有西门半张脸大的热包子，吹了吹，戳到了西门嘴里。

"饿了吧？尝尝，快尝尝，第一次见，也来不及带什么好东西，正好我刚刚在居大娘那儿吃饭，她的'居笼包'可是眼宗一绝！快趁热吃，别烫着！"

凤颜热心地推了推西门，自己也拿了一个包子塞在嘴里。"烫烫烫！"他轻呼了一声，顺手一扔，精致的折扇便自己飞了起来，小心翼翼地左扇扇右扇扇，在他和西门的嘴边忙活着。

离山目瞪口呆地盯着这一幕。周围是成群结队的魔物，身后是伺机而动的生瞳。他师父却连一个眼神都没有分给他们，反而像村里那些热络的揽客导游，忙不迭地推销起眼宗土特产来。还在一群敌人的围观下，旁若无人地开起了野餐会，吃得津津有味，把气氛弄得跟街边麻辣烫似的。他到底在搞什么？

"师父……徒儿愚钝，能问问你在干什么吗？"离山咬牙切齿地开口，心里自动念起《静心经》。

"哦？离山啊，你怎么也跑出来了？"凤颜好像刚发现离山在场似的，伸手把纸包递了过去，"想吃什么馅儿的，自己拿。"

"现在是吃的时候吗！！"《静心经》在心里被离山撕了个稀巴烂，刚刚熄灭的黑焰又熊熊燃烧在他周围，"花千岁的前锋军都打到门前了，师父不在宗里好好坐镇也罢，跑出来开什么野餐会？这么多敌人在旁……"

"离山你也真是，吃个饭都要被你啰唆。"凤颜从容地细嚼慢咽着，满不在乎地取了折扇，随意一挥，"什么敌人在旁，哪有你说得那么夸张……"

改变几乎发生在一瞬间。

仿佛秋日的大风刮倒了麦田，又像一滴墨汁落入清水。

随着那轻轻的一扇，一片镜面似的风切开了空间。

生瞳本能地一个翻跃飞入半空，几面巨大的雪花霎时绽开，牢牢防护在她的周围。她的脚下，刚刚还站满了奇寒道与雪坡的无数魔物，在一瞬间灰飞烟灭，化成了雪尘。

仅仅一扇，前锋军一半的魔物，消失不见。

西门掉了手里的包子。刚才发生了什么？他到底做了什么？

离山闭上了口。刚才被他师父用来扇热包子的随风扇，那可是在猫土的《十二宗百器谱》上也名列前茅的神兵利器。名器认主，主人功法越高，则神兵越加凌厉非凡。刚刚那一击"神风掣"已是最平常无奇的一招，却一击就能达到这般惊人的效果，无非是因为施招的人是凤颜——立于京剧猫十二宗顶端的人物之一。

也只有他的师父，哪怕被上万魔物包围，还能视若无睹，谈笑风生地吃包子吧。

离山叹了口气，看来白替他操心了。除非花千岁亲自现身，其他的杀手魔物哪怕再多来几打，也近不了凤颜的身。

"魔物不是……他们……不是普通百姓……变得……吗？"

一个哆哆嗦嗦的声音响起。西门望着满地雪尘，胃里像塞进了一团蠕动的虫子。他捂着嘴，几乎要把刚才吃下去的包子全吐出来。

离山瞥了他一眼，低沉着声音道："看清楚，这些魔物并非百姓变成的，而是生瞳使了什么邪法弄出来的。看看这些雪尘，这些魔物由冰雪打造，所以才能抵抗住奇寒道的特殊寒气。若是寻常魔物，刚走上这条道，就会被冻死了。"

"原来……幸好……"西门倒退几步，全身如同绷紧的弦忽然松下来，跌坐在地。离山心下一动，这小子，刚刚命悬一线的时候，冷静得不似常人，这会儿得知灰白魔物的真身，反倒惊讶异常，像是自己亲人一般，紧张得不得了。他到底是个什么样的家伙？而且还能使用随风扇……

随风扇！离山猛然想起，越厉害的名器，认主就会越挑剔，绝非寻常人等可以随意驱使。这个预知瞳的小子虽是胡来，但竟然能用随风扇使上几招，考虑到他连韵力都没有好好开过，这到底是天分，还是……

离山再次认真打量了几眼西门。他照例是一副呆呆的样子，眼睛却没有离开生瞳的方向。凤颜俯下身，似乎对他说了几句什么。他听了，三两下捡起地上的包子吞了，忙不迭在破旧的蓝衣上擦了擦手，爬起来接了凤颜给的纸袋，双手向前一奉，恭恭敬敬给离山行了个大礼。

"原来是凤颜宗主内门弟子，多谢离山师兄，违背宗令也愿救我们兄妹，西门拜谢！"

说着，西门又深揖了三下，手里的纸袋伸到离山面前，大有离山不动手拿，他就打算一直这么端着的架势。

离山被搞得浑身不自在，胡乱取了个包子塞进嘴里，连连挥手驱赶："也没救什么，是你太笨，让人看不下去……够了够了，不是让你别作揖了吗？"

凤颜的悄悄话轻飘飘地传了过来："你再多敬几下，多夸几句，他的脸能红成个熟柿子，可好看了。"

"……"离山使劲儿捶着自己被噎住的胸口，他发誓，等这一仗打完，他要把自己关到断雪崖上去闭关，再也不要看见他这糟心的师父了！

"呵呵呵……眼宗师徒同心，阵前说笑，真是其乐融融啊。你们的遗言，都说完了吗？"

一阵令人毛骨悚然的笑声，从生瞳的怀抱中传来。生瞳清丽的身影鬼魅般地飘浮在空中，她手上托着的，那颗雪枭的头颅，正咔咔地发出似鸟又似机械的嘶哑笑声。雪枭断掉的脖颈处，没有血和肉，在逼真的皮毛之下，无数个细小精密的齿轮在转动着。雪枭转动那双古怪的金黄圆眼，牢牢盯住了凤颜。

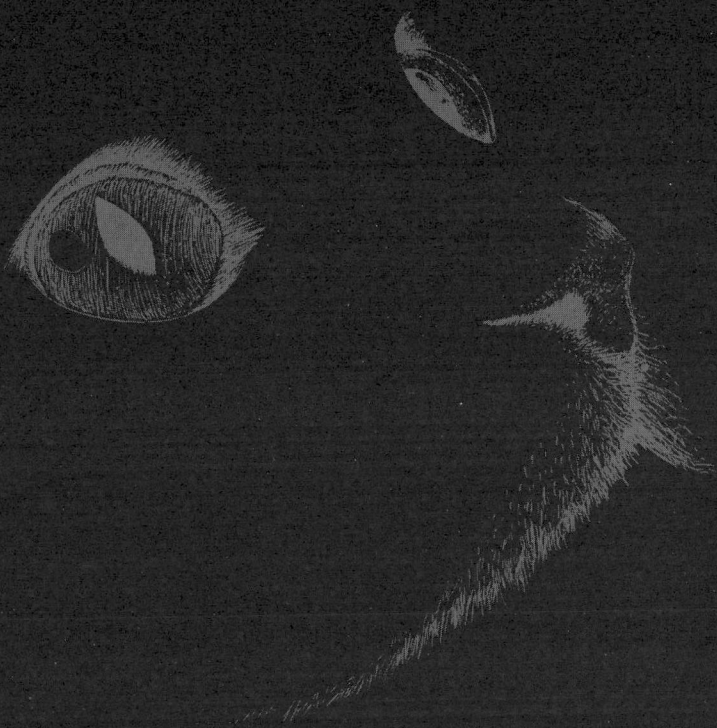

第十九章

花千岁

京剧猫

怎么回事?

西门脸朝下摔到了雪地里。眼前**窸窸窣窣**爬过数只脸盘大小的毛腿蜘蛛。它们浑身泛着冰蓝色的光泽,漆黑的眼珠机械地转动,正奋力拉紧缠绕在西门身上的巨大蛛网。他能感到自己的背上也有很多只毛脚在移动,冰冷黏稠的蛛丝一圈一圈地缠绕上来。

事情发生得太快了。刚刚,西门的注意力完全集中在怪笑的雪枭上,还没来得及分辨出,那道诡异的男声到底是从哪里发出来的。他感到脚下被狠狠地一绊,数个硕大的冰蓝蜘蛛,从雪地里凶猛地钻出来,边爬边发出机械摩擦的声音,以迅雷不及掩耳之势,向他喷出了冰冷的蛛丝。

身体越挣扎,这些蛛丝就缠得越紧,就连离山的黑焰也无法烧毁它们。现在，他和离山像两个粽子一样趴在地上。而凤颜宗主虽然站着，身上却也缠满了泛着白光的蛛网。他的脚下，一圈蜘蛛围绕着他，紧紧地扯着蛛网，而在他的身后，一只足足有三人多高的巨型蜘蛛，贪婪地伸出它的螯牙，将凤颜困在中间。

这些蜘蛛到底是哪儿来的？为什么会突然出现？

西门竖起耳朵，仔细听着窸窸窣窣的声音来源。他的目光集中在不远处的一个物件上。

雪枭的一只断翅，就躺在雪地上。刚刚被凤颜削落的断面上，既没有血，也没有骨肉，里面全部是前所未见的机械零件。这些零件一个摞一个，自动凑到一起，伸缩组合，变换着形态。很快，一只又一只成形的蜘蛛钻进雪地里，又出其不意地从他们脚边冒出来，加入凶猛的攻击。

怪不得刚刚连声音都没听到，但这到底是什么奇术？

"可惜啊，可惜！包子都掉地上了……"

凤颜惋惜地望着摔破的纸袋和滚落一地的热包子，叹气道。仿佛周围凶猛攒动的蜘蛛们，还没有那几个包子对他有吸引力。

"师父！！"离山急得大喊，黑焰四处散射，那些蜘蛛却躲也不躲，反而更凶猛地扑到他身上。

"连别人吃饭的时候，都要放雪狼蛛来打扰。你还是老样子，太不解风情了。"凤颜微微笑着，巨蜘蛛的毒牙在他旁边闪着寒光，他却悠然自得，一副闲话家常的样子。

"不得不佩服。眼宗都被我围得滴水不漏了，你还有闲心笑谈吃喝。凤颜，你才是一如既往，看不起人啊。"

雪枭嘲弄地哑巴着尖喙，嘎嘎怪笑。

"我这批新造的雪狼蛛如何？是不是连你的'神风掣'，都斩不断这金铁蛛丝了？"

凤颜耸了耸肩，笑道："手宗第一巧匠的工艺，我怎么敢怀疑。只是千岁兄，今夜既然要覆灭我眼宗，又何必躲躲藏藏的呢。"

说罢，凤颜对着雪枭，眨了眨眼睛。

西门只觉得眼前一晃，仿佛有一只金灿灿的鸟儿从凤颜的右眼中飞出，向着雪枭的方向急速掠过。咔吧一声脆响，什么东西应声而碎，跌落到雪地上。

"都是老相识了，千岁兄何须害羞，隔着张假脸说话。"

雪枭挣扎了一下，金黄的圆眼仿佛坏掉般，不动了。

生瞳低下头，有亮晶晶的东西，从她的脸颊滑落。

然后她抬起脸，魅惑地笑了一下。

西门和离山倒抽一口冷气。

一个细小的圆点出现在生瞳的额头。顺着那个圆点，无数细微的裂纹向着整张脸弥散开来。不停地有碎裂的晶体从她的脸上剥落而下。苍白的月色下，生瞳白色的长发仿佛着了火，燃成了血枫叶般的火红。她的红眉斜飞入鬓，左眼下一颗泪痣若隐若现。纯净如雪的白瞳消失不见，取而代之的是一双青如黛墨的冷眼。

这毫无疑问是一张令人难忘的脸，不羁的眉峰下藏着磊落的傲慢，魅惑的眼角却道出邀请般的算计。男性的俊朗与女性的柔美严丝合缝地镶嵌在这张脸上，完美得如同极峰岭上的第一缕晨光。

现在，这张无与伦比的面容，正溢出极度的不满。

"你们眼宗，就是这点讨厌。仗着眼睛好使，到处拆穿别人的伪装，自己倒缩起头来，连宗门都不敢开。"

之前低沉的男音不见了，一种慵懒戏弄的音调滑了出来。这声音带着微微的沙哑，雌雄莫辨，还带着一丝机械的冷感，让人闻之心痒。

"魔将花千岁……竟然是个女子？"

离山震惊不已，眼睛迅速瞥向别处，不再看花千岁的脸，愤愤低声道："以色惑人，邪魔外道。"

"凤颜，你这眼宗大弟子，莫不是瞎了。"花千岁笑得如春花落地，斜眉一挑，玩味地瞥了一眼离山，"色？色相是最没有用的东西。我在手宗时，同门子弟道我仗着一张面皮独得宠爱，引诱宗师获得秘籍。我当魔将时，他们又说我依仗美貌诱杀竞争者，哪怕毁了黯大人的将领，也要把其他魔将拉下马，独得黯大人的青睐。真是可笑。

"我被录进《绝世公子名录》的时候，世人是怎么说的？'此子雌雄莫辨，美貌胜妖，心肠似鬼，野心如狼。惜其才气世间罕有，实乃手宗当世第一巧匠，却以色惑人，大妖孽也。'——说这些话的人，后来都怎么样了？"

寒风渐起。蜘蛛沙沙地骚动。一缕红发勾在花千岁的唇角。

难以言说的恶寒突然爬满了离山的全身。他忽然想起了民间盛传的花千岁的名号，既不是"绝世俊公子"，也不是"手宗第一美男"，而是跟容貌没有任何关系的一个称号，是让人闻之色变的四个字。

"杀心千手"。

十二宗之中，以出神入化的机械术闻名的一宗，正是手宗。从寻常百姓的生活用具，到十二宗门的万种神兵，皆是由手宗的能工巧匠设计制造出来的。"天下之工，莫出手宗。"民间深深地相信，没有手宗京剧猫做不出的东西，也没有他们无法驾驭的材料。他们仿佛有摘天之能，在他们神奇的双手中，一切想象皆能成为现实。

花千岁叛逃当夜，手宗失去了一半的弟子。

民间盛传着当夜的惨状。暴雨倾盆而下，城墙染成了血红。电闪雷鸣之间，白光落下，巨大的蜘蛛窸窣爬过城门。到处是惨叫和咀嚼血肉的声音。护卫手宗的机械兵甲全部变成了七零八落的碎片，躺在手宗弟子的血泊之中。稀有材料的部件全部不翼而飞。与花千岁同吃同住三年的师兄弟统统跟着蜘蛛一起消失不见。第二天清晨，当第一缕晨光照进手宗，人们在巍峨洞开的宗门上，发现了一圈用蛛网粘住的脸皮。

数量和消失的弟子一样。

当夜负责镇守材料图纸库的宗师，据说现在还缠着满脸的白布，疯狂游荡在宗内，睁着惊恐的双眼询问每一个来人："我的脸呢？"

"凡以容貌议论我者，杀无赦。"花千岁随意绕了一缕发丝在纤长精致的手指上，漫不经心地道，"色相毫无用处，既不能成为我制造机械的材料，又不能给我的设计锦上添花。大千世界，色相皆空。我要剥几层世人的面皮，他们才能明白这个道理呢？"

悠扬悦耳的笑声回荡在奇寒道寂静的上空，蜘蛛们随着笑声沙沙而动。西门和离山宛如身陷笑声的炼狱，头晕目眩，冷汗滴落在地，瞬间凝成冰晶。

"也只有黯大人和你，还懂得点儿这个世界的趣味，不以我的容貌待我。凤颜，你我交手九次，七次我都败在你手下。我曾协助黯大人覆灭了三个宗门，都没有这七次给我带来的兴致更高。你每破坏一次我的造物，都能激发我再造出更强的东西。每次与你对战，我都兴奋得指尖发抖。这一次我的造物会赢，还是会输？下一次呢？哈哈！未知才是这个世界上唯一的乐趣！世人皆道我与你势不两立、仇深似海。一帮愚民，连给我做废料都配不上。他们哪里懂得乱世之美——变化、改造、重组这个世界，还有什么比这更有趣？"

花千岁黛青色的冷眼里，一瞬间释放出纯然的欣喜和疯狂，他双手张开，衣袖翻飞如蝶，如同一夜绽放的昙花，在生命之初展现出拥抱世界的姿态。他的美昂然又有生机，让人只想叹息着服从，想满足他的任何愿望，而忘记他是个双手沾满鲜血的魔将。

凤颜摇摇头，笑着叹息："我还是觉得可惜，先理解你的人竟然是黯。手宗的笑寒宗师若是泉下有知，当年就不会毁了你的第一件造物。"

花千岁面色突变，咬牙笑道："休提那老儿！黯大人给我的自由和试验材料，又岂是区区手宗能比的。可惜的是你，凤颜。你的天赋才华不在我之下，又何必被小小眼宗和兰家困住。"

花千岁话音刚落，轻轻勾动了指尖，一段若隐若现的红丝从他的指尖冒出来，瞬间绷紧，离山和西门同时觉得脖子一紧，头几乎要从脖子上搬了家。

"我说了，敢以容貌论我者，杀无赦。你这大弟子的面皮和眼珠，我是要定了。这对黑焰瞳装在我的雪狼蛛上，不知效果如何……呵呵呵……"

花千岁悠然地笑着，离山双目圆瞪，一道黑焰瞬间射向花千岁的面门。那融冰化雪、碎石穿岩的黑焰，静静地燃烧在花千岁颠倒众生的脸上。他无所谓地笑笑，那黑焰竟如无薪之火，无声无息地灭了。再看他的脸，竟是毫发无损，光滑如初。

离山心下大惊，却听身后一缕声音传来："不要管他，烧那些蜘蛛，那些蜘蛛会……呜！！"

蛛丝骤然束紧，花千岁悠然转向西门，眼里冒出深深的憎恶。

"预知瞳……真是双讨人厌的眼睛，破坏了未知的乐趣。什么都能看到结果……那还有什么趣！要不是黯大人需要这双眼，我定然戳瞎了它！"

肺里的空气争先恐后地逃走。西门和离山同时呻吟一声，被大群的蜘蛛一步步拖向花千岁。凤颜身形一凛，几道韵光如疾风扫过，掀翻了一地的蜘蛛。但那韵光瞬息即灭。他急速地喘息着，呼吸变得粗重起来，脸上浮了一层可怕的青色阴影。随风扇被金铁蛛丝牢牢捆缚在他的背后，颤动着施展不开。蜘蛛们前赴后继，把西门和离山越拖越远。花千岁慵懒的笑声连绵不绝，比奇寒道上的寒气还要冰冷几分。

"雪狼蛛的毒，见效快得很。凤颜，从你斩落我的雪枭那刻起，就胜负已分了。若是在平日，我还愿意和你多交手几回。但黯大人军令已下，眼宗今夜必亡。我本以为追着预知瞳，能引诱你们打开那道隐藏的宗门结界。没想到胜兰的心比我还狠，我都这么追杀那可怜的孩子了，他竟然还不开门，只闪出来一个愚蠢的黑焰小子。

"还好，凤颜你一向是慈悲的。你连没有血统的村民都能收入'万家军'，派你的兰家十勇士去保护，你肯定见不得自己唯一的内门弟子和珍贵的预知瞳被我这样凌虐。瞧，上一次，就为了保护那些废物，你的十勇士，全灭在我手里。这一次，你只好自己跑出来救了。"

凤颜的异色瞳眨了眨，一阵难以抵挡的威压之气从他的身上突然迸射出来。他的面色依旧发青，双手依旧不能移动，但周围的风仿佛突然有了生命，齐齐发出狂怒的呼号，向花千岁奔袭而去。花千岁抬手一挥，指尖红丝乱舞，数头灰白的魔物被这红丝牵引，纷纷飞离原地，挡在他身前。然而这风如同巨大的雪原冰狼，一瞬便咬碎了挡在面前的魔物。十头、二十头……花千岁轻盈跃起，展袖飞退，十指如风，他面前的魔物一头接一头如冰尘散裂，消失在风狼的狂奔怒号之中。飞雪连天，奇寒道的冰面隐隐震动，直到上百头魔物消失得无影无踪，风狼才停止了呼号，渐渐消散。此时，花千岁已退了数十丈之远，魔物们化成的冰尘堆起了一路丘山。他从容起身，轻轻甩袖，那丘山顿时散裂如烟。

一串红珠落在白雪之上。花千岁抬手一瞥，手上一道清晰可见的血痕，切肤入骨。那是风狼之牙最后触到他的印记。

"宗主之威，气冲云海，可化自然以形体，为己所用……果然了不得。你生气了？"

凤颜的异色瞳沉如深海，但任谁都感受得到，那海底深处涌动的狂潮烈浪，正散发出一波又一波的威压。

花千岁轻舔嘴唇，眼睛亮了起来："想起你那十个忠心的伙伴了吗？别急，你很快就会见到他们了。都说守护眼宗的天眼结界，系于宗主一身。宗主亡，则结界破。我倒要看看，我拿眼宗宗主的头颅作见面礼，胜兰那冷血怪物，会不会为我开门！"

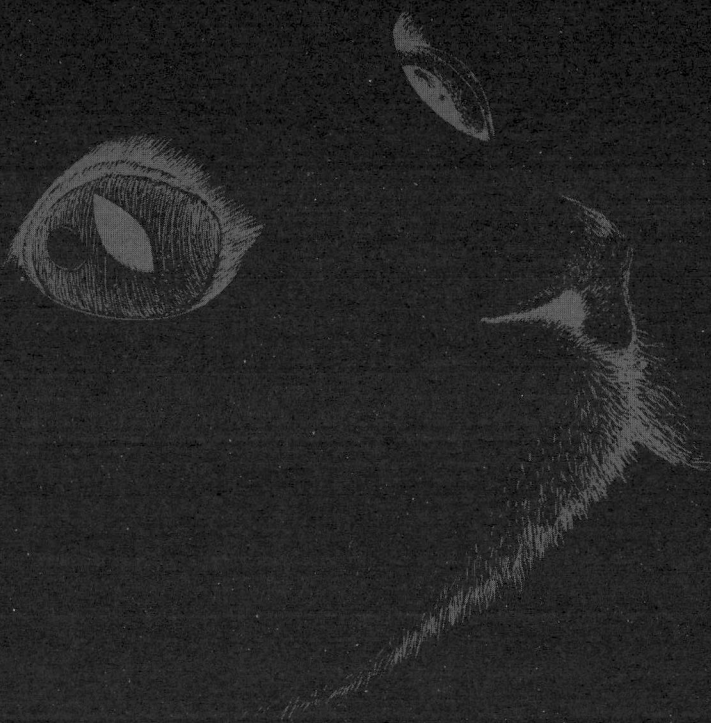

第二十章

夏生瞳

京劇貓

"别说大话了，千岁兄。"

　　凤颜咳喘着，巨大的蜘蛛螯牙深深扎进他的双臂里，莹亮的绿色毒液由于注入得太多，已经顺着伤口涌了出来。凤颜面色如青竹，显然中毒已深，他却丝毫没有在意，反而笑嘻嘻地冲着花千岁身后，扬了扬下巴。

　　"瞧瞧你身后，魔物大军已经少了一半。就算千岁兄攻进眼宗，只凭这些魔物和几只蜘蛛，别说是我父胜兰，就凭守门弟子，都能轻松化解。"

　　"这就不劳凤颜宗主挂心了。"花千岁挑了挑眉，脚下随意一画，崖顶的积雪瞬间如浪翻滚，雪枭的残骸被雪浪卷着，不断变形、重组。不一会儿，一只足有五六人高的巨型雪狼蛛驮着花千岁耸立起来。花千岁拍了拍掌，一个雪白的茧从蜘蛛的背上拱了出来。茧丝一层一层地剥落，落到最后，一个女子的身影渐渐显现。

是生瞳。

生瞳白发垂落，半跪在地，双手被缚在身后，清丽的身影更显孤寂凄凉。她慢慢抬起头，西门等人见到她的脸，顿时大吃一惊。

好像被人生生撕过一张面皮一般，生瞳原本清秀动人的脸，布满了血红色的裂纹。裂纹之下，无数精密细小的齿轮零件交相咬合。有极微小的蜘蛛在裂纹中爬进爬出，拉出细细密密的白丝。这些白丝缠绕覆盖在生瞳的脸上，渐渐织补住那些裂纹，生瞳雪白的瞳仁剧烈地颤动，显然在承受着极度的痛苦，而她的面容，却渐渐变得洁白如新，恢复了原本清秀的容貌。

离山大骇，转而愤怒至极，他挣扎着跳了起来："你竟把她改成机器！活体改造……这可是全十二宗的禁忌！花千岁，你丧心病狂！"

西门亦是大为震惊，活体改造……是说生瞳已经不是活人，而是机器了吗？还是说，她两者都是？

他下意识地看向凤颜，却见凤颜一双眼睛被怒火擦得灼灼发亮，专注地盯着生瞳。

"千岁大人……刚刚为何阻拦属下……"

生瞳跪下行礼。花千岁轻笑一声，指尖微动，生瞳的颈间顿时多了几道红色的丝线。丝线根根绷紧，生瞳立刻发出痛苦的呻吟。

"你刚刚，对那个预知瞳的小子，手下留情了吧。"

花千岁斜睨着生瞳，面色尽是一片讥诮："你们说了什么悄悄话，我没兴趣知道。我让你取了预知瞳的眼睛，而你刚刚那一下出手，不是想取他的眼睛，倒是，想废了他的眼睛吧……"

西门立刻看向生瞳。他见花千岁被凤颜宗主点破伪装，便以为生瞳一直是花千岁所假扮。谁知道刚刚要取他眼睛的，是真正的生瞳，而她听见了自己的请求，竟然真的要帮他，不把预知瞳留给黯？她到底是怎么想的？

离山闻言，却对花千岁的功夫大为震惊。恐怕就是在他刚出宗门之时，花千岁便易容替换，扮成了生瞳的模样，并把生瞳藏了起来。这速度之快，手段之高，远远超过了他对八大魔将的想象。再加之亲眼见到活体改造后的生瞳，他总算是明白花千岁为何会被手宗深恶痛绝，为何会被督宗列入通杀令的"黑榜"了。其心肠之残忍，技艺之诡谲，自居为神、任意改造其他生命的傲慢，大大出乎他的料想。他本来还心气高傲，听人说多了这花千岁的厉害之处，并不以为然，只想摩拳擦掌，亲自上阵擒了这祸害。谁知自己竟连他的真面目都认不出，反倒被这魔头利用，把凤颜师父也引了出来。

该死！他不后悔出来救那个预知瞳的小子，只懊恼自己怎会如此轻敌，连累了师父。

生瞳的睫毛颤了颤，依旧一言不发。

"别以为能瞒过我……黯大人要那双眼睛，你却想废了它，这可是重大的背叛……我若没有换下你，你还打算做什么？"花千岁问道。

生瞳急速摇了摇头，机械娃娃般的声音凌乱地响起："不，千岁大人明鉴！属下本想替千岁大人攻开宗门，以报千岁大人的再造之恩。但……但是，眼宗之人，最珍贵的莫过于这双眼睛。这孩子不仅能够预知，幻术也十分有天赋，若能将他生擒，交给黯大人使用，自然是最好的，但若他还活着，却被挖去双眼，这实在太过残忍。属下只想让这孩子先无痛而去，再取他的眼睛……"

"撒谎！"

花千岁话音未落，五指齐齐向内一抓，生瞳脖子上登时缠满了大蛇一般的红色丝线。随着花千岁的手指紧紧收缩，生瞳清丽的容貌瞬间凝成一团，面色因为无法呼吸而染上了一层惨白。她的嘴一张一合，泪眼婆娑，身上白雾弥漫，纤细的身躯摇摇欲坠，楚楚可怜的样子连心肠最坚硬狠毒的人也要见之落泪。然而花千岁只是抽紧了指尖的红丝，慢慢地靠近生瞳。

"你是谁锻造出来的？"

"是……千岁大人。"

花千岁伸出手指，轻轻划过她的脸颊。生瞳闭上眼，浑身颤抖。

"是谁把眼宗唯一一个开不了眼的废物，改造成了强大的杀手？"

"是……千岁大人。"

花千岁低低俯下身："是谁实现了你最深的愿望？"

"是……千岁大人。"

生瞳闭上眼睛："我知道该怎么做了，千岁大人。"

生瞳默默地站了起来。她本来就纤细单薄的身体，笼罩着白色的雾气，几乎随时都会随风散去。她伸出指尖，向着月亮。一滴冰凉的眼泪顺着她的眼角滑下。

"瞳术——生生不息。"

说完这句话，她转过指尖，冲着自己的右眼，深深插了下去。

噩梦开始了。

恐怖的叫喊几乎击穿了在场所有人的耳膜。乳白色的眼泪默默滴下。

空洞的右眼。被幽紫色的混沌风暴吞噬的左眼。一团一团的飞雪狂舞凝聚，片刻之间，雪坡上长啸连连，上万只魔物疯狂攒动，红色的眼睛连成一条巨蟒，在漫长的奇寒道上蠕动着。

生瞳毫无声息地跪在地上，面如死灰，咳喘不止，身上的白雾浓得几乎要吞掉她。

"原来如此，你的主力魔军，就是这么造出来的。"

凤颜抬起头，挺立如松，面上的笑容消失不见，冰莺般的声音变得深沉而锐利。他那双万中无一的异色瞳深处，似乎隐藏着波涛汹涌的大海，正隐隐闪动着海啸之怒。

"容易吧？"花千岁得意地撩起生瞳的一缕头发，"不费吹灰之力，就可得到这魔物大军。消耗的只有她一人的瞳力，太划算了。"

"生瞳的眼睛是复生瞳，自可复刻天地万物，但她的体质天生不适，开眼只会迅速耗尽她的生命！眼宗设下重重封印，为的就是保她一世平安。而你……竟然强行撬开她的眼睛！”

瞬息之间，宛如狂风拔地而起，凤颜身上的数只蜘蛛发出机械破裂般的怪叫，跌落在地，碎裂成沙。连巨大的雪狼蛛都似受到重击，八爪齐舞，发出一声粗鲁的哀号。凤颜的异色瞳比月色还明亮，威压如雪崩般散射开来，让在场的所有人都心生畏惧。

生瞳不可置信地看着凤颜。眼宗不给她开眼……竟是为了保她的命？

花千岁摇了摇头：“我可不像你们眼宗，放着‘复生瞳’这么好使的眼睛不用，竟然还故意封印住她的瞳力。真无情啊，可怜生瞳小丫头，身怀天赋奇才，偏偏在眼宗受了这么多年的冷眼和嘲笑。你知道她第一次拜见我的时候，说了什么吗？”

凤颜抿嘴不言。

生瞳惶恐不安，低下了头。

花千岁倾身道：“她求我改造她的眼睛，求我无论用什么方法都行。只要能让她和姐妹们一样，可以使用瞳力，可以不再被人嘲笑，嘲笑她——是个眼宗的假弟子。呵呵，多么讽刺啊！她为了成为真正的眼宗弟子，背叛了眼宗。凤颜，你倒是说说看，眼宗的清誉、宗规，到底多么可笑！”

"你胡说！是她自己意志不坚，背叛了眼宗！"离山大吼。

"错！你们眼宗拥有世上最好的眼睛，却也被偏见蒙蔽，信奉什么血统能力、什么强者为尊，结果把自家弟子教上了背叛之路，简直可笑至极！在我看，什么是非对错、规矩道理，不过是逼迫人的玩意儿罢了。正义与邪恶，也不过是撒在每个人自尊心上的，一抔尘土罢了。"

寂静笼罩了奇寒道。花千岁的余音回荡在风的沉默里。

凤颜睁大了双眼，他沉吟片刻，竟仰头大笑起来。他笑得畅快淋漓，毫不顾忌身上的毒会发作得更快，直笑得眼泪都要流出来了。

离山被花千岁一通歪论气得瞠目结舌，见凤颜如此，早已顾不得自己，一双眼睛恨不得飞到师父身上去，看看他到底哪里出了毛病。

"师父！师父你千万不要听信了花蜘蛛的胡说八道！他一贯会迷惑人，诡计多端，你……你身上还中了毒，不要气晕了头……"

凤颜摇了摇头，叹道："三人行，必有我师啊。千岁兄方才所言，倒真如醍醐灌顶，教我受益匪浅。眼宗空有好眼睛，却也难看穿世间偏见……确是如此。我得行礼感谢千岁兄……啊，手被绑着了。离山，西门，你二人要仔细记住他的话，引以为戒啊。"

离山默默望着凤颜开心的笑脸，一副"师父已经被毒得神志不清了，我该怎么办"的表情。

西门静静咀嚼着二人的对话，不禁想起了数个时辰之前，他还是众人喊打的"魔物之子"，顷刻之间，就变成了抢手的"预知瞳"。

但他还是原来的他自己啊，他没有改变。是看他的眼睛变了吗？

不知怎的，他突然稍许理解，生瞳为什么会做出常人不可理解的事情，为什么会背叛眼宗了。

"你的话真让人不爽。不过，如果你愿意带着眼宗归顺于我，我倒是爱听得很。"花千岁漫不经心地弹拨着手指，蜘蛛们猛地用力，勒在凤颜身上的蛛丝顿时陷进衣料里，点点血花染了出来。

凤颜摇了摇头："千岁兄，是非曲直可以辩，可以论，可以交由世人去评说，但善恶之理却不会变。蜘蛛任性罗网，以自己为中央，捕尽天下性命，吃尽他人的幸福，是大恶。而京剧猫，只要天地在一日，就算眼瞎、耳聋、身残、名落，也不会放任任何一只恶虫流窜世间，为害他人。"

凤颜洒脱地笑了笑，如月下一竿竹，石上一丛兰，朗然一身光明，天下邪毒难侵。他仿佛不是被绑缚的囚徒，而是手执圣书、身负白剑的大侠师。

都到了这种绝境，他为什么还能这样从容？西门不理解，但他觉得传说故事里那许多英雄，都不及眼前这位血污满身，还笑嘻嘻的青年男子伟岸。凤颜的话里没有半分压迫或威慑，像寻常人家聊天那样平常的语气，却给了西门不可思议的安定感。仿佛故乡西沟里如雪的溪水，任世间污浊喧闹，此水清流不息，自在逍遥，冲刷掉所有的不安与困惑。

花千岁沉默片刻，意兴阑珊地挥了挥手："凤颜，我从以前就觉得，你虽被誉为不世出的奇才，但实实在在是个疯子。这世道明明是弱肉强食，你天赋异禀，本可纵横天下，却偏偏要在乎那些弱者，收留那些没人要的废物，组什么杂牌的'万家军'来对付我。还想打破眼宗数百年的规矩，收那些没有血统的猫崽子来当弟子。怪不得连你亲爹胜兰都冷酷待你——喂，你在干什么？听我说话！"

凤颜早就不理花千岁了。他专注地看向生瞳，似乎有话要说。

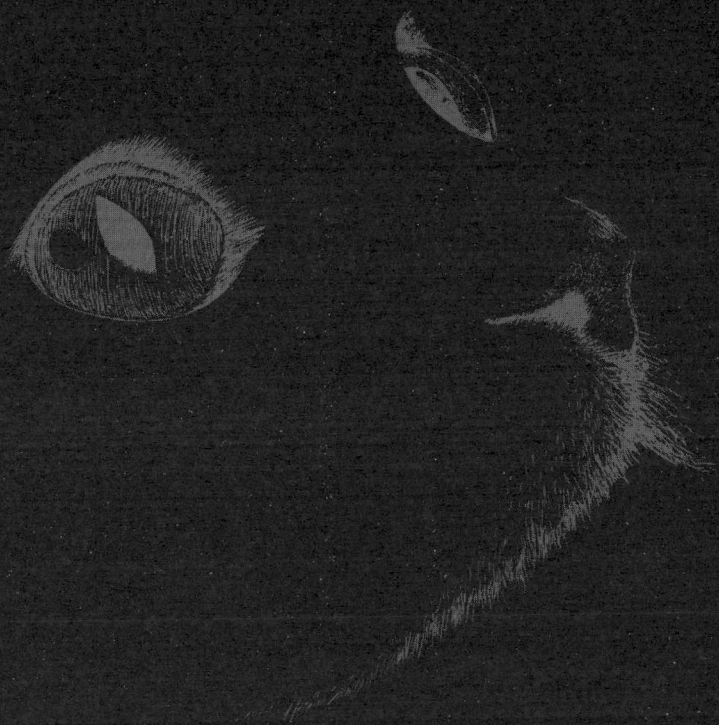

第二十一章

秘往

京劇猫

如果世上有一双能够洞察人心的眼睛，那就是凤颜的眼睛。

生瞳与他对视，只觉得在那双稀世罕有的异色瞳里，看到了小时候的自己，孤零零地站在一堆同门之间。

没有人相信她是复生瞳。就连她的姐妹也看不起她。

"妹妹，你这双眼睛，生来有什么用啊？"

"姐姐，你真让我们'猫瞳三姐妹'丢脸。怎么只有你开不了眼啊。"

她不明白自己的眼睛是怎么了，为什么她的宗师封住了她的眼睛，还告诫她一辈子都不要去尝试开眼。无数次，她躲在无人的雪洞里对着冰镜，瞪眼睛瞪到泪水流了满脸，练到韵力耗尽，也无法让那双乳白色的眼睛发出一点点韵光。

她偷吃过灵药，把自己吃到中毒晕倒。她试过各类偏方秘籍，偷偷下山求助过名医，甚至鼓起勇气去求过师父，却被独目拐劈头盖脸地骂了出来。几百个日夜过去了，她依然是眼宗的"假弟子"。

"为什么别人都可以，只有我开不了眼……为什么我不是别的宗，而是眼宗的弟子？"

有一次，她实在受不了了。她摔破了冰镜，抄起碎片就要往自己的眼睛上扎。她的姐姐杀瞳在这时找到了她。

"你再练也是白费。宗师的封印不是那么好破的。听好，我们在眼宗已经没什么前途可言。有居晴那个臭丫头在，我们永远成不了眼宗第一的女弟子，更别提当上宗主了。最近有位大人找到我，让我们加入他的阵营，承诺给我们从未有过的荣耀和地位。你干不干？"

杀瞳说出了那位大人的名字。

生瞳惊恐万分，她一向顺从姐妹的话，但这一次不一样。

"他……他可是眼宗的敌人啊！我们怎么能……"

"笨丫头。眼宗又能给我们什么？想想看，我们还这么年轻，我们配得上更高的地位。"

"不！姐姐，他犯下的杀孽太多了，我们有多少同门的兄弟姐妹死在他的手下，何况眼宗对我们有教养之恩，我们不能……"

"他能治好你的眼睛。"

生瞳不动了。

"那位大人，能让你使出真正的瞳术。"

生瞳感到喉咙发干，一束希望之光轻轻挠动着她的心。

"和我们走吧，生瞳姐姐。难道你还想再被其他人瞧不起，一辈子当个开不了眼的假弟子吗？"

爱瞳不知什么时候闪了出来，喜滋滋地转了一圈，展示她的新衣裙。素净的眼宗斗篷已经不知道甩到哪里去了。

"看，多漂亮的衣料，咱们靠上那位大人，以后可就一步登天了。"

"回答呢？"

杀瞳面无表情地看着生瞳。

冰镜的碎片割痛了生瞳的手指，血漫过镜子，染红了镜中乳白色的双瞳。

"我……需要做什么？"

生瞳听见自己说。

杀瞳粲然一笑，抬起了手，她的手背上，一只花纹蜘蛛爬了上来。

生瞳永远忘不了那一夜。

她还记得那夜暴雪纷飞。魔物大军悄无声息地入侵了眼宗边境。她们"猫瞳三姐妹"奉宗令，火速保护边境村落的百姓们，向眼宗中部回撤。那里已安排了周密的保护。十个村，上千口人，因为路滑泥泞，队伍行进得并不快。到了与宗内弟子约定的交接地，已是夜雾深沉的亥时。

寒夜降临，她的手心全是汗。暴雪也无法刮去她心中的焦躁。行动的时间越来越近了。疲惫的百姓们毫无知觉，纷纷躺进临时搭建的雪屋之中，里面温暖如春，眼宗弟子们用韵力生了火，精心烤熟的食物和洁净的水慰藉了他们疲惫的身心。他们饱餐一顿，陷入了沉睡。他们中有一辈子老实本分的务农人，每到过年都会从收成中留下一部分最好的，小心翼翼地包好，肩担手提，走上几十里的雪路，经过难以忍受的奇寒道，亲自送上眼宗的宗门。尽管宗主和宗师们一概劝他们不要这么做，他们却乐此不疲。

"多亏了眼宗的大人们保护，我们才有平安的好日子过啊。"他们总会这么说，再踏着风雪，喜滋滋地回家。

现在，睡在这些雪屋里的，有年过七旬的老人，有刚刚成婚的夫妇，有还未束发的孩子，有抱着这些孩子的父母。他们对接下来要发生的事一无所知。

眼宗的弟子们戍守四方，他们已经几夜未合过眼，韵力的光芒闪耀在他们机警的眼睛里。

一声雪枭的鸣叫远远传来。

白色的网悄然升起，密密地包裹住整片营地。

她知道，这是妹妹爱瞳的隐形结界。

"爱瞳师姐，为什么这会儿要张开隐形结界？"

她听见一个师弟在远处向爱瞳搭话。这是个可爱的师弟，平时总黏着爱瞳，十分崇拜她。

"笨小子，警惕性太低了。我们虽然远离了边境，难保不会有魔物跟上来。还是藏起来，让外面看不见我们的好。"

爱瞳漫不经心地回答。

生瞳转身想走。一只手忽然搭上她的肩。

"你要去哪儿。"

她颤抖着转过身，杀瞳双眼发亮地看着她。

"不……姐姐……我……我们还是不要做了。这太可怕了，他们都是无辜的生命啊！"

杀瞳一把拽住她的头发，狠狠拉近她，眼睛里凶光毕露。

"现在后悔已经太迟了。不做的话，那位大人绝不会放过我们。听好，不用你干什么，乖乖驭好你的兽，让它们看好外面的动静，有人来了就引开他们。懂了吗？"

生瞳泪流满面："可是……可是还有同宗、同门的兄弟姐妹在，难道必须连他们也……"

"废话！"杀瞳放开了生瞳，"记住，从现在开始，他们就什么也不是了。"

生瞳跪了下来："姐姐，我做不到，我们真的不能……"

"你到底还想不想开眼？"

生瞳不作声了。在她视线的前方，几滴血从杀瞳紧握的手掌里漏了出来。杀瞳面色苍白，眼神飘向其他地方，一瞬间，她似乎虚弱了很多，不知道自己身处何方。

难道她也在不安？难道也有那么一丝可能，她并不想做接下来的事？

生瞳迫不及待地握住姐姐的手："杀瞳姐姐，现在还来得及，只要我们停手，回去向宗师禀明一切，他们会原谅我们……"

又一声高高的鸣叫。雪枭的阴影倏地划过天际。

"时候到了。"

杀瞳甩开她的手，深呼吸，藏蓝色的眼睛亮了起来。她抬起手，那只花纹蜘蛛快速爬上她的手腕，在她的动脉处精准地停了下来。蜘蛛背上的花纹开始散发出幽紫色的光芒，它颤动着，张开了尖锐的螯牙，一瞬的停顿后，突然扎进了雪白的皮肤——

一声不成调的尖叫飞出杀瞳的喉咙。蜘蛛浑身发亮，钻进了她的手腕。幽紫色的混沌瞬间走遍了她的经脉。很快，她的周身开始散发出幽暗的紫气，疯狂的神色爬上杀瞳冷艳的面容，她看起来就像一头饥饿的野兽。生瞳畏惧地后退，看着她的头发变长，身形变高，容貌也发生了巨变。

"这就是……混沌的力量……"

杀瞳惊喜地颤抖。她脚下的地面开始龟裂。

生瞳拼命地喊着她的名字，但她似乎已完全感受不到周围的一切了。

不。必须做点儿什么，必须阻止姐姐！

生瞳飞身扑向她，全身的韵力都亮了起来。还差一寸，她的手指就要抓到她了。杀瞳歪头看向她，突然笑了。

她消失了踪影。

生瞳手中一空，扑倒在地。

迟了。

接下来的场景，只能用"屠戮"二字形容。

空气中不见刀影，却仿佛有巨大的隐形刀锋咆哮着来回挥砍，如同砍豆腐一般切割了雪屋。眼宗的弟子们还没反应过来，惨叫声和血腥气已经弥漫了整个结界。

"不可能，敌人到底从哪儿进来的！"

"保护百姓！"

"快放聆音燕通知本宗！"

"聆音燕……怎么回事？它们飞不出这个结界！"

"爱瞳师姐！"面相可爱的小师弟一个箭步蹿到爱瞳面前，替她挡住了刀风，"请师姐快打开结界，回眼宗报信，这里我帮师姐挡着！"

爱瞳微微笑了一下。

"师姐快走啊！"小师弟急了，他伸出掌，替师姐牢牢抵住那道刀风——

一根鞭子，从他的胸口穿了出来。

小师弟猛然退了几步，半跪在地上。鞭影飞旋，收回到爱瞳的手里。

他看着混沌缠身的爱瞳，眼神一瞬间经历了春夏秋冬。

"笨小子，早就和你说过，你警惕性太低了。"

爱瞳的声调高得不成样子，悲喜交加的双瞳亮得发烫。

"眼宗宗律第三百七十一条……背叛宗门者，不论是谁，逃至何方，一律封其双目，带回宗门审讯！"

小师弟怒吼一声，可爱的脸血色全无，前所未有地专注。他高高跃起，韵光盛放，接着——

和那一晚所有的守卫弟子们一样，倒在了纯白的大雪中间。

生瞳再也忍不住，转身呕吐起来。火辣的疼痛穿过她的胃，好像要烧断她的喉咙，烧烂她的心。她挣扎着爬到结界边缘，出掌凝力，韵光将结界烧出一个洞。她从袖口掏出一只白色小鼠，低声念了几句驭咒。小白鼠吱吱叫了几声，跳出她的掌心，灵巧地钻入雪地，迅速融入一片白茫之中，消失不见。

"谁都好，快叫眼宗的人来……"生瞳低声啜泣，"救救他们……救救……我们……"

"你想开眼？"

第一次见到"那位大人"时，生瞳才惊觉，世界上竟有这样美貌的男子。

猫土有片最黑暗的传说之谷，叫作阴霾山谷。那里常年黑雾弥漫，混沌横生，洞穴与沼泽遍布，更有漆黑的幽冥之泉在地下流淌，滋养着最邪恶的生物。若用花来比喻，面前的男子，就仿佛生长在幽冥之泉旁边的，那株曼珠沙华。

吮吸着最深的黑暗，却绽放出最热烈的红花。那种唯我独尊的不羁，肆意妄为的慵懒，对正义和邪恶同等不屑的轻蔑，刻在他的每一根红发丝上。让人一见倾心，再见倾魂，只想放弃一切，去接近他，理解他，触碰他的灵魂。

但他对自己的美貌似乎毫不在意。对他人赞赏的眼光更是意兴阑珊。他的屋内陈设了各种奇奇怪怪的道具器械，他看别人的眼光还不及他看那些道具的十分之一热情。

生瞳听说过他的事迹。他是手宗大名鼎鼎的高徒，后来，成了大名鼎鼎的叛徒。

"你们做得很好。杀瞳已经拿到了她想要的地位和力量，爱瞳也在赐她的一堆名贵衣物里面打滚。我听她们说，你只想要开眼。"花千岁漾开一个玩味的笑意。

"为什么呢？"

生瞳刚要回答，却发现自己开不了口。

她想成为真正的瞳术者，她想被眼宗的宗师和同门承认，她想成为真正的眼宗弟子，她想……

可她已经背叛眼宗了。

她想起杀瞳在一众魔将之中昂首走过，屈膝跪在黯大人的面前。猎猎寒风流卷不息，刮不掉她眼中狂热的光芒。而这种光芒，生瞳很熟悉。

在杀瞳第一次接过眼宗宗服的时候；在她笑着流泪，抱着生瞳、爱瞳，大叫"咱们姐妹终于成为眼宗弟子了"的时候；在她第一次替眼宗出征，救下第一个村民，自豪得手都在发抖的时候；在她从众弟子之中第一个走出落雪台大试，向着宗主和师父微笑的时候……她的眼睛里，都出现过同样的光芒。

她看到爱瞳抱起一件又一件独属于她的华美衣饰，千年鸟的羽毛，黄鹂缎的鸣叫。她抱着那些衣服的样子，那样怜爱和珍惜，如同当年她抱着小师弟时，同样的神色。

那时的爱瞳衣着简朴，腰悬短剑，面不施粉，笑容嫣嫣。她总是偷偷瞅着那些豪门大户人家的女儿们，她们衣饰华美，钗环叮当，走过有如一阵飘过的香风，留下众人艳羡的目光。她就笑着取了生瞳的笔，在自己朴素的衣服上画上几枚纹样，悄悄地问："我这样是不是也很好看？"只有在她们三姐妹练功、出勤，为宗门战事奔波到几乎晕厥的时候，爱瞳才会失了笑容，轻轻地靠在她们身上，对疲惫的姐姐们说上一句："要是咱们有靠山就好了，姐姐们就不会这么累了。"

她们曾经是眼宗的骄傲。

什么时候开始，"猫瞳三姐妹"，成了眼宗的叛徒？

生瞳张了张嘴，再也发不出声音。

花千岁仿佛看穿了她的想法，他轻轻一笑，慵懒地伸出指尖，细细的红丝从他的指尖漫出，铺天盖地地缠绕过来，覆盖到生瞳的身上，将她渐渐包裹。

"放心，你会得到最棒的眼睛。眼宗做不到的，我能做到。我会拆开这道封印，把你改造成最强的机械人偶。复生瞳的威力，世人会闻风丧胆。你将成为'一人成军'的顶尖杀手，你将成为我花千岁的军队。"

花千岁的眼睛点亮了黑暗。生瞳在越来越密的红丝中，听到了他最后一句话。

"生瞳，作为经历相仿的人，我只给你一句忠告——背叛者不需要回头，那里只有黑暗。"

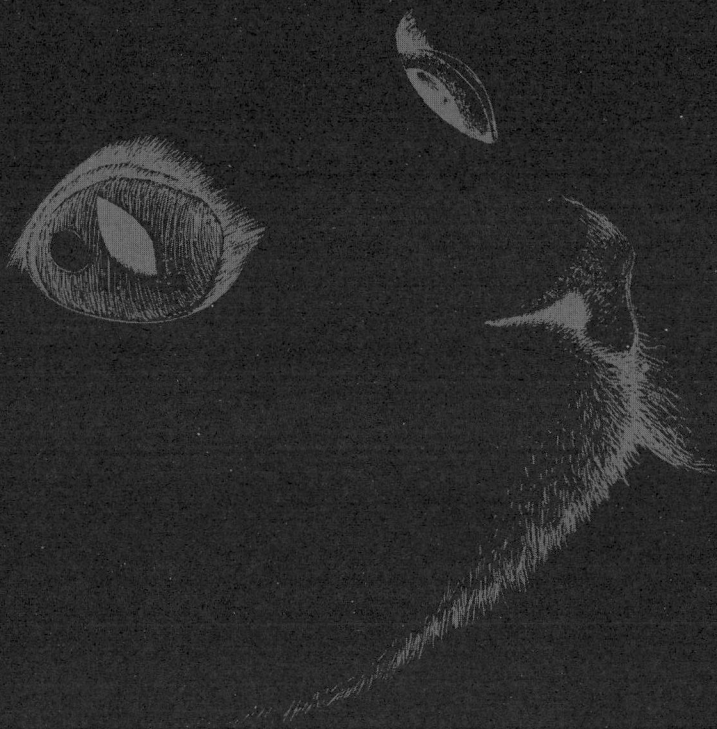

第二十二章

绝境

京剧猫

生瞳发觉自己已经泪流满面。在凤颜那双澄澈异色瞳的注视之下，所有的过往都翻涌了上来。她仿佛一个溺水的人，越沉越深，脚下是熊熊燃烧的火海，那些死在她手下的亡灵露出可怕的面貌，纷纷伸出手来向她索命。那些枯骨的手抓住了她，她的眼前只有一根垂下来的红色蜘蛛丝，她牢牢攀附着那根蜘蛛丝，拼命地想要往上爬。

在她的头顶上方，花千岁的声音慵懒而缥缈："造吧，为我造出更多的军队，你就能上来。"

"造出……更多……"

生瞳喃喃自语着，她乳白色的瞳仁里暴雪飞旋，周身缠绕着浓密的白雾。她的白发暴涨出数丈之长，带着混沌之气的韵力强烈到肉眼可见的地步。她的血管在如雪的皮肤下起起伏伏，喉咙里发出挣扎的嘶吼，只见她左右来回地看。所视之处，魔物见一生二，见二生三，成倍地复制出来。

"她就是我这次用来与你对决的造物。很完美吧？"花千岁冲着凤颜莞尔一笑，懒懒伸出一指，指向凤颜身后。眼宗宗门的隐没之处，空气掀起一浪一浪的波动，渐渐透出宗门的轮廓，一时又消失不见。天眼结界的守护，似乎随着凤颜力量的流失，开始逐渐削弱。

花千岁指尖轻挥，红唇微启。

"给我攻！攻破宗门封界！"

倏然之间，天地变色。奇寒道的冰面轰然雷动，无数的脚步宛如彻天的战鼓，仿佛巨雷崩落般，接二连三地炸响。数不清的魔物号声震天，成群结队地向崖边奔跑而去。

离山大吼一声，拔地而起，一脚踢飞了缠身的数只蜘蛛。他顾不得身上仍然紧缚双手的蛛丝，积攒的韵力流转如电，漆黑的眼睛里霎时烈焰纷飞，散射出数道霸道刚猛的黑焰。这些黑焰横列成墙，阻隔了魔物们前行的道路。那些魔物有俯冲不及的，一头撞进黑焰里，顷刻间化为灰烬。但是魔物数量太多，黑焰只能拦下一部分。不一会儿，便有灰白的魔物跃过火墙，继续向前冲去。

离山急冲到凤颜身旁，一个凌空飞步踹翻了那只巨大的雪狼蛛，牢牢护在凤颜的背后。蛛牙的毒液浸透了他的靴子，他能感到双脚渐渐变得麻痹。"师父，现在该怎么办？"

"护好西门。"凤颜冲他眨了下眼睛，他便感到一阵带着桃花香气的疾风自后背一推，瞬间将他送向西门的所在。

西门此刻还在蛛丝里挣扎，那些蜘蛛似乎铁了心要把他做成一个茧，正来来回回地往他身上缠蛛丝。一团黑影忽然随风而至，三两下撞飞了身侧的蜘蛛们。离山气急败坏地仰起头，泄愤般一脚一个踹走那些蜘蛛，眼睛却没有离开过凤颜，嘴里问道："喂，你能看见什么，最好快说出来。我师父身系守护眼宗的天眼结界，他要是在这里出事，不但眼宗宗门要暴露，花千岁的其余几路大军也能畅通无阻地攻进眼宗！你快看看！"

西门哪里需要离山提醒，他比谁都想解救凤颜。正如离山所说，凤颜堂堂一宗之主，身系一宗安危，本可安稳坐镇宗内，他却为了救素不相识的自己，中了花千岁的奸计。若是他因此受伤，甚至万一……

西门心中狂跳，不敢再往下想。此刻他的耳中塞满了海潮般轰隆作响的魔物嘶吼与脚步声，成千上万的魔物们擦身而过，离山的黑焰将他俩围成一圈，微薄的火焰在魔物群中时隐时现。离山面色发青，气喘频频，显然蛛毒已经发作。他却仍专注地维系着黑焰之墙。西门心急如焚，拼命回想着独目老者教给他的唯一一句调息口诀。他的双眼已经酸痛不堪，魔物奔涌的间隙中，他看到凤颜的身影明明灭灭，身上布满蛛丝，却闲庭信步般，迎着众多魔物逆向而行，向着生瞳的方向走去。

"宗主小心！"

"师父小心！"

西门和离山同时大喊，凤颜却恍若未闻。他面对已经陷入狂乱的生瞳，缓缓开口。

"生瞳师妹，你生而特别，你的眼睛，并不比你的姐妹们差。你姐姐的刀风瞳，杀伐成性，以一当千。你妹妹的隐界瞳，曼妙自如，结界多变。而你的复生瞳，能复刻万物。但是世有平衡，复生瞳一旦开眼，每使用一次，主人的寿命必将缩减。当初在眼宗，宗师们封印你的眼睛，即是这个缘故。"

凤颜静静地看着生瞳，微笑道："让你有了不好的回忆，是眼宗之失。师妹，对不住了。"

说罢，他长身一躬，深深折下腰去。

"师父你！！你疯了吗？这么紧急的关头，你还向这个叛徒道什么歉！"离山气得七窍生烟，猛击西门一掌，"喂，你也说点儿什么！"

西门也是一脸震惊之色，目光盯在凤颜身上，不停点头："凤颜宗主真的是……一位有胸襟的君子啊。"

完了，这孩子，将来怕是会和师父一样傻。离山长叹一声，无语地转过头去。

处于暴风之中的生瞳，白发依旧狂乱地飘舞在空中。那双乳白色的眼睛却眨了眨，缓慢地暂止了无限复刻的瞳术，转向凤颜。

她听到了凤颜说的话。她的意识仍困在那方黑暗之地。凤颜的声音仿佛从那些向她索命的枯骨堆深处传来，她抓紧了手中红色的蛛丝，不知该上该下。眼宗的宗主居然在向她赔罪，可她明明是那个杀害同宗的凶手，是背叛眼宗的人啊！甚至现在，她还在机械地为花千岁制造着魔物大军，指挥它们攻下眼宗宗门。

花千岁的声音从她的头顶传来："别傻了。看看你脚下的那些亡灵，他们都想吃了你。你是满手鲜血的杀手，你只能是我的造物。除此之外，你什么都不是。快，制造更多的魔物，替我攻下宗门，我便救你上来。"

如同应和花千岁的话，那些可怕的枯骨争先恐后地爬上蜘蛛丝，伸出惨白尖锐的手骨，争抢着抓住生瞳的腿，要把她拖入黑暗的深渊。她吓得魂飞魄散，只得拼命顺着蛛丝向上攀爬。凤颜的声音却从张牙舞爪的枯骨堆深处袅袅升起，传到了她的耳朵里。

"人必有过，孰能无失。不要害怕你犯下的过错，只要活着，就还有改过的机会。勇敢地跳下来吧，面对这些亡灵。你会发现，他们只是想阻止你再走邪路。"

跳下去？跳进这堆可怕的亡灵之中吗？

无数的枯骨亡灵散发出莹绿色的光，脸上空洞的窟窿注视着她。他们号叫着向她扑来。生瞳怕得发抖，但一个念头从她的内心冒了出来：难道跳进这堆亡灵，她就可以赎罪，就可以做回眼宗弟子了吗？

"你休想得救。"花千岁狠厉的声音传来。

"你还有机会。"凤颜鼓舞的声音传来。

生瞳的白发不再狂舞，瞳仁剧烈地抖动，整个人如同摇摇欲坠的精致人偶一般，错乱地颤动着。魔物们失了精准的指挥，整齐划一的冲锋变得混乱不堪，但它们很多已经冲破了离山的黑焰之墙，来到了崖边。

苍月当空，白雪被践踏得到处飞扬，花千岁腾空而起，精致的袍袖翻飞，红丝如网一般在他的身后张开，铺满了整个崖顶。他如同一只蹲守于蛛网中央的大王蜘蛛，双眼灼灼发亮，美艳又致命，仿佛整个天地都是他的猎物。蜘蛛在雪地上急速爬行，沙沙地围住了凤颜。凤颜却看也没看周围的一切，依然牢牢盯着生瞳。

"生瞳师妹，你的身体被花千岁强行改造，又过度使用复生瞳，看看你身边的白雾，它们都是你失去的能量。你的身体已经比雪花还要轻了。再这样下去，你会完全化为白雾，彻底消失。停下来，现在回头还不晚。"

凤颜的双手依旧被缚在身后，他挺立如松，步履不疾不徐，逆着无数呼啸而过的魔物，向生瞳走去。月色苍茫，他的身影泛着微微的光，在蜘蛛的乱影之中，徐徐前行。

"你想救她是徒劳。凤颜，今夜你彻底败了，败在我花千岁的造物之下！你就好好记着，来生再找我打吧！"

花千岁长啸一声，十指齐出。指尖的红丝暴乱狂舞，集结成束，如红蟒一般划破天际，闪电般地缠绕到凤颜的身上。凤颜的身影眼见被红蟒埋没，几乎要看不见了。他的脖颈被一点一点缠紧，冰莺般的声音变得嘶哑，但他的目光依旧不移，静静地看着生瞳。

"不要怕，停下来，我带你回家。"凤颜道。

"师父——"离山再也忍耐不住，漆黑的双眼几乎要滴出血来。黑色的烈焰一路燃烧过去，与花千岁的红丝碰撞在一起，却无法穿透那些密不透风的红丝。

西门扑通跪在雪地中央，牙根几乎要被自己咬碎。一定还有办法，快想！哪怕一点点也好，他的眼睛，快点儿看见啊！模糊的映象纷乱地出现在眼前，但怎么也拼不成清晰的图像。

又是这样……难道他又要连累自己和阿木的恩人，眼睁睁地看着他送死吗？

西门一把拽住离山的衣袖，嘶哑道："别管我了，快去救宗主！"

"你以为我不想吗！！"离山吼道，虎眼紧紧地盯着前方，韵力燃烧着他的眼睛，他的眼角流出血来，"但师父有令，让我护住你，我便一步不能离。就算师父……他有个万一，我也要遵师命，带你回眼宗。"

离山深吸一口气，二人周身的黑焰护墙又高了几分："别怕。眼宗弟子，凡诺必守。你要入眼宗，便牢牢记好。"

西门心头一凛，怔怔地看着他。有血从他握得泛白的指节滴下，落在雪地上，如同承诺。

"眼宗，我收下了！"花千岁高高跃起，笑容张狂，红发如鞭如电，急速逼近凤颜。

"停下来，生瞳。"凤颜依旧看着两三步之外的生瞳，密密麻麻的红丝埋葬了他最后一丝目光。

生瞳的意识仍挂在蜘蛛丝上摇晃，脚下枯骨攒动。

她抬头望了望，月色冰凉，正如她叛逃的那个夜晚。

她闭上眼睛，松开了手。

然后，坠入无边无际的枯骨之中。

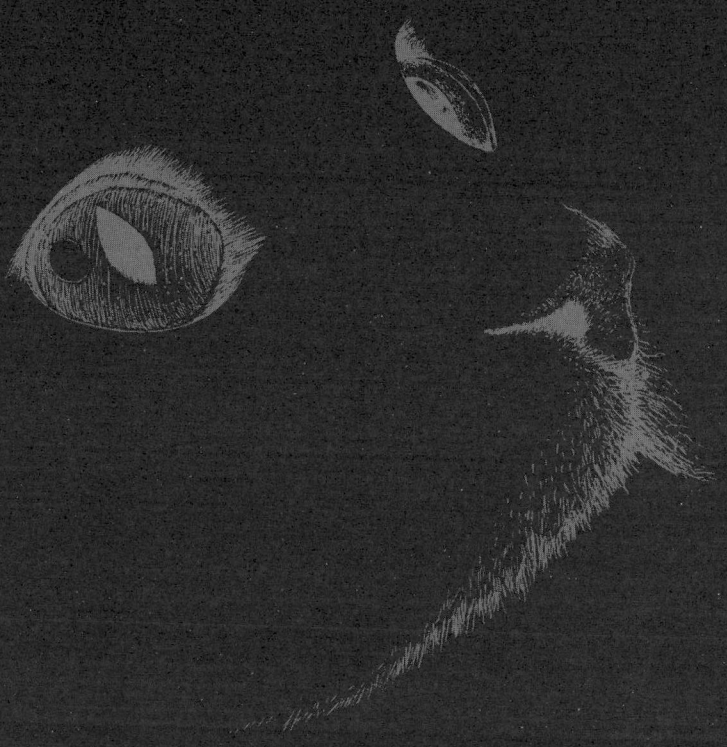

第二十三章

宗门之变

京剧画

枯骨瞬间将生瞳吞没。

不可思议的是，想象中被万骨争食撕咬的画面并没有出现。

生瞳本已做好了粉身碎骨的准备，想以此补偿多年来的杀戮。

那些抓着她的枯骨却没有将她扯碎，反而轻推着她，一波接一波。

他们空洞的眼睛安静地注视着她，将她不断地推向更下方。

"快走，回家去。"

那些上下开合的空洞的嘴，似乎在对她说。

她感到体内的混沌如烟般散去，她变得越来越轻，那些缠绕着她的白雾渐渐转淡，她宛如一片羽毛般飘落。

落在一个沉稳的臂弯里。

她睁开眼睛，月色如雪，一双异色瞳，正温暖地看着她。

"可算把你找回来了。"凤颜乐呵呵地点了点头，"赶上了，赶上了。"

生瞳惊异地转过头去。她的瞳术早已止息。他们正立于空中一片巨大的桃花瓣上，不远处，花千岁的指已成刀，红丝凝成的刀刃深深刺入另一个凤颜的胸口。

凤颜，有两个？

花千岁向后一瞬，面上霎时阴云密布。

"幻影分身……"

话音未落，他的红发瞬间凝成数股，以迅雷不及掩耳之势，向凤颜刺去！

心刚落下的离山不由得大叫："师父小心！"

蟒蛇般的红发上下左右，封住了所有去路，凶猛地袭向凤颜二人，却听当的一声震天巨响，如同金石撞玉，红发在空中好似撞上了一面无形之墙，纷纷散落在地。花千岁眉头一蹙，拔出手来，红丝如鞭影袭向四方，却发现，四壁皆是无形之墙。他左突右刺，也无法撼动分毫，俨然已被关在了此方空间之内。蜘蛛们凶猛地潜入雪地，却也被弹回地面，不得而出。

"竟敢耍我！"花千岁手刀向后瞬出，狠狠没入红丝包裹中的凤颜的胸膛。

"千岁兄聪明绝顶，又有易容千面的本领。"生瞳旁边的凤颜笑了笑。

"我也只好以自己为饵，请君入瓮了。"花千岁旁边的凤颜眨了眨眼，瞬间散作无数桃花瓣，飘然落地。

"哈！"离山抬起胳膊捅了西门一下，"看见没有，我师父的幻影分身真假难辨，在全十二宗都是出了名的！花蜘蛛那点儿小伎俩，拿他根本没办法。喂，花蜘蛛，有本事逃出我师父的'镜牢之术'啊！"

西门趴在地上，揉着被戳痛的胃，嘴角止不住地咧开来。瞧离山那意气风发的样子，好像完全忘了刚才是谁担心得失声大叫。西门摇了摇头，眼光不由自主又回到凤颜身上。这位宗主，连背叛过的弟子都不放弃，甚至以身作饵，既救下了生瞳，又困住了花千岁，而且观其面色，甚至连蛛毒都已化解。其功法之深，胸怀之广，胆色之高，让西门大开眼界。

这就是眼宗的宗主吗？若自己进入眼宗，是否终有一天，也能成为像他这样的京剧猫呢?

呸，妄想什么呢。西门不由得有点儿脸红。他一个孤儿，能进入眼宗，学得驾驭预知瞳的方法，不连累他人，就该谢天谢地了，竟然想着成为宗主……

"有什么不行的? 要当就要当宗主。你很厉害，别没出息。"阿木不屑的声音从他头脑里钻出来。

忽然间，一道大力环住了西门的脖颈。他还没来得及叫一声，就被扔到了半空。寒风和冰雪左右开弓拍打着他的脸，天旋地转间，几根雪松的枝丫张牙舞爪地迎面扑来。西门抬手欲挡，只觉一道软软的绸缎般的东西阻止了他的飞旋，轻轻接住了他。

啪嗒两声，黑色的战靴落在他身旁。

"你也太轻了吧。"离山皱着眉头瞥了他一眼，独自盘腿坐下。

"喀喀喀……你……你们眼宗……都是……这么扔别人的吗……"西门艰难地吐出满嘴的雪团，想起先前独目拐老者也是这么把他扔上纸鹤的。他举目一望，身下是片巨大的桃花瓣，柔软轻盈，正载着他俩穿过半空，徐徐飞向凤颜。

"这是幻术? 还是……"西门惊奇地摸了摸桃花瓣，触感柔软，带着微微的芳香和温度，仿佛刚从春日的枝头飘落一般。

"哼，我师父的随风扇，是用上古桃木制成的，韵力的灵通性，在眼宗的众多神兵之中也属最高，配合他千变万化的瞳术，或虚或实，皆在他一念之间。"离山盘腿而坐，似是在调息运气，片刻之后，他轻"咦"了一声，"奇怪，身上这蛛毒……怎么不见了？"

经他一提，西门也察觉到自己身上轻便了许多，刚才的疲劳和伤痛似乎从身体里蒸发了。

"当然。你以为刚刚的包子是白吃的？"

花瓣飞至凤颜身旁，只见凤颜舒服地伸了个懒腰，挑了挑眉："里面加了很多祛毒好药呢。"

西门一惊，对凤颜的佩服又深了一层。他到底算到了哪一步？夜空下，纯黑的宗主袍迎风作响，凤颜的笑容却仿佛夜中朝阳，下一刻就要跃出山峦，照亮这一方生死之地。

离山瘪了瘪嘴，别过头去。西门听见他在嘟囔着什么，似乎是"要你管""怎么不早说"之类的话，耳朵尖都红了。

"好一个请君入瓮……到底谁才是瓮中之鳖呢？"

低低的笑声咻咻响起。花千岁红发曳地，直视凤颜，伸出白皙精致的手指，勾了一勾。

巨大的雪浪突然翻腾而起，之前被离山踹倒的雪狼蛛，挺起硕大的身躯，八爪翻飞爬动，从雪地上耸立起来。无数小蜘蛛从四面八方爬上了它的身躯，化为它身上的部件，机械声咔咔作响，零件相互咬合。瞬息之间，它的身躯竟暴涨了五六倍之多！一声长啸，四道白虹从它的口器中喷射而出，瞬间封住了凤颜四人的双眼！

惨叫声立时响起，股股白烟从四人的眼中喷发！

一切发生得太快了。这白虹般的黏液遇风而坚，火烧不坏，腐蚀力极强，几道下来，便将四人捆作一团，腐蚀着他们的衣衫和躯体。雪狼蛛八爪用力，口器一吞一吐，将四人越拽越近，似是要将他们一口吞下。那些乱窜的魔物，此刻也得了命令一般，全都转过头来，死死盯住凤颜四人。红色的眼睛漫山遍野地亮起来，它们高号几声，竟纷纷腾空跃起，从四面八方扑向凤颜四人！

"吃了他们！"花千岁舔了舔嘴唇。

月色冰冷，奇寒道上漫天腾起灰白色的巨型魔物，它们张开血盆大口，挥动粗壮的巨爪，向着凤颜四人飞扑而下——

巨浪滔天！奇寒道轰然作响，白雪如倒悬的瀑布，直冲云霄！

——得手了。

奇寒道上烟尘滚滚，巨大的撞击声仿佛九天落雷，轰然回荡在雪坡之间，震得雪坡上的白雪如浪花翻卷，一瞬间倾倒在奇寒道上。

那些飞扬的冰凌与雪块，被寒风裹挟着四处飞散，狠狠撞击在花千岁周围的无形之墙上。花千岁安立其中，毫发无损，静待一切尘埃落定。

终于，四周归于沉寂。雪狼蛛抬起头，发出一声满足的长啸。它的八只眼转动不息，其中两只，已经隐隐地泛出金色与蓝色。

灰白色的魔物们摇头晃脑，四下退开。

一个巨大的雪坑，出现在路面中央。

"蜘蛛，可是很有耐性的杀手。是你大意了，凤颜。"

几声清脆的碎裂声传来。

肉眼可见的金色裂纹，开始逐一出现在花千岁的四周。四面无形之墙上，宛如藤蔓般爬满了裂纹，很快，随着啪嚓几声脆响，墙面轰然化为金色的碎片，消失不见。

花千岁微扬起头，欣赏着散落的金光。

"眼宗的'天眼结界'，很快也会像你的'镜牢'一般，美丽地碎裂吧……凤颜，我输你七次，七次都是败在你那双眼睛之下。这一次，我的"雪蛛白毒"，可是专为腐蚀你的眼睛潜心打造的。你和你的徒弟们，就好好待在雪狼蛛的肚子里，用你们珍奇的眼睛，给它当养料吧。"

花千岁踏雪向前，每一步都似天仙下凡，带着夺魂摄魄的风采。他似笑非笑，面上的神色不知是狂喜还是遗憾。他静静走到凤颜四人消失的地方。泥泞的雪坑之中，散落着染血的碎衣和一柄断扇。花千岁弯腰拾起断扇，仔细端详上面折裂的桃花，眼睛发出了亮光："可惜，可惜。"

四周的雪地寂静无声。

奇寒道上的时间似乎被寒风冻住了，桃花瓣碎裂一地，再无声息。

"可怜的预知瞳，不慎卷入我与凤颜的战斗而死，黯大人该不会怪我吧。"

花千岁眼中精光一闪，玩着断扇，轻轻抬眼，看向隐没的宗门所在的方向。

空气中传来结界碎裂的轰然之声。金色的裂痕如惊雷闪电，霎时布满了天地之间。花千岁笑意更深，轻轻抬手，无数魔物的红眼同时亮起，齐齐转向越来越明显的宗门。

"来吧。"

手指交错，断扇在他指尖化为粉末。

守门的眼宗弟子透过宗门上的巨眼，看到了这一幕。不少弟子的武器当啷落地，脸上布满了不可置信的震惊。他们眼中的韵力一个一个消退，取而代之的是愤怒的血红。

"这不可能！！"数人嘶哑着嗓子吼了出来，声音震得门上的雪都砸落在地。

早有血气方刚的弟子抑制不住，大叫着飞身而下："开门！我们出去救宗主！"

哪怕最理智的弟子也握白了指节，掀衣转身，向着雪睛城的方向扑通跪下，大声陈情："宗主有难，宗门受辱！求胜兰宗师下令，容弟子出城擒拿花千岁！"

数百道吼声震天动地，渐渐化为同一个声音。女弟子们更是湿着眼睛低了头，雪地上砸下一个个泪坑。

"等一下，那是什么？"

一声鹤唳破天而起，由远及近，一道身影乘鹤而来，袍袖翻飞。几名弟子已经认了出来，大声道："凌霄鹤！那是空蝉师兄！"

凌霄鹤黑顶红目，飞得迅疾如风，穿云破雾，眨眼间便从雪睛城到了宗门前。此鹤聪慧非凡，日行千里，向来只为宗师们骑乘，在落雪台大试上出没，如今现身，必是眼宗有了紧急的要事。

果不其然，空蝉高举手中黑色的宗令牌，肃然道："众弟子听令！"

"弟子在！"吼声如箭离弦，破空而出。一片片紫衣如风吹荷叶，低伏在地。弟子们热血沸腾，太好了，胜兰宗师终于下定决心开门迎战了！

"胜兰宗师有令！"空蝉顿了一下，常年笑眯眯的眼睛缓缓睁开。

"等。"

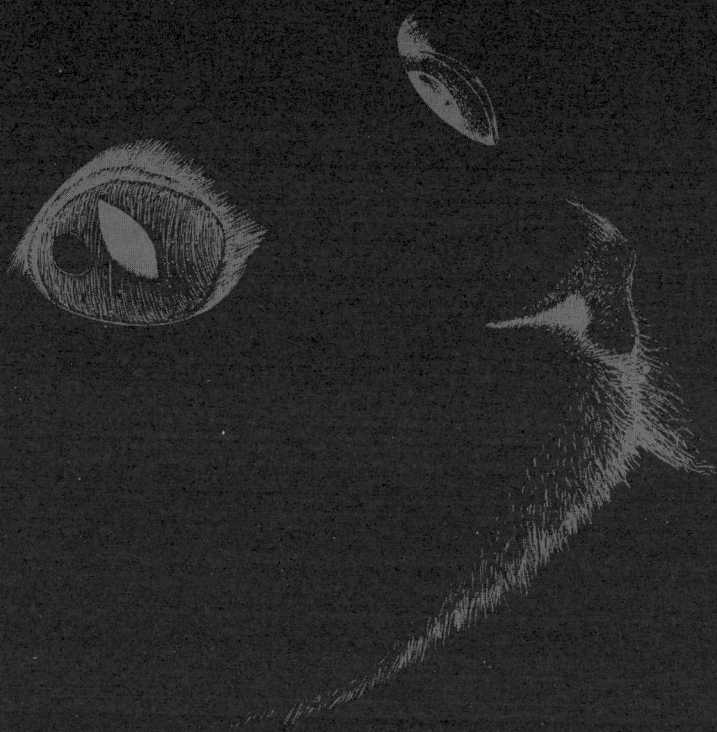

第二十四章

镜象万千

京剧猫

就快了。

苍白的月色下，从远至近，渐渐浮起无数的阴影。

机械摩擦的声音铺天盖地袭来，大批的雪枭尖锐地鸣叫，覆盖了奇寒道的上空。

雪狼蛛长号一声，雪坡之下，**窸窸窣窣**的巨响交叠不息。一个又一个车轮般大的蜘蛛带着机械的摩擦声从雪地中钻出，密密麻麻迅速爬向宗门。一道道"雪蛛白毒"高高喷射到结界之上，金色的结界发出阵阵白烟，嘶嘶碎裂，金色碎片如粉身碎骨的太阳，飘落在魔物们骚动的巨爪下。眼宗的宗门已然全部显现出来。月色如霜，潮水般的花纹蜘蛛漫上那两株枯萎的老树，漫上宗门，漫过宗门中央象征数百年荣耀的巨眼雕刻。

玄冰铁铸就的巨门冒出股股白烟。蜘蛛疯狂地钻进钻出，啃食着坚不可摧的神话。千疮百孔的巨眼未曾睁开，白色的蛛毒仿佛悬泪，从眼角滑落。

花千岁仰起年轻的脸，高高的宗门上，眼宗弟子们时时闪现的韵光，淹没在如浪潮般的机械蛛群之中。象征眼宗的幡旗轰然倒落。幡旗的一角，金色的兰花失去了光芒。

铁血金兰?

胜兰，你的冷漠和胆怯埋葬了你的儿子，接下来，也将埋葬你的眼宗。

花千岁嘲讽地勾起嘴角，所有的魔物嘶吼震天，集结成一条灰白巨龙，长啸着冲向眼宗宗门!

宗门轰然洞开。

花千岁的眼睛亮了起来。雪晴城闪着奇异的寒光，立于雪谷的中央。眼宗的弟子们且战且退，灰白色的巨龙长驱直入，冲入眼宗的腹地。

天眼结界已破，宗门门梁已倒。

眼宗，回天乏术了。

花千岁最后抬眼望了下宗门，身形微动，一只脚跨进宗门。

清润的雪碎裂在他脚下。

"是他吗？"

他突然听到了苍龙出谷的声音。

"是他！他身上的颜色，和白衣姐姐的一样！"

清脆的童声扬起，花千岁心中凛然一震，急收脚步。金色的细线以迅雷不及掩耳之势从他的脚底蔓延开来，相互勾连成复杂的阵法，其间的韵力一层重似一层。花千岁步不能移，只觉身上突然如加了千斤之重。金线所过之处，魔物和蜘蛛如被点燃的爆竹，瞬间炸裂！

他抬起头，遥远的雪晴城晃了晃，渐渐变得透明虚缈，同宗门一道，消失在月色里。

一条笔直的通山大道铺展在他的面前。道面是呈浅蓝色的冰面，冰冻数尺，千年难化。猫土上所有的冬天乘着风降临在这条道上。眼宗的天然屏障，奇寒道。

他刚刚走过的道路。

他竟然面对着它。

这不可能。

花千岁的面上风云变幻。他轻轻侧头，银牙微咬，湿润的红唇露出一个令人毛骨悚然的浅笑。

"有意思……我什么时候中的幻术？"

仿佛应和他的话语般，在花千岁的身后，原本的奇寒道

第二十四章　镜象万千

305

已经如水墨般渐渐模糊。极峰岭的远山显现出来，高崖上，一轮苍月悬于半空，照映着巍峨的宗门。宗门两旁，一株老松苍翠欲滴，一株老梅暗香浮动。

花千岁慢慢地转过身。

即使隔着极远的距离，他也能注意到他刚刚嘲笑过的身影。一字排开的眼宗弟子们双目如炬，站在高高的宗门之上，他们目光过处，金线蜿蜒铺展。而在他们当中，一道逆光的身影立于高处，头上是猎猎幡旗作响，眼中是数十道寒星陨落。他左手持一柄如墨的羽扇，右手扶在一名小女孩的肩上。小女孩趴在墙边，目光定定地看着他，眼中紫金色的韵力流转不息。

"他没有伪装，"小女孩坚定地指着他，"他，就是花千岁。"

花千岁心头大震，这小丫头，是那个预知瞳的妹妹……难道她也拥有什么奇特的才能？譬如说……看透他的易容？

"花千岁！你罪大恶极，世人可诛，今日眼宗必要将你拿下！"

"你已中了胜兰宗师的'锁韵阵法'，待你韵力尽散，便是灰飞烟灭之时！向被你残害的生灵、向凤颜宗主谢罪吧！"

夹杂着悲愤的怒喝不绝于耳，无数闪着韵光的寒箭破空而出，射落了空中尖叫的雪枭。魔物们被金线阵法逼得节节后退，退到了远离宗门的奇寒道上。蜘蛛们疯狂地沿着金线爬动，却无法靠近花千岁分毫。阵法铺满了整个崖顶，金色的韵光拔地而起，如鸟笼般困住了阵中人。花千岁的红发起落如电，抽打在鸟笼的内壁，却没有一丝能穿透这些韵光。他身上浮起紫色的混沌之气，幽暗的力量如江河之水，不断从他的身上被抽离出去，融化在一缕缕金线里。

"原来今夜，是眼宗想要猎我啊。"

花千岁冷冷地立于阵中，血枫般的红发飞舞张扬，将天空划出一道一道的伤痕。

"好个'锁韵阵法'……曾经的十二宗主用来对付黯大人的杀阵，胜兰世叔是何时习得的？"

"问你师父。"幡旗下的男人眼皮也不抬，"他在泉下等你。"

花千岁身形一颤，尖锐的指甲扎入了手掌，他咬牙笑道："世叔未免太怕了我。自己缩头不出，对预知瞳不闻不问，先由着儿子对付我，再把个小丫头推到身前，看准了我的真身，最后放个'镜象万千'的幻术，从我背后设阵，好一个连环计！可惜我花千岁恶名一世，还不及世叔狡猾的万分之一。真是甘拜下风，佩服佩服。"

"无耻之徒！！"

"胡言乱语！！"

几个年轻的弟子气得破口大骂，登时有人韵力失控，几根金线倏然绷断。他们还未来得及反应，花千岁身形一转，五指齐出，指尖数道红丝集结成蟒，瞬息间绕过金线的缺口，蹿出鸟笼，直奔西诗的面门而去！

当的一声，一道白影闪了出来。空蝉将西诗一把拉向身后，抬手一击，桃榆木的弓身牢牢挡住了红蟒的蛇口。这桃榆木百年成材，本是坚韧难摧、驱邪抗毒的上佳材料，空蝉只觉虎口一震，一股钻心裂肺的痛顺着握弓的臂膀直击心脉。蛇口犹在疯狂地撕咬，弓身的裂纹迅速蔓延。空蝉反手抽箭，搭弦于弓，双目凝神于箭，一道金色的韵火迅速点燃了箭身。他食指一松，只听一声金崩玉裂，弓身与蛇头轰然俱碎，桃木纷飞间，金色的韵箭如破海之浪，一路切风斩雨，从蛇头贯穿到蛇尾。红丝未散，箭已落阵，金色的韵光直泄于地，瞬息将断裂的金线重新连起。

"空蝉师兄！"犯错的弟子们又惊又愧，刚要说些什么，便被空蝉的笑眼制止。

"小心，我们面对的可是黯手下的八大魔将之一'杀心千手'，不到最后一息，他不会停止攻击。千万别大意。"

弟子们见他安然无恙，心头一松，大为佩服。刚才的一击如迅雷闪电，若不是空蝉师兄反应超群，只怕小姑娘早就一命呜呼了。这花千岁在魔将之中，也素有狡诈残忍之名。小姑娘刚刚指认了他，他便敢在胜兰宗师面前下此毒手，其心肠之歹毒，手段之狠辣，令人胆寒。

"空蝉退下。"

寒冷的声音自身后传来。众弟子头一缩，立刻回到各自的位置，不敢再言语。空蝉心神一凛，拉着西诗退到一边。西诗急红了眼，绕着他左右查看，泪水扑簌而下。他冲她笑了笑，将右臂藏在身后。黏稠的液体顺着手臂滑下。他叹了口气。

到底被胜兰宗师看出来了。

刚才他只接了花千岁一击，经脉便如遭刀削，那蛇头分明已碎，却似钻入了他的身体，一路毁坏着他的经脉，噬咬着他的心脏。其内劲之强，远超他对花千岁实力的想象。以前他只是纸上论兵，在棋盘上与这位未曾谋面的魔将对弈，自然生过面对面一较高下的渴望。他见胜兰宗师一等再等，甚至要靠西诗的透幻瞳确认花千岁的真身后，才肯开阵抓敌，也觉得太过谨慎。

何况西诗年纪这样小，刚刚与哥哥分离，就要上战场效命……想起西诗刚刚的表现，连空蝉也觉得震惊。

"我会教你开眼之法。"胜兰面无表情地看着西诗，脸上的寒意足以吓哭任何一个自称勇敢的孩子，"上宗门，认出花千岁的真身，助眼宗布阵。你哥哥或许有救。"

或许有救。这不算是承诺。空蝉几乎想出言阻拦，开眼本就是眼宗弟子最难熬过的一关，那些修炼了数十年的弟子，年龄比她大几轮的弟子，都未必能熬过期间的痛楚。每到开眼之时，至少一半的眼宗弟子会因此受伤，严重者甚至会精神失常而疯掉。少有人能够一次就开眼成功。就算她天赋异禀，但这么小的年纪，未经修炼就要开眼，且不论能否成功，她将承受的痛只会更多。

空蝉上前一揖："请胜兰宗师三思，花千岁的易容术虽难以辨认，但总有其他办法。西诗年纪尚幼，瞳力稀有，若是因此受伤……"

"独目拐教宗为何游历各处，带回有瞳力的孩子，你可知道？"胜兰淡淡开口。

"是，"空蝉顿了顿，应道，"眼宗近几年损失过重，宗师和弟子们牺牲太多，现在已是……"

胜兰抬眼看着他，空蝉闭上了口。战时非比常态，和平时期，眼宗弟子们尽可以花上大把的时间去慢慢修炼，可以讲求方法，循序渐进。但现在是战争时期，战争是生命的收割。每延长一天，就会有大把的弟子牺牲于战场。眼宗找寻有天赋的孩子们，不得不尽快训练，把他们送上战场，为的是尽早结束这一切。

花千岁不会等到透幻瞳长大再来进攻，胜机稍纵即逝。

这或许是他们彻底击败花千岁的唯一机会。

空蝉忽然明白了自己为何被称为"小军师"，他还做不到像胜兰宗师或者花千岁那样，于瞬息之间为了庞大的战局，做风雷之断，左右他人的生死。

他的棋盘上，还没有牺牲过生命。

"——你只会下无血之棋吗？"

胜兰曾在一次失败的作战后，单独召见他。空蝉原以为必胜的策略，在那时却输得一败涂地。他也曾愤然不甘，只道自己算有疏漏，胜兰却敲了敲手边棋盘，给了他这句话。

"掌风云者，血为路，汗为盘，命为子，运为局。无血之棋，犹如泥牛入海，纵然声势浩大，终归一败涂地。你如此天真，手上清白，赢得了一局，赢不得一势。"

胜兰的双目微微发亮，看着空蝉："你若想超越我，须舍得送命。"

送命？送谁的命？

送他人之命。

赢戮战之棋。

空蝉闭上眼睛。他当然想成为超越"血金兰"的军师，他料想到这条路绝非坦途。他一向默然勤修，笑眼见人，13岁议事堂前的雨中一跪，是他为自己打开的筹谋之门。除了胜兰本人，甚至没人看出他内心深藏的雄心。但或许是天性使然，他行到现在，只下过"无血之棋"。

他不知该庆幸还是遗憾。

终有一天，他也要把西门、西诗这样的孩子当作棋子，才能走上军神之路吗？

到那时，他会怎么选呢？

手突然被一团温暖包住。西诗握住了他的手。

"没关系，我很擅长忍痛的，别为我担心。"西诗轻轻拍了拍自己的心口，笑颜如梨花绽放。她的双眼发出星辰的光芒，仿佛曾经摔落山崖的人，再次找到了爬向山顶的路。

"只要能救我哥哥，我也是哥哥的英雄了吧？"

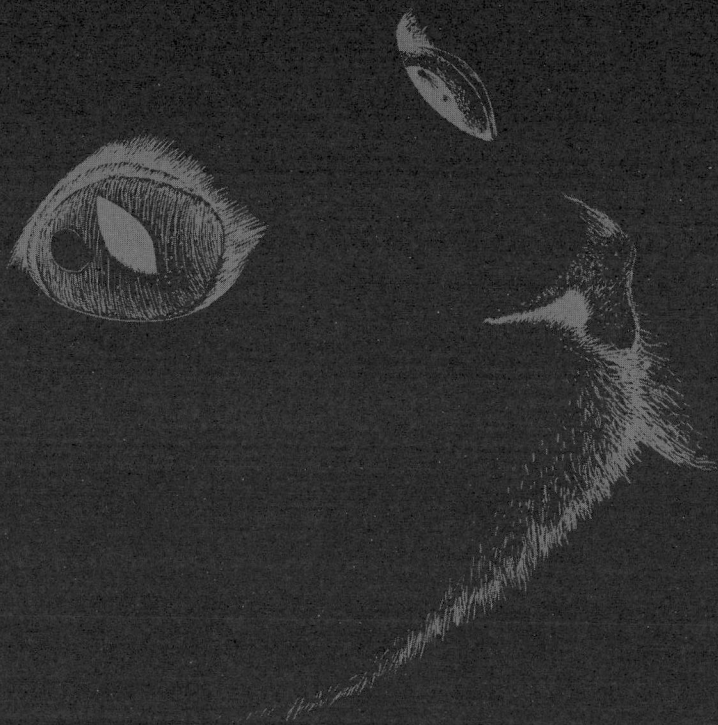

第二十五章

幻如我意

京剧菌

空蝉小看了西诗，也小看了花千岁。

胜兰宗师的谋算并没有错。刚才接了那一击，半条手臂几乎被废，空蝉才惊觉自己的天真。他很肯定，若不是靠着前面步步为营的设计，将花千岁一击困在"锁韵阵法"之中，他们守门的几百名弟子，在花千岁踏进宗门的那一刻，便凶多吉少了。

以最小之牺牲得最高之利益。这就是眼宗的门梁——"血金兰"的信条。

空蝉望了眼幡旗下站立不动的男人。阵法的阵眼在他眼底隐隐发亮。

只要他不收阵，花千岁绝无可能逃出生天。

"凡与敌战，须务持重。见利则动，不见利则止，慎不可轻举也。"胜兰淡淡开口，仿佛日常在宗学院授课一般，问道，"法曰何如？"

方才因花千岁的挑拨而热血上头的弟子们，因突然的袭击而忙乱的弟子们，霎时冷静了下来。他们仿佛想起了什么，眼中的悲愤渐渐退去，某种意志浮了上来，韵力的金线逐渐稳定。

"法曰：不动如山！"

数百道声音随着韵光齐天而起，韵阵一层亮似一层，花千岁闷哼一声，单膝跪地，红发尽数伏于地上。

"世叔是不是忘了……我手里有什么？"

花千岁眼中精光一闪，动了动手指，阵外那只最大的雪狼蛛长啸一声，八爪剧烈地抖动，周身漫起幽紫色的混沌。

"你们宝贵的宗主、大弟子和预知瞳，都还在我的手心里。再不打开这破阵，他们可要陪我下黄泉了。"

"宗主、大师兄……他们还活着？"

"那个预知瞳也……"

一阵窃窃私语迅速蔓延开来。弟子们迟疑地互相观望。空蝉瞥了西诗一眼。西诗动也不动，定定地注视着那只雪狼蛛。

"随意。"

胜兰眼睛都未眨一下，仿佛花千岁提到的不是他的儿子、弟子，不是五百年难出的预知天才，而是早餐桌上的几只小虫。

空蝉心里一紧，抬手捂住西诗的耳朵。西诗什么也没有说，抚掉空蝉的手，仰头向他笑了一下。

"好，好一个'铁血寒心'！"花千岁狂笑一声，勾了勾手指，眼底的寒光一闪而逝，"那就休怪我了。"

一阵爆裂的巨响轰然升起，天空仿佛被撕了一角，连苍月也晃了一晃。滚滚白烟蒸腾，雪狼蛛的断腿残肢七零八落地滚了出来。

数十名弟子失声惊叫，甚至有女弟子立时晕了过去。西诗后退几步，靠在了空蝉身上。花千岁放肆的笑声回荡不绝，他望着胜兰，挑衅的眼角却不放过某处渐渐暗淡的金线。

锁韵阵法，是猫土十二宗初成立之时，由京剧猫的始祖修，传下来的封魔四大阵法之一。

他在手宗的时候就曾听说过这种阵法。传闻修当年传下过记录其一生巅峰武学的秘折，早年由十二宗宗主供奉修习，后因故散落各地，至今已成为真假难辨的传说。其中封魔阵法之所以被大众所知，是因为前代十二宗宗主在震动猫土的阴霾山谷一役中，合力使用过这种阵法，用七天七夜的时间，以数名宗主的性命为代价，封尽了当时处于巅峰时期的黯的力量，将他打入阴霾山谷的最深处，换得了猫土百年的和平。

这种阵法之强，自不必说。花千岁只待了片刻，便觉得身上的力量一泻千里。但阵法之难，甚至需要当年的十二宗宗主合力才能施行。胜兰虽为百代名门兰家的家主，为当世翘楚，但他并没有当过眼宗的宗主，他是从哪里得知，并且习得这种阵法的？

或许这是值得收集的情报。花千岁咬唇一笑，他从刚才起就在观察这阵法。既然是如此之难的阵法，现在由胜兰一人带着这些眼宗弟子施阵，不可能比得上当年十二宗宗主施阵的力量。凡阵必有阵眼，他刚才不断试探，已经知道这阵眼落在何处。就在刚刚雪狼蛛自爆之时，胜兰的眼底出现了一丝颤动，韵阵的某处浮出了难以察觉的空缺。

再冷酷的人，也受不了儿子当面被炸成碎片的事实吧。花千岁衣袖一拂，身子便如冷箭般袭向那处空缺。他的力量已被阵法吸走不少，但还有时间。眼宗的围击确实有些出乎他的意料，但只要他迈出此阵，重施号令，没了天眼结界和宗主保护的眼宗，将很快覆灭在他的百万联军围攻之下。

花千岁心中冷笑，双足迈向那处空缺，眼神瞥向遥遥的宗门之上。

大多数弟子还未从刚才的爆炸中缓过神来，没有人跟得上他的残影。

他瞥了眼幡旗之下。

胜兰并没有在看他。

相反，他对着雪狼蛛刚刚自爆的方向，轻轻笑了一下。

花千岁心头突地一跳，忽然侧头，一道黑色的残影贴着他的脸颊凶猛擦过，稳稳扎在那处空缺上。黑色的火焰霎时拔地而起，仿佛燃烧不尽般沿着阵形的金线陡然飞驰。整个韵阵登时大亮，漆黑的火光与金色的韵光相互缠绕。金色的鸟笼仿佛上了黑色的锁，韵阵四合，身处其中的人再无逃脱之计。

花千岁不得已一掌击地，翻回阵中，心头大怒。是谁？刚才那一击恰到好处，似乎算准了那个缺口一定会出现，他一定会在那个时候奔向那里。但这几乎是不可能的。连他自己也是声东击西，步步为营，才得了胜兰出现的一丝破绽，于百死之地创造了一线生门，却被人精准地破坏了。那道黑影无声无息背向飞来，若非他心有所感，及时侧头，被穿个窟窿的就是他的脑袋了。而他偏头一躲，那黑影便扎扎实实地落在阵中，封死了他唯一的逃路。

这是一石二鸟的攻法。

绝不会输的策略。

不可能被预测到的时机。

还有，隐藏其中的，凛冽的杀意。

花千岁很久没有从背后体会过这种凉意了。他自从当上魔将，连番数年与各宗高手交战，诡计与奇策频出，斩落高手无数。无论输赢，他从来无惧。哪怕对战十年难克的眼宗凤颜与胜兰，他也从未觉得落于下风。世间万事万物皆处于变化之中，谁能早算一步，赢家就会是谁。

但刚刚那一击，让他第一次觉得，所有的策略、诡计、谋算，都像暴雨下打落的花朵一般，注定凋零，毫无意义。

有人已经越过了所有过程，看到了结局。

花千岁的目光落向刚刚落地的那道黑影。

一截小而丑陋，又短又粗，尖锐的黑色枝丫，牢牢插在地上。

野黑林里遍地都是的东西，黑松枝。

"黑松枝的火，常燃不灭，你不知道吧。"

清冷的声音自身后传来，带着几声咳喘。花千岁回过头，刚刚炸碎一地的雪狼蛛，渐渐浮起了一层白雾。雾中巨影攒动，另一只雪狼蛛缓缓爬了出来。它的背上，影影绰绰半跪着一个身影。蓝衣拂动，狼王出谷。

"别碰我妹妹。"

花千岁心中一寒，少年透过散落的发丝看着他，如同年轻的狼王看着它的第一个敌人。

就是这双眼睛。这双能够超越一切谋算，预知未来的眼睛。能够看透一切变数，直达终点的眼睛。

让人讨厌又痛恨的眼睛！

花千岁脑中飞转，这个少年，初上战场就掀翻了"猫瞳三姐妹"的整夜围捕。刚刚那一击，不论从时机还是角度都堪称绝杀，这样的头脑和心性，再加上预知瞳的力量，若是入了眼宗……

"果然不能放过你啊……"花千岁双目微亮，舔舔嘴唇，隐隐捏了个诀。

雪狼蛛的身子晃了晃。

预想之中的爆炸却未响起。

短暂的寂静里，一声冰莺啼破黑夜。

有风忽然自平地而起。白雾散尽，巨大的雪狼蛛上，凤颜迎风而立，折扇轻摇。在他的身旁，生瞳收拢了手里的白鼠，离山的瞳中黑焰灼灼。西门咳了咳，缓缓站了起来。

"由真入幻，由幻生真，眼观八方，心如明镜。"

凤颜朗然一笑。

"是为眼宗。"

神风呼啸，韵光飘摇，千里冰封，霎时亮如白昼。

"宗主没事！他们没事！"宗门之上爆发出一波又一波的欢呼，不少弟子喜极而泣，雀跃纷纷。空蝉笑了，拍了拍西诗："你知道他们没事？"

"当然！"西诗欢喜地跳了起来，眼角含泪，"我刚刚看到了，他们藏起来了！"

"别白费力气了，花蜘蛛！"

离山甩出几块被蛛毒腐蚀得千疮百孔的松树干，踏了踏脚下的蜘蛛："师父救下生瞳之后，你的雪狼蛛就被生瞳复刻替换了。自从你入了'镜牢'，你看到的一切，都是我师父的幻术'幻如我意'。你那引以为傲的白毒，腐蚀的不是我们，只是这几块木头替身罢了。

"师父带我们藏了起来，让你看到天眼结界破裂的幻象，你自然傲慢地以为打败了师父，放心地进攻宗门，带着你的军队走入胜兰宗师的'镜象万千'之中，最后自己踏进'锁韵阵法'里。哼，你说得没错。今夜眼宗——就是要猎你！"

离山低沉洪亮的声音回荡在宗门内外。弟子们愣了愣，倏然欢呼震天。

"原来如此！"

"我早就知道以宗主的实力，绝不会有事！"

"胜兰宗师不愧为眼宗大梁，如此沉得住气。我们竟然还以为他过于谨慎冷血……"

"嘘！你懂什么！胜兰宗师和凤颜宗主虽然疏远，但上阵莫过父子兵，二人的头脑加上冠绝十二宗的幻术，就算是魔将花千岁，对付起来还不是小菜一碟！"

"大师兄也真是勇敢过人，他一人的韵力便顶上百人，有他的黑焰在，这'锁韵阵法'可以撑上好久了，花千岁插翅也难飞啊！"

"眼宗万岁！宗主万岁！"

凤颜叹了口气，以扇遮脸，冲离山努了努嘴，悄悄对西门和生瞳说："看到没，他就是这么个小喇叭，刚刚告诉你们来龙去脉，他就忍不住要吹出去了。"

离山的脸以肉眼可见的速度升温发红，他嘶哑着嗓子道："师父……宗内弟子们都不知道您的计策，都以为您已经……没看见他们眼睛都哭肿了吗？身为大师兄，当然要和他们交代清楚，不然师父不就成了拿自己的生死开玩笑、欺瞒弟子的大骗子？”

"所以夸你可爱啊。"凤颜笑弯了眼，啧啧赞叹。

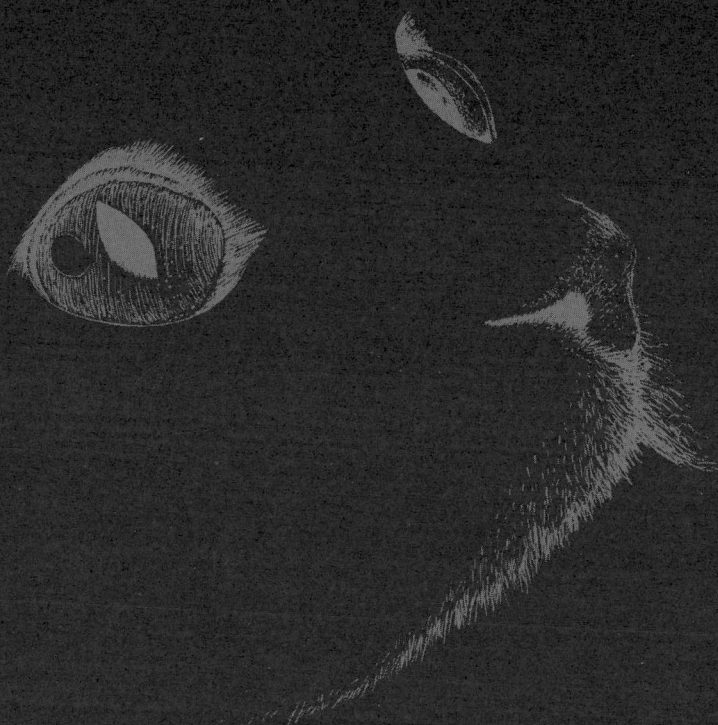

第二十六章

终局

京剧猫

"师父你！！！"离山憋了半晌，显然是憋不出什么话了。他哼了一声，站到西门和生瞳跟前，凶巴巴地低声道："花千岁一贯诡计多端，你俩跟紧我。生瞳，你虽然迷途知返，但背叛就是背叛，老实跟我回宗受审，听到了吗？"

　　生瞳双眼含泪，清丽的脸上第一次浮现笑容："能得宗主搭救，生瞳有若重生。离山师弟请放心。"

　　她默默转身，望了眼西门，盈盈下拜道："西门兄弟，对不住你。"

　　西门笑了，摇了摇头。

　　离山猛地拍了下西门的背："你也是，没想到你竟然藏着一截黑松枝，还能想到利用它的可燃性，带着我的黑焰投到阵中，稳固韵阵。干得漂亮！要不是你这招，只怕花蜘蛛刚刚已经逃出阵外了。"

"喀喀喀……"西门被拍得趴在地上，他遥望了一眼宗门上妹妹的身影，笑道，"一时情急，突然间就想到了。多亏凤颜宗主在蛛腹内的教导，我的眼睛不再疼了，刚刚能看到花千岁的行动，一定是托了宗主的福。"

离山看着那双重归淡然的桃花眼，只觉得十分惊奇。这小子难道不知道，他是多少年来头一个靠自己开眼的弟子吗？就连师父刚刚发现时，也微微诧异。上一个做到这件事的，正是他的师父凤颜。

开眼需要天时地利，需要遭遇心劫，更需要本人的悟性。期间要承受的蜕变之痛，哪怕坚韧如他自己，当初在师父的护助下，仍然咬碎了数十块雪岩玉，才坚持了下来。这小子一夜之间自己开眼，无人引领，其中的痛更加难以想象。小小年纪，孤苦伶仃，就有如此心性……离山叹了口气，只觉得再看那双自带风流的桃花眼，已经顺眼了许多。算个苗子，他想。哪怕回去就要被胜兰宗师剥皮，他也不后悔今晚跑出宗门，救了这小子。

"放心，"凤颜乐呵呵地挤了挤眼，伸开双臂把三人一拢，"有什么事，回家再说。"

西门心头一热，凤颜温暖的轮廓在韵光中明明灭灭。他转而看向巍峨的宗门，不禁想象起宗门里面的场景。遥不可及的眼宗，阿木给他描述过千百遍。那儿会像一个家吗？他也可以成为其中的一员，成为阿木一直梦想的京剧猫吗？

"凤颜的'幻如我意'，胜兰世叔的'镜象万千'，再加上这失传已久的'锁韵阵法'……佩服佩服，难为你们这对疏远的父子，为了猎我花千岁而联手。这一局，我认了。"

花千岁朗声大笑，他半跪于阵中，红发匍匐在地，仿佛一尊精致的雕像。韵阵不断地吸走他的力量，他那张颠倒众生的脸上，已经显露出疲态。他缓缓环视严加戒备的眼宗弟子们，将目光静静移到了生瞳脸上。

"生瞳，你背叛过眼宗一回，现在又背叛我吗？"花千岁道。

生瞳咬咬牙，清丽的面容淌下泪水。

"还记得吗？我和你说过，背叛者的下场。"花千岁的红唇慢慢咧开，"背叛者不需要回头，那里只有黑暗。"

"不好！"凤颜低喝一声，折扇轻抬，周围的空间隐隐裂动，几道旋风通天彻地劈将过去，奇寒道的地面出现了裂痕。无数道风将韵阵包围隔离起来，花千岁静立其中，红发飞扬。

生瞳的双眼骤然睁大，一只花纹蜘蛛从她的额心钻了出来，摇动尾部，渐渐变得发亮。

花千岁笑了，轻曲手指。

巨大的白光伴随着爆裂，轰然吞没了周围的一切。

时年猫土新历，第三百一十个冬天。

黯手下的八大魔将之一，"杀心千手"花千岁，传闻其在眼宗宗门之下，被眼宗宗主凤颜，以及眼宗四圣之"血金兰"胜兰联手施阵，困于阵中，几乎命丧于此。但一场不明原因的巨大爆炸突然席卷了奇寒道，花千岁因此得以逃出生天。他的百万西军将眼宗围困了三十个日夜，宗内几乎水尽粮绝，寒尽冰原躺满了魔物的尸首，折断的幡旗下掩埋着年轻的弟子。蜘蛛成群结队地爬过雪坡，又被漫天寒箭深深地射入地下。雪枭们遮蔽了天空，将暗器和炸药投在每一处有人奔跑的地方。它们嘴里咀嚼着血肉，翅膀折断在韵光的闪烁中。伯虎将军率飞虎骑杀入敌阵七进七出，最后硬是凭借过人的战力和胜兰的计策，冲垮了花千岁的战线，自身却也折损过半，重伤不醒。幸得德云宗师妙手回春，日夜不息地施以救治，眼宗这才保下了半数的弟子。

凤颜率领的万家军牢牢守住了极峰岭每一处暗藏百姓的

洞窟，鲜血染红了"万"字旗，却没有染红百姓的衣角。凤颜本人四度潜入敌阵，几乎次次杀入敌腹，最终将花千岁逼出阵外。六日六夜，红丝与神风互相纠缠、撞击，二人的韵力几乎撕裂了天空，极峰岭的数座侧峰都被削成了平岭。而在凤颜身旁，十个暗影如影随形，每一次潜入都给敌阵带来极大的创伤和恐惧。"兰家十勇士又回来了！"西军恐惧地传播着这一消息，将凤颜神鬼莫测的战法传得玄乎其玄，他似乎每次都能预测到西军出兵的方向，待西军回过神来，已经中了眼宗的埋伏。三十日后，眼宗的昆仑宗师带着外宗高手驰援而来，与胜兰里应外合，奇袭敌阵，花千岁这才鸣金收兵，恨恨撤军而去。

这一次艰难惨烈的战役，被录宗收入猫土史册。眼宗以近半的牺牲抵挡住了百万西军的进攻，瓦解了花千岁第十次剿灭眼宗的围攻，再一次阻止了黯的图谋，史称"奇寒之战"。

战事结束后，又过了十日的休整，眼宗这才重开议事堂。

"所以胜兰宗师的气还没消吗？花千岁逃离'锁韵阵法'那天，他的震怒我隔着一道宗门听着，都瑟瑟发抖。"宫一拢了拢袖子，畏惧地望向大门紧闭的议事堂。今日是战后第一次宗内集会，眼宗要人们齐聚一堂，议的是战后休整，论功行赏，按律领罚，以及像以往一样，胜兰宗师的"秋后算账"。

宫二长叹一口气："听说凤颜宗主和胜兰宗师争执过几次，凤颜宗主极不同意将 14 岁以下的弟子也派上战场，但胜兰宗师不但下令派出全部弟子参战，还警告不准放过一个西军的人，捉到不必汇报，就地正法。"

宫三好奇地歪了歪脑袋，指着院中："那他是犯了什么错，才罚跪在这里三天呀？他不是预知了几次战况，立了不少功劳吗？"

"嘘！你懂什么！"宫二一把捂住弟弟的嘴，望向走廊尽头，偌大的院子中央，孤零零跪着的蓝衣少年，叹了口气。

"功劳是立了，但他那天不是执意要把生瞳背回宗内吗？要不是生瞳自爆，花千岁根本得不到机会逃出韵阵，更何况当时凤颜宗主就在一旁，这摆明了是自杀式攻击嘛！这个叛徒，凤颜宗主好心救她，还以为她改过自新了呢，居然恩将仇报。果然，背叛过一次的，怎么样也不能再相信！"

"那天凤颜宗主立刻就去追捕花千岁了，胜兰宗师临走之前下了死令，绝不放过任何一个花千岁的手下。生瞳当时也奄奄一息了，你说他为什么硬要背着她回宗呢？离山大师兄那样怒斥他，他竟然还听不进去。害得大师兄也受此事连累，现在也不知道在里面怎么样了。"宫一抹了抹眼角的泪，担忧地伸长脖子往议事堂里瞧。

啪的一声脆响从堂内传来，仿佛应和着宫一的担忧一般，接连不断的噼啪之声跟炮仗一样飞了出来。宫二闻声闭眼，叹道："完了，这熟悉的声音……"

"三尺两寸……"宫一小声抽泣。

"最大最重的那根戒尺……"宫三咽了口唾沫，缩到一旁。

"大师兄的手要肿成居大娘的包子了。"三兄弟点点头，异口同声道。

好像过了整整一年，这让人胆寒的噼里啪啦声才停下来。议事堂的门轻轻打开，离山一身玄衣，面色铁青地迈了出来。他回身向堂内鞠了一躬，待大门合上才直起身来，掀衣走下台阶。

直到面前的地上落了阴影，西门才伏到地面，恭恭敬敬拜了三拜。三天不吃不喝的罚跪让他浑身僵硬如石，他开口才发觉自己的嗓子已经嘶哑了。

"谢离山师兄成全。"

"成全什么？"离山一把揪住西门的衣领，把他整个从地上拎了起来，"我早说过胜兰宗师不会放过你，为什么还去管那个叛徒！"

西门对上离山怒火中烧的眼睛，艰难地笑了一下："师兄，她救了我们的命啊。"

离山瞪着西门平静的眼神，眼前浮现出那一晚大火中的少年。少年的脸已被灰土和雪泥盖得看不出颜色，蓝衣早已破烂不堪。他的眼睛疲惫得只能掀开一条缝，站都站不稳了，却背着生瞳，一步一步向着宗门走去。

"你没长耳朵吗？胜兰宗师有令，她作为花千岁的残党，眼宗的叛徒，今夜必须血债血偿。把她放下，你跟我回去！"离山怒喝。

"离山师兄，"西门退也不退，低声道，"花千岁在自己的造物里都暗藏了爆炸物，要不是生瞳在临爆之前，用雪花护住我们，我们早就和她一起被炸飞了。她唯一的愿望，就是回眼宗。还请师兄成全。"

离山咬牙切齿地盯着他："你违抗宗令，就不怕因此被逐出眼宗？她已经命在旦夕，只剩一口气了。你自身难保，就不怕和你妹妹一起，被赶下极峰岭？"

西门咬咬牙，冲宗门抬了抬头。离山转身望去，宗门已经大开，弟子们进进出出，忙着收拾仍在燃烧的残阵。西诗不知何时已来到宗门下，跳着大喊"哥哥"，身旁的空蝉紧紧牵着她的手。在他们身边，一只巨大的纸鹤落在雪地里，独目拐哑着酒，目光锐利地看着他们。他身旁的金色大网里，杀瞳和爱瞳跪在地上，疯狂地呼喊着生瞳的名字。

"凤颜宗主答应过她，带她回家的。"西门嘶哑着嗓子，低下头，"她的家人在等她，还望离山师兄成全。"

离山沉默地看着他。师父临去追捕花千岁之前，只来得及向他交代一句"护好他们"。这个"他们"里，当然不应该包括差点儿害死师父的生瞳。离山不亲手结果她已经是最大的仁慈了。每一个叛徒都会声称自己是被逼无奈，他身为眼宗宗律的守护者，难不成还要拍拍他们的头，体谅他们的软弱？

那被伤害的老百姓，又该由谁来体谅？

离山踏步向前，雪花碎在他的靴下。

不少弟子已经觉察了此处的动向，疑惑地望过来。西门和离山对立的影子在燃烧的残阵旁忽明忽灭，宛如鬼魅。

离山默默地并指为刀，突然向下一划，漆黑的火焰立时从二人的脚下迸发，跃起两丈之高的火墙，一路直达宗门，形成一条燃烧的道路。

"眼宗宗律第二百一十条，违抗宗令者，宗师及宗主内门弟子，有权实施惩戒。"

　　西门心头一颤，这些刚刚保护过他的火焰，已经掉转头来，对他伸出了火舌。离山冰冷的视线落在他身上。

　　"我身为眼宗大师兄，眼宗律法的守护者，不可能再为你破坏一次宗规。你若执意违抗宗令，这就是你的惩罚。"

　　离山不再言语，让出了燃烧的道路。

　　西门深吸一口气，露出了今晚最明朗的一个笑容。

　　"多谢师兄。"

　　他躬身前行，踏进了那条黑焰之路。

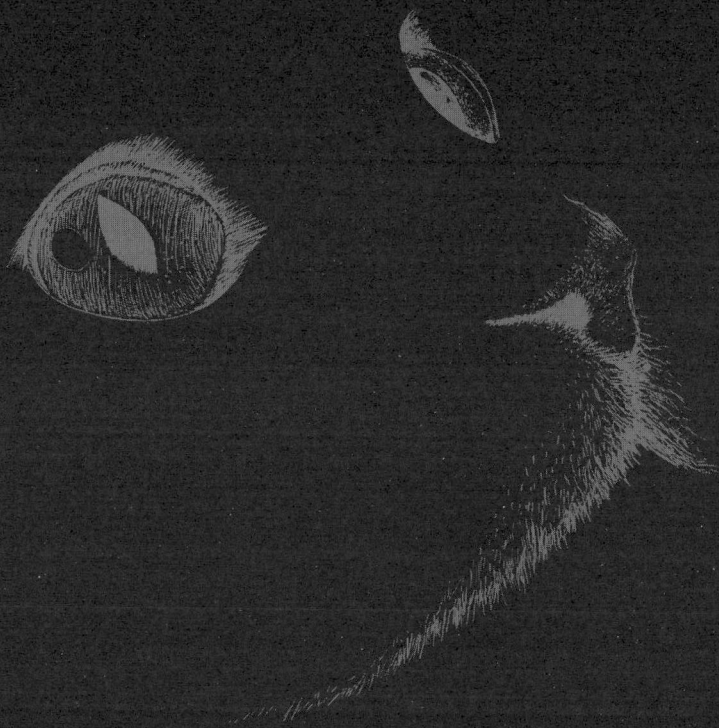

第二十七章

黑焰之路

京剧猫

烈焰一瞬间吞噬了他，烟气升腾，他只能勉强看到远处的宗门。

他喘着粗气前行，每一步都像在滚烫的刀尖上行走。烈焰蹿进了他的喉咙，没有真的烧伤他，却给他带来如真实一般的疼痛。

不愧是离山师兄，他想。这幻术真是厉害。

"西门……"

背上传来微弱的呼唤声。生瞳其实已经没有什么重量了，她的周身缠绕着越来越浓的白雾，只能勉强看出一个人形。西门每走一步，就有细小的碎片从她清丽的脸上剥落下来。

"再忍忍，马上就到了。"

西门喘着粗气，几乎小跑了起来。

"你……你们兄妹，有最稀有的眼睛……和天赋，"生瞳趴在西门耳边，大喘着气，细若游丝的声音时断时续，"不要像我，不要……被天赋诱惑……"

西门心中如遭电击，眼前忽然出现纷乱的映象。身着紫衣的宗主。碧眼的少年。桃花树上挂着的勾玉……现在不是看这些的时候！他摇了摇头，奋力拔出脚，跌跌撞撞地奔进了宗门。

西诗尖叫一声，甩开空蝉的手奔了过来。金色的大网忽然消失，杀瞳和爱瞳疯了般地扑过来。独目拐远远瞧着，长尾一甩，咂了声舌。

生瞳被轻轻放到了地上。她模糊地看向两位姐妹。杀瞳的眼泪凶猛地砸在生瞳脸上。好烫，生瞳已经很久没有体会过这么烫的感觉了。旁边的爱瞳尖叫着抓挠自己的脸，不断叫着生瞳的名字，她试图把自己的韵力输进这一团白雾里。

"杀千刀的……花千岁……他竟敢把你……把你当作他的替死鬼……"杀瞳牙齿咬得咯咯响，声音恐怖得仿佛是从九幽黄泉下传来的，"我若早知他会害了你的命，我绝不会……绝不会……"

"求求你们救救她！是我错了，我们真的错了，我们不该背叛宗门，教宗大人，离山师弟，空蝉师弟，求求你们，什么惩罚我都愿意接受，求求你们，救救我姐姐……"爱瞳疯了一般向四面磕头，漂亮的黄鹂缎皱成一团，拖在地上。

离山闭上眼睛。

空蝉望了一眼独目拐，摇了摇头："她这样，已经……"

生瞳微微笑了，记忆里，第一次见亲姐妹为了她哭成这样。她艰难地握住二人的手："别浪费时间了……好好回家，回眼宗，赎罪吧……"

她顿了顿，转头望向西门。西门擦了擦眼睛，忙凑上前来。生瞳轻轻抬头，艰难耳语道："你千万……要小心，眼宗里有……黯的人，他想要……你的眼睛，他是……上面……小心……脑蛊……"

西门的双眼骤然睁大。几声剧烈的咳喘打断了生瞳的话，她的呼吸渐渐隐去，白色的雾气漫上她的脸颊。她对着西门，嘴唇最后翕动了几下。

一片雪花落在她的鼻尖。

仿佛被千斤重压，白雾一瞬间四下弥散。一些齿轮零件跌落在地，打了几个滚，埋进泥里。

生瞳仿佛听到了花千岁在引爆之前，通过蜘蛛，对她说的最后几句话。

"我还以为，你和我一样呢。"他意兴阑珊地望着她，目光里落满尘埃。

"罢了，你回去吧。"

生瞳笑了，她终于可以回去了。

凄厉的哀号穿过眼宗宗门，久久徘徊于夜空。杀瞳发狂地捡拾着那些齿轮，嘴唇被她咬出一串串红珠。爱瞳脱下黄鹂缎的外衣，拼命用它揽回那些弥散的雾气，抱在怀里。雾气终是散掉了。她一掌击碎了那件外衣，无声地伏倒在地。

"哥哥，她最后，说了什么啊？"西诗哭红了眼，拉了拉西门的手。

"她说，"西门闭上眼，颤抖着握紧妹妹的手，"对不起。谢谢。"

"我绝不会放过他……花千岁……"

杀瞳喃喃自语。金色大网重新罩住了她和爱瞳。

"先把犯下的罪赎清，再想复仇的事吧，蠢丫头。"独目拐单手一收，将二人拖上纸鹤，纸鹤腾空而起，向雪晴城飞去。

离山神情复杂地看了西门一眼，回身几个凌空步，踏上宗门。空蝉冲西门温和地笑了一下，也追着离山而去。

西门缓缓地转向宗门，顺着生瞳消失前，一直看着的方向望去。

"眼宗里有……黯的人，他想要……你的眼睛，他是……上面……"

宗门上弟子们穿梭往来，绣着鹤翼昆仑豹、青玄蛇尾龟、赤睛白额虎、金兰冰狼、黑凤凰等各色瑞兽的幡旗迎风猎猎。离山与空蝉黑白两道身影急急远去，追着胜兰宗师的背影消失在塔楼里。

既然是冲着自己的眼睛来的，那便不必牵连别人，自己解决吧。

西门打定主意，没将生瞳告诉他的话透露给任何人。

此时他低头避开离山，只希望离山的瞳术里没有一招读心术什么的，看透他隐藏的秘密。

离山皱了皱眉，一把将他推向院里的一棵松树。

"你最好记住这次教训。再有一次，我会亲自把你扫地出门！好好反省去！"

玄衣的大师兄带着满腔怒火消失在院门外。西门苦笑一声，松了口气。

"他就是嘴硬心软。替你多挨了三十下戒尺，也不肯说。"

温和如水的声音流淌过来，空蝉拍拍西门的肩膀，笑眯眯地塞过来一包吃的，悄悄说："休息会儿吧，我帮你下个结界，瞒两个时辰没问题。"

西门呆了片刻，眼眶马上就红了："多谢两位师兄……"

空蝉笑了笑，冲墙角一摇手："宫一，宫二，宫三，别看了，到德云宗师的药房，给你们大师兄拿药去。"

"是是是！"宫三兄弟麻利地蹦了出来，偷偷瞅了西门一眼，忙不迭地跑出门去。

"你妹妹的病，德云宗师给瞧着呢，放心吧。"空蝉冲西门挤了挤眼，从容地离开了。

空荡荡的院子只剩下西门一个人。白云悠悠，日光暖暖，聆音燕鸣叫着划过天际。

西门往树上一靠，笑了。说实在的，野湖边上一介孤儿，如今能得到这么多师兄师弟的关怀，他觉得再跪上半个月也不嫌累。

当然，饭还是要吃，不然扛不住罚。

西门打开空蝉给的包，一阵冲鼻的香气登时扑了满脸。油光水滑的红烧香葱肉，翡翠的玲珑甜菜心，炸得香脆鲜酥的胖虾饼，腌得恰到好处的咸豆鱼，还有一碗热腾腾的豆浆面。

西门看得眼睛都直了，他发誓绝不再违反半条宗规，不然上哪儿吃这美味的饭菜？袖子一撸，他抄起筷子刚准备动口，眼前突然出现一丝白线，直直地垂落进面前的饭里。

蛛丝？！

难道……花千岁潜进来了？

西门迅速闪到一边，握筷成剑，牢牢对准茂密的松树上方，脑中飞速运转着对策。

松树的枝丫晃了晃，有什么很大的球状物体左右摇摆，眼看着就要冲出来。

雪狼蛛！

西门心里警钟长鸣，他转过头，刚想出声提醒议事堂——

一双圆圆的碧绿眼睛，从松叶堆里冒了出来，直勾勾地盯着他——手里的饭包。

"喂，拿这个和你换，怎么样？"

一团绿影从松枝上跳了下来。一个碧色衣服的小少年站起身，竖了竖又尖又大的蝙蝠耳，抹了抹嘴边的水渍，摊开右手。一把松果掉了出来。

"我饿了。"

俗话说，猫以食为天。

在不知村生活的时候，松果绝对是好东西，是很难得到的零食，西门很乐意换。

但是现在，捧着空蝉给的如此美味的饭菜，就是给西门金砖银砖，他也绝不把筷子挪开。

除非——他打不过。

碧绿眼睛的小少年大大咧咧地坐在西门边上，捧着饭包大快朵颐。

西门顶着额头上的肿包，抱着一堆松果独自落寞地啃。

唉，他本不想放手的，谁让他遇着了这么个拳脚厉害的小子。也不知打哪儿来，何时蹲在树上的，脾气暴得像个小栗子，三句话不合就三顿揍。当然，他是本着友爱谦让的精神，大方地让出了自己的饭。谁让这是个小孩子，而且眼睛又长得……让他一瞬间想起了阿木。

"还给你，我吃饱了。"小少年擦了擦嘴，把饭包扔回西门怀里，"别哭了，给你留了一半呢。"

"谁哭了？"西门擦了擦眼角，回头问，"你几岁了？怎么躲在树上？"

"我？9岁了。"小少年舔舔手指，满不在乎地答道，"听爹娘说这里有个超厉害的眼睛，叫什么预知瞳，我溜过来看看有多厉害。"

"9岁？"西门大吃一惊，"可你的身高……不是6

岁？"

小少年登时满面通红，气得腮帮子鼓成两个棒槌，凶巴巴地盯住西门，拳头握在了一起。

"9岁很好。正是勇敢的年纪。"西门立刻正色道，"谢谢你来看我。"

"哼，看你也没多厉害，都被我打趴下了。喂，你的眼睛，真的看得见未来？"

"未来也没什么好看的。"西门摸了摸自己的眼睛，苦笑道，"看见了，也很难改变什么。"

小少年怔怔地看着他，奇道："能看见，不就很厉害了吗？你改变不了，找别人一起啊。"

西门也怔怔地看着他，好像听不懂猫语似的："找别人……一起？"

"找我也行啊，我很厉害的。"小少年明朗地笑了起来，圆圆的碧绿眼睛弯成一座桥，"你可真没出息。"

"有本事，没出息。"阿木眨了眨碧绿的眼睛，笑着说。

西门一下子慌了起来。眼前的小少年和阿木逐渐重叠，他禁不住想，要是阿木也进了眼宗，与这小少年相识，该有多好。

·

"那要是……我想让没有京剧猫血统的朋友，也来当京剧猫，进眼宗修行，该怎么办？"

西门一说出口就后悔了，这种事一定是违反眼宗宗律的，独目拐老者对他反复说过。9岁的孩子又能懂得什么。

"很简单，当宗主啊。"小少年理所当然地答道，"宗律是宗主和四圣一起定的，宗主有决定权。想改这条宗律，就当宗主呗。"

西门大惊，这个孩子到底是什么人？

"当然，你想当宗主，得先过我这关！我的梦想就是当宗主，成为眼宗最厉害的人！"小少年蹦了起来，笑嘻嘻地向西门伸出拳头，"以后就是对手啦！"

西门只觉得这少年像一轮小太阳，热烈耀眼得难以招架。他不自觉地伸出拳，和那少年对碰了一下，又像触了电般缩回手来："不对，我又不想当宗主，我的性格不适合，眼宗还有很多有实力的弟子……"

一瞬间，他的脑海中闪过离山、空蝉等人的身影。

小少年哈哈大笑："就说你没出息！成为实力最强的人不就行了？瞳术可是十二宗里最强的功夫，我爹娘的瞳术，连凤颜哥哥都不一定赢！我以后开眼了，肯定会变得比他们三个都强。你有这么厉害的眼睛，还怕什么？"

"不是怕……"西门张了张嘴，不，他怕的或许就是自己这双眼睛。

　　"是爹娘！糟了，他们发现我了。"小少年竖起耳朵，伸手捂住西门的嘴，仔细听院门外的说话声。

第二十八章

新芽

京劇猫

"瞳瞳！我数五下，再不出来，娘要生气了。五，二，一——"

一个清脆悦耳的女声从门外传来，满是火山即将爆发前的隐忍。

"娘你耍赖！"小少年脚底生风，嗖地闪出院门。门口的台阶上徐徐走上来一对璧人。一位极具贵族小姐气质的年轻女人，笑着揽过小少年，优雅地揉了揉他的头发。她的白裙随着行走宛如波浪一般抚过台阶，双臂之间，不知用什么材料做成的飘带，闪烁着霓虹的光芒，随风自动。她的笑容好似一朵纯净优美的百合，迎着晨露从容绽放。在她身后，一身玄黑色武衣的男子踏风而来，桀骜英武的面孔带着孩子气的笑容，耳朵上还垂着一只棒状的云纹耳饰，在阳光下闪烁着金色的光泽。

那男子抬手拎起小少年的脖领，举得高高的，做了个鬼脸："打得到你爹吗？打不到吧！"眼看小少年气得鼓起了腮帮子，拳拳打到他的胸膛上发出闷响，他才跟扛米袋似的，把少年往肩头一扔，朗声大笑："跟爹爹学两手吧，小拳头没劲儿得很。"

"看来连战一个月，也不够你们出风头的。体力这么好，还有劲儿跟瞳瞳打架。"凤颜摇着扇迈上台阶，打趣道。

"羡慕我就直说，有本事，自己也去生一个啊。"玄衣男子捅了凤颜一下，鬼鬼祟祟地压低了声音，"我有不少好师妹，都是配得上你们兰家的。你看现在战事也结束了，你抽个空，哥起一局，给你凑一……"

"凑什么？"年轻女人笑眯眯地打了个响指，霓虹般的飘带瞬间缠紧了男人的嘴，顺带捂住了瞳瞳的眼睛。大个儿男人呜呜叫着，用眼神讨饶撒娇，连耳朵都耷拉下来了。

西门愣愣地看着这一家。他不知道他们是眼宗的什么人，但此时此刻，就连凤颜宗主都没有他们耀眼。这是真正的三口之家，天伦之乐。他和西诗从来没有拥有过的东西。

眼宗真好啊，竟有这样的家庭。他突然很羡慕小少年，心里又为他高兴。这样好的家，哪怕是在旁边看着，也觉得幸福。

"行了，你俩快回去歇着吧，非礼勿视，我眼睛都痛了。"凤颜开扇把眼睛一挡，嘴上却继续说道，"白晴师妹，记得回去多打几拳，黑目大哥昨日刚跟我说，他打仗太多，身上累得发紧呢。"

"叛徒啊——"玄衣男人挣扎着露出嘴来，挥舞四肢叫道，"不就昨天赢了你几块猫币吗？至于吗——小气凤！小气宗主！"

"你赢的是我哥给我买道具的钱！黑大叔——"

一个公子哥儿腔调的慵懒声音滑了出来，凤颜身后闪出一个高个子的少年，华衣锦玉缀了一身，手里还转着一个钱袋子。这简直就是一个小号的凤颜，容貌五官与凤颜几乎别无二致，气质却像从眼宗到阴霾山谷一般遥远。如果说凤颜是月下松，林间竹，闲散淡雅间仙气逼人，那这位少年便是那最艳的红花，最俏的绿柳，把"花花公子"这四个字贴在脑门子上，还要举着大喇叭喊大家来看。西门注意到，他的双眼也如凤颜一般，是稀世罕有的异色瞳，一蓝一金，只不过颜色位置与凤颜相反。他正仔细端详着这位少年，没想到少年的眼神飘了过来，只一瞬，又收了回去，嘴角挂起堪称狡诈的笑容。

"行吧，还你还你，早知道是你这个小祖宗的钱，白送我都不要！"黑目抄手掏出腰间的钱袋子，手往里伸，"哥俩儿都这么小气……哎哟哟！这是啥？"

一条小黑蛇咬住了黑目的手，顺着他的手爬了出来。

"蛇啊、蛇……"黑目桀骜不驯的面容一阵扭曲，高大的身躯一抖，松松软软地滑了下去。

"哈哈，上当了！黑大叔你行不行啊，眼宗的'第五圣'居然怕蛇……喂，你一个人打下三百个魔物的威风呢？"少年笑得前仰后合，甩了甩手中的钱袋子，"钱我早就拿回来了，笨！"

瞳瞳气得鼓起了腮帮子："少兰！你欺负我爹，看我收拾你！"

"来啊，来啊，我有爹又有哥，你想欺负哪个？"少兰满不在乎地摊手。

瞳瞳看了看凤颜，又想了想胜兰的样子，身子一抖，腮帮子瘪了下去。

"好了你俩，收收嘴巴。我带他们回家去了。凤颜兄，你也该进去开会了，可不要又逃跑啊。"

白睛优雅地一打响指，飘带卷起了黑目的腰，他像个气球似的浮在空中。"牵着你爹。"白睛把飘带的一头交给瞳瞳，自己盈盈地向凤颜拜了礼。

凤颜收扇还揖，少兰则动作浮夸地行了个大礼，嘴里叹道："我就服黑大叔这一点，运气好，娶到了您。我要是有十辈子的福分，十二宗宗主都不稀罕当，就当您的意中人，如何呀？"

白睛笑着推了推挤眉弄眼的少兰："小甜嘴，留着哄你爹吧，省得他又打你。"

"他哪值啊。"少兰撇了撇嘴，站到凤颜身后，目送这一家三口远去。

"放蛇进去，闹过头了吧。"凤颜瞥了少兰一眼，"你明知道他天不怕地不怕，就怕这一项，还老让他当众出糗。"

"谁让他老赢你的钱。身为师兄，这像话吗？"少兰自在地靠在他哥身上，顾盼神飞，"嘿，他还说替你找师妹，你这么日理万机的，哪有空啊。不如换我来，保证每一个都招待得开开心心的……"

"没大没小。"凤颜轻斥一声，象征性地拿扇子敲了下少兰的头。以西门所见，恐怕连只蚊子都打不死。少兰却仿佛受了天大的委屈，捂着花容月貌嘤嘤假哭，不依不饶地缠着他哥，推推搡搡走进院门来。

"我就说你们藏了个宝贝在这儿，被我逮着了吧。"少兰一见着西门就双眼发亮，风一般地转到西门面前，上下左右看了个仔细，手熟络地往西门肩上一搭，目不转睛地盯着他。

"嘿，美人儿，帮我瞅瞅，我老爹什么时候下台？我几岁能遇到真爱？"

西门袖子一挥速退几步，还不能接受这些糟心话是从……是从和凤颜长得几乎一样的人嘴里冒出来的。他惊悚地望向凤颜，后者挑了挑眉，头一次在西门面前露出苦笑。

"我的弟弟，少兰，和你同岁。你不必拘礼，想无视他就无视吧。"

"我哥的意思是说，你可以自由地爱上我，追随我，不必拘礼，想崇拜就崇拜吧。"少兰面不改色地挤了挤眼，忽然大幅度地在四周寻找起什么来，"我听说你还有个妹妹啊，在哪儿呢？在哪儿呢？"

西门的面色瞬间变冷，这是大敌。他忽然觉得和少兰比起来，花千岁简直就像个乖顺的宠物。他暗下决心，一出去就叮嘱空蝉师兄，这辈子都不要让西诗和少兰碰面。

"你玩够了吧，该回家了，晚饭不必等我，吃完早点儿睡。"凤颜随手一挥，一股轻风瞬间把少兰推向院门外。

"每次都使这招，太耍赖了！"少兰假意愤愤不平，"早晚我要得到那把破扇子，用风把你捆起来，让你天天在家陪我吃饭！"

"有志气。等你入了宗学院，再说这大话吧。"凤颜挥了挥手，却没挥走嘴角的笑。

"那个谁，西门？下次把你妹妹介绍给我认识啊，我会来找你的，明天就来，不必太想我，伤肝！"

华丽的公子腔渐渐飘远，西门只觉一阵恶寒，好像被什么不好的东西盯上了。他觉得自己今天就像个稀有动物，接受着来自方方面面好奇的探视。

"抱歉，西门，我应该早点儿赶过来的。"凤颜眨眨眼，温和地笑道，"别管什么惩戒了，你的处罚到此为止。况且，你本来也是按我的意思救了生瞳。"

西门仰头看着凤颜，年轻的宗主不知何时有了黑眼圈，憔悴与疲惫像两只狡猾的兔子，藏在他的眼睛深处。这是一个四十多天没有休息过的人。西门想起战事刚结束的那一天，凤颜轻轻舞扇，轻风托起那些亡故之人的躯体，将他们拼成原来的样子。灰尘被拂去，鲜血被吹干。他们躺在风的河流中，缓缓飘向眼宗。凤颜站在宗门口，手指拂过每一个人残留的躯体。

"辛苦了。"他轻轻地说，"欢迎回家。"

眼宗举行葬礼的当天，雪睛城变成了黑色。雪山的葬礼没有啜泣，只有嘹亮高昂的镇魂之歌。每一个牺牲者的名字被吟唱，最后刻在雪睛城的基石之上。宗师们上前，摸着那些名字，与远去的弟子说上最后一席话。弟子们行礼，望着那些名字，与先行的宗师道上最后一声别。

望着那些神情清冷坚毅的师兄师姐，西门简直难以想象，这样的场景，在近年的眼宗，已经是第十次了。

"黯一日不灭，战争一日不绝。尔等须牢记今日之痛，不可放松！"胜兰肃穆冷厉的声音回荡在眼宗之上，众声雷动。

当弟子们逐一散去，西门却看见凤颜独立在基石面前，静静看着那些名字。

"是我之不足。"

几不可闻的叹息随风逝去。他站在那儿，仿佛一尊黑色的墓碑。

西门急忙摇头，甩去眼角的湿凉。他不敢再回忆那天的场景，深深揖道："救生瞳师姐，也是我的本愿。只是连累了离山师兄，过意不去。"

"他啊，皮糙肉厚得很，不用担心。"凤颜见西门泪花都泛出来了，只道他是为了离山，忙安慰道，"走吧，陪我开会去。你罚也受了，胜兰宗师没理由再为难你，接下来就该论功行赏了。顺便问一句，你想要什么？"

行赏？

西门有些困惑，慢慢低下头，沉吟片刻，开口问道："凤颜宗主，我和妹妹的眼睛……也像生瞳一样，使用越多，对自己伤害就越大吧。"

凤颜的眼睛亮了一下："都想到那里去了啊……果然聪明。每种稀有瞳，都伴有高度的风险。简单来说，一旦开眼，越稀有的眼瞳，越高超的瞳力，给使用者带来的伤害就越大。我不会瞒你，虽然你俩具体的情况，要等你们入了眼宗学院开始修习，才会看得出来。但是据我观察——"

凤颜低下头，视线与西门齐平。那双深邃的异色瞳，似乎要看到西门的思想深处。

"你的预知力不受自己控制，或许是件好事。它会在你需要的时候给你警示。如果你硬要使用韵力去控制，恐怕会给你带来极大的负担。据我所知，上一个现世的预知瞳，就是想用这能力控制所有的未来，然后……"

西门的喉头动了动："他……怎样了？"

凤颜直起身，漠然道："他瞎了。在录宗最早的记录里，他是头几个现世的稀世瞳之一。他做了件全世界都不能容的事情，又被自己所创的瞳术反噬，之后……与其说他瞎了，不如说他永远也看不见任何一个真实的事物。在他的眼里，所有的未来同时存在，他每一个都想抓住，最后，他疯了。"

清润的凉风吹过松枝。地上的松果滚了几滚，陷入雪泥之中。

凤颜笑了笑："十二宗本就是天赋之人聚集的地方。若是只看见天赋，看不见责任，慢慢就会变得傲慢、贪婪，被自己的天赋吞噬。京剧猫，从来都是走在与自己的战斗之中。"

西门想起生瞳最后的忠告，"不要被天赋诱惑"。

这双天赐的眼睛，既美丽，又危险。

"我记住了。"西门点点头，摸了摸眼睛，"我不是想要安全，我只是……想知道如何与它相处。"

"放心，你还有很长的时间可以学，等你和西诗入了宗学院，会有人教你们的。"凤颜歪歪头，"可是你真的不想要奖励吗？哪怕要屈居笼包也好啊。你这么谦虚，我很没有面子啊。"

西门被逗笑了，他挠了挠头，陷入了焦虑的苦思冥想，看得凤颜都有点儿心疼了。这孩子，难道从来没有伸手要过什么东西吗？

"我想要……"西门终于开口了，凤颜赶紧凑上耳朵听，生怕他又憋回去。

"我没有当宗主的心，但是我想让我的朋友阿木，也能上宗学院修习，成为一名京剧猫。所以……"

"所以？"

"我想在宗主身边辅佐，一起保护眼宗，改变眼宗的律法！"西门坚定地说。

"你改变不了，找别人一起啊。"小少年理所应当地说着，冲西门笑笑。

西门点了点头。他终于想到办法了。

凤颜的眼睛真的亮了起来，他以扇支起下巴，嘴角掩不住地微笑。

"我怎么这么自豪呢……知道我为什么建立万家军吗？有血统的孩子固然更容易入宗门，但韵力本就存在于天地之间，万物之体，韵力的修行，不该成为某一群体的特权。黯剥夺他人的生命，操控他人的意志，满足自己的野心。他掀起的腥风血雨，不会放过猫土任何一个生灵。要战胜他，需要的不止十二宗的京剧猫，更是猫土每一个生命的力量。就像你、西诗和阿木，不论有没有血统，你们既是彼此的守护者，也是被守护的人。"

凤颜深深地笑了，声音里却多了一丝叹息："我父胜兰若是明白就好了。"

西门想起阿木望着极峰岭时，眼里深深的渴望。他鼓起勇气，躬身一揖道："那阿木……您能让他加入'万家军'吗？"

凤颜开扇一挥，温暖的风席卷了院子，将满地的雪花带上天际。西门仰头望着点点白雪，在日光下闪耀着金色的光，如同满天繁星。

"他若愿意，就这么办吧！至于你想要的……"凤颜眨了眨眼，"巧了，现在的宗主是我，所以，你只好先拜入我门下，再学习如何辅佐宗主。你愿意吗？"

西门一惊，整颗心仿佛跳入了家乡那片熟悉的野湖。他愣了愣，然后发自内心、真真正正地大笑了起来。之后，他双手一揖，单膝跪下，恭谨地行了个大礼。

"凤颜师父在上，请受弟子西门一拜。"

西门说完，担忧地皱皱眉，小声问："是这样说吗？"

"随意，随意！"凤颜乐颠颠地扶起西门，拎着他的胳膊转了几个圈，"离山的下巴会惊掉的，真想早点儿看到他的模样。快走吧，我们开完会就去逗他。"

凤颜拽起西门就往议事堂走，西门犹疑片刻，不禁问道："凤颜师父，您认为我……真的能做到吗？"

"当然。"

宗主仰头看着一串聆音燕飞过如洗碧空，异色瞳中映着太阳和天空的颜色，他回头笑道："大胆去希望吧。别忘了——

"希望沦丧之时，将是膜拜邪恶之日。"

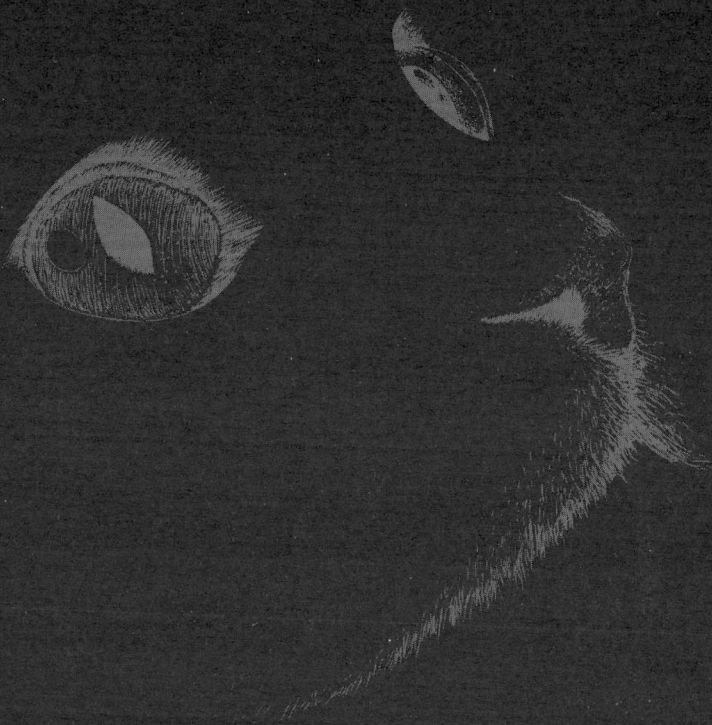

番外一

阿木的抉择

京剧猫

阴森森的洞窟里，微弱的火光照亮了一个弓着背的身影。

村民们挤挤挨挨地躺在地上，鼾声四起，谁也没有注意到角落里咔嚓咔嚓的声音。

少年挪开自己的假腿，把手里的刀片放下，单手举起歪歪扭扭的木头，凑近火光看了看。

嗯，还不错，像把剑的样子。集市上卖的那些十二宗英雄们的泥塑，什么"眼宗四圣""做宗七达""唱宗三杰"之类的，有些拿的就是这种兵器。

少年不禁又摸了摸自己的眼睛，深深叹了口气。眼睛没有天分，他也怪不了谁，至少自己削把剑试试，再遇到魔物的时候，要能保护阿爸才行。

少年看了看身边发出鼾声的阿爸，替他把旧毯子往上拉了拉，又打了个哈欠。今天就削到这儿吧，明天再干。反正眼宗哥哥也说了，这仗一时半会儿打不完，他们暂时藏在这里，安安心心休养就好。

少年把木剑当枕头，往地下一躺，自己笑了一下，嘟哝道："西门，你可要好好变强，保护西诗，别让别人把我的新娘抢走了。我呢，你就不用担心了，猫土有十二个宗呢，大不了我到别的宗碰碰运气，等当上了京剧猫，我就回来吓你一跳！哈哈，你就等着瞧吧。"

少年揉了揉眼睛，困意袭来。他迷迷蒙蒙地眯上眼睛，突然感觉有点儿冷。

火怎么没有了？

少年侧头，看向刚刚火堆的方向。那里一缕青烟都没有。他伸手一摸，柴火是冰的。

我没有灭火啊，它什么时候……

少年疑虑刚起，忽然察觉到黑暗中有一股冰冷的视线传来。什么人在看着他，目光顺着他的后背往上爬。

少年咽了口唾沫，慢慢转头。

微明的洞口，防护结界泛着金色的韵光，照亮了一个高大阴森的身影。黑色的兜帽遮住脸，斗篷静静地垂在地面上。黑影无声地立着，看不清他的眼睛，但毫无疑问，他正盯着少年。

"是阿木吗？"

模糊的声音传来，听不出年龄，更不知是男是女。阿木腾地跳了起来，双手紧紧握住那把刚削的木头剑，颤声道："你是谁？找我干什么？我告诉你，眼宗哥哥们就在这附近，你可别乱来啊！"

一声嗤笑从兜帽底下传来，听不出恶意。

"放心，我是眼宗派来的人。你的义弟义妹，已经平安到达眼宗了。凤颜宗主派我来接你，他同意你一起入宗门。"

"真的？"阿木颤着声音，三步并作两步迈到洞口。金色的韵光结界映照着他兴奋的脸。

"你说西门西诗他们平安了？太好了！这么说……我也能成为眼宗弟子吗？"

黑影点了点头。

"哈！独目拐老爷子还说我不行，这下好了，我也可以当京剧猫了！等等，"阿木兴奋的神色骤然退去，他退后一步，怀疑地盯着黑影，手中的木剑举了起来，"你如果是眼宗的人，为什么不进这结界？眼宗哥哥交代了一百遍，让我们不能出这个结界，外面坏人多得很，但只有眼宗的弟子才进得来。你到底是什么人？"

黑影轻微地笑了一声，朝前一迈，金色的韵光漫过黑影的全身，黑影晃了晃，毫发无损地走进洞来。

"这……这……"阿木结巴了，神色犹疑不定。

"或许这个能证明我的身份。"黑影倾身向前。阿木定睛一看，黑色斗篷的胸口处，一朵眼睛状的暗紫色绣纹，端端正正印在中央。

"和独目拐老爷子的一样啊……原来你真是眼宗的京剧猫！抱歉抱歉，我……那个……"阿木手忙脚乱，耳朵尖都红了。他怎么这么笨！人家都认识西门西诗了，还能有假？

"无妨，你跟我来便是。等入了宗门，你也就是我的同门了。"黑影伸出手，做了个邀请的姿势。阿木拔脚想跟他走，忽然回头望望："可是我阿爸……能和我一起去吗？"

"放心，待会儿自会有人来接他。"黑影握住阿木的手。那手冰冰凉凉又光滑，阿木顿了一下，没有松开。

"那就好！多谢你了！"兴奋之情充斥在阿木的心间，没想到这么快，就能再见到西门和西诗了！

"跟我来。"黑影迎着月光做了个手势。一瞬间，暗淡的月光滑过黑影的脸。这是谁呢？阿木忽然觉得这张脸似乎在哪儿见过。对呀，在集市上就看见过，这张脸不就是……

唰的一声，二人消失了。

一阵踏踏的脚步声传来，一位眼宗弟子探头张望，洞内一片寂静，村民们均匀地呼吸着。

微弱的火堆噼啪作响。

一把木头削成的破剑躺在洞口的地上。

"还以为出了什么事……这是什么？"

眼宗弟子拾起木剑，正仔细瞧着，一只巨大的纸鹤从天而降，扑扇着落到他身边。

"奉宗主令，前来接人。"一位眼宗师兄亮出宗令牌，从纸鹤背上一跃而下，"是急令，独目拐教宗特派纸鹤来接。"

他擦擦汗，问道："有个叫阿木的男孩儿在这儿吗？"

番外二

魔将之会

京剧猫

混沌能够吞噬万物。

在吞噬之后，也能够诞生新的东西。

当整片猫土都沉浸在混沌之中……将会诞生什么呢？

花千岁抬头凝视着黑色的匾额。泛着玄冰铁特有的锋锐光芒，四条长蛇头尾相衔，组成匾额的框。猩红色的蛇眼忽明忽暗，微微波动的气息里，"恶鬼八方"四个大字狰狞地浮凸着。

"花哥哥瞧什么呢？我瞧咱们八大魔将，也该换换人了吧。"

厅堂深处的阴影里，端坐着一位掩嘴轻笑的少女。她娇滴滴的声音软糯轻甜，如同她的容貌一般秀美可人。她的皮肤白得几近透明，属于名门闺秀的娴雅从内而外散发出来。

一双如蝉翼般薄而璀璨的高跟靴，严丝合缝地包裹住她纤长优美的双腿，闪耀着粼粼的波光。

花千岁冷冷地瞥向她。

"十次，打了十次，眼宗还好好地立在那儿。我看有人不是去打仗，是去眼宗观光了吧。"少女咯咯轻笑，玩着自己的长发，"干脆把凤颜拐来，让他当魔将，你去守眼宗，我们一下子就能攻破眼宗了吧。"

"步九华，你失忆了吗？"花千岁轻轻开口，"黯大人昨日刚把你放出来，你就忘了自己闯下的祸，倒跑来管我的闲事。当心，别把自己的命给管没了。"

"屠尽半个宗就叫闯祸，花哥哥也太小题大做了。不过是误杀了几个黯大人留意的苗子罢了。说起来，花哥哥难道不该感谢，我把黯大人想找来代替你的人才，给暗中除掉了吗？"

"哼，把排除异己倒说成为我效劳，"花千岁嫣然一笑，纤指轻抬，"多谢你的提醒，看来我今日就该除了你，稳固自己的地位。"

凶猛的红丝爆然蹿出，集结成蟒，瞬间缠住了少女纤细的脖子。数只蜘蛛不知何时出现，沙沙地爬上她的双足，喷射的蛛丝闪电般缠住了她的脚。

一切发生在瞬息之间，甚至连厅堂内弥漫的幽暗紫气，都来不及产生一丝波澜。

花千岁看着挣扎喘息的少女，微微一笑："以为靠这种程度的挑衅，就赢得了我吗？"

少女的双手垂了下来。

一片衣角轻轻飘落，盖住了地上的蜘蛛。

花千岁悚然一惊，肩头忽然重若千钧，颈间抵上一道锐利的凉意。

尖锐的靴子后跟，闪烁着莹亮的毒液，静静抵在花千岁的脖颈上。

少女立在花千岁的肩膀上，小腿轻抬，笑容清婉。

"以为靠这种程度的挑衅，我就会输吗？"

花千岁侧头斜睨，黛青色的冷眼里杀意弥漫，暗紫色的韵光随着他的红发升起。

"收起你的蹄子，臭丫头。当心我剐了它们，拿去喂我的雪狼蛛。"

少女的目光霎时变得凛冽，幽暗的旋风缠绕起她的双足，她居高临下地笑了。

"烂蜘蛛，想被我踩爆吗？"

"吓——"

一阵突如其来的吼声劈天盖地砸了下来，地砖轰然崩裂，气浪直逼花千岁和少女的面门。二人俱是一惊，花千岁旋身一跃，蝴蝶般闪过层层气浪，飘然落于匾下。少女的身影原地一晃，再一看，她已经跷着脚坐回原位，像是从未离开过一样。

"你俩要打不打，磨磨叽叽，半天问不出个屁来。手宗的，你该不会以为'八大魔将'今天聚在这儿，是和你聊天打屁的吧？"

高昂粗鲁的说话声随着沉重的步伐，从厅堂的阴影里传来。一个身高足足有常人三倍的猛汉，赤着上身，肌肉虬结的胸膛散发着滚烫的热气，大步迈进大堂中央。他左右一顾，目光落在花千岁身上，狞笑道："磨磨蹭蹭跟个娘儿们似的，老子一声吼就能震垮他们的宗门！凭你搞垮三个宗的手段，磨了这么久还拿不下眼宗。到底怎么搞的？"

花千岁注视着猛汉的脸，这本是一张英武豪迈的面容，现在爬满了大大小小的刀疤，仿佛丑陋的文身刻在了五官之上。仔细一看，这些扭曲的刀疤竟形成了一个图纹。上乾方白，下坤月玄。那是全猫土都避之不及的印记，代表督判两宗最重的印罚。那是永世不能消除的耻辱，猫土罪大恶极的死刑犯的印记。

又来一个多管闲事的。花千岁嫌恶地退了半步，冷冷道："极峰岭的奇寒，你大可以去试试，看看能熬过一炷香不能。眼宗本就占据地利之便，更何况，这次他们还得了个预知瞳。要不是那该死的男孩儿，极峰岭早被我的蜘蛛踏平了。"

"花哥哥少耍猴戏了，那个什么瞳，不过是个没开眼的小娃娃，能兴得起什么风浪？堂堂魔将输给他？你也真好意思说得出口。"

步九华晃了晃腿，甜甜地笑着。

"你是在说我有意放水吗？"花千岁阴冷地说。

"我就是这个意思。"步九华笑意更深。

"都给老子住口！"肌肉虬结的猛汉高喝一声，皱紧了眉头，居高临下地瞪着步九华，"步宗的，少插嘴，现在是老子问他话。"

"威震天哥哥，先插手我问话的，是你吧。"步九华舔了舔娇嫩的嘴唇，弯弯的眼睛里黑夜弥漫，"少命令我。你也想被我踩上几脚吗？"

"你说什么……"威震天声音一沉，肌肉一层一层地暴了起来，赤色的光芒浮上他的全身。他刚欲张口，忽听一声苍老的怒喝当头劈来。

"吵吵闹闹，成什么体统！"

这声音如九天落雷，直劈心脉，让人头皮发麻，难以抵挡。在场的三人立时噤声，看向偌大的厅堂侧边，坐于蒲团之上的精瘦老者。

老者灰袍加身，破鞋挂脚，一枚老旧的令牌悬于腰上，一身行头比街头要饭的强不了多少。他双目惨白，竟似一位盲者，却目有风雷，眉间悬月，浑身散发出不可抗拒的威势。

"花千岁的罪责，自有黯大人审判。你们在此拌嘴私斗，意欲何为？"

老者慢悠悠地说道，眉间的黑月隐隐发亮。

"无聊。"

笔墨之声骤停。无人注意的厅堂角落，长长的卷轴从书案上直铺到地面。一名青衣少年悬了手中的笔，抬头瞥了厅中一眼，像看见三个碍事的虫子一般，冷冷一叱，继续埋头奋笔。

"斗有何趣？血气方刚一时兴，莫若杯中几许清。"哗啦啦的液体倾倒声从梁上传来。一个红衣美人躺卧大梁，头一仰，将一坛好酒一饮而尽。她抹了抹嘴，扶扶眼镜，趴在酒坛上，醉醺醺地向下看去："奇怪，今天人怎么多了好几个？"

"是你醉了，醉眼看人，风景自然不同。"

厅堂的门忽然打开，紫气送进来两位玉人。个儿高的公子身姿飘逸，清冷如霜，宛如雪中一尊玉雕，眉间凝了冰魂雪魄，眼里却含三分忧水。他的臂上，两条长袖随风自舞，翩然若仙。比他低上两头的少年，行姿如风，面如冠玉，额上一抹黑色抹额，两条长纱飘于脑后。他的唇角勾着玩世不恭的笑，掩不住一双狐狸眼蛊惑人心的媚。

"来迟了，来迟了，各位恕罪。"少年接着说道，坦然步入厅内，扫视一圈，目光落在花千岁身上："花兄，别来无恙？"

"是你？！！"花千岁看清来人，怒喝一声，身形瞬息间闪到少年身前，单手拎起少年的衣领，压低声音道，"你竟然还有脸出现在我面前？要不是你的消息有误，那个男孩儿怎么会跑进眼宗？这场仗怎么会输？"

"哎呀呀，花兄此言差矣。"少年眯眼笑着，"若不是花兄求胜心切，没按照我的方略走，自己心急地出现在眼宗门口，胜兰又怎能困得住你，眼宗又怎能得到预知瞳呢。"

"你？"花千岁大怒。少年却毫不畏惧地笑了笑，伸手把花千岁的手弹开，抚了抚自己的衣领："黯大人命我助你，但花兄一向谨慎，不肯全信我，也是当然。只可惜了'猫瞳姐妹'。我当初把她们介绍给你，可是诚心诚意要助你啊。"

花千岁哼了一声，手垂了下去。

少年看在眼里，笑道："事已至此，我还有一计，不知花兄可愿听听？"

花千岁冷冷地看着少年。这是一张他最讨厌的脸，仿佛戴了一百层面具似的，喜怒皆是笑，令人琢磨不透。偏偏这小子聪明绝顶，年纪轻轻，倒像活了几百岁。要不是他熟悉眼宗，花千岁断不会听他的计策。但这次丢了预知瞳，又未能攻下眼宗，黯大人必定降罪于自己，若没有个合适的对策，只怕他的下场真如那个臭丫头所说……想到过往那些失败者的下场，花千岁不禁脊背发凉，他定了定神，沉声问："那一位还在眼宗吧？"

"当然。"少年目光灼灼，凑到花千岁耳边，说了几句话。花千岁的面上先是疑惑，渐渐露出欣喜。

"花兄意下如何？"少年道。

"若得大鱼，必放长线。此计甚好，我先谢过了。"花千岁伸手一揖，盯着少年，唇边浮起细细的笑容，"不知你帮我至此，想要什么回礼呢。"

"花兄真是好说笑。"少年狐狸眼一眯，"你我同为黯大人办事，还分什么彼此呢。倒是眼宗……"

"你俩悄悄话说完没有？"

书案旁的青衣少年沉声道，一拍书案，卷轴和毛笔自动收起，二者交叉悬于少年的背后，如同两把长剑。

"收声。黯大人到了。"

此话一出，红衣美人翻身下地，黑发如瀑流淌。灰袍老者衣袖一挥，动若雷霆。白衣公子水袖摇荡，步履如云。步九华靴跟踏地，倏然消失。威震天大喝一声，闪如红影。花千岁袍袖翻飞，轻盈移动。狐眼少年微微一笑，将抹额拉下，蒙住眼睛，踏步上前。

一瞬间，屋内的八位齐齐移到厅中，列为两排，单膝跪下。

漆黑的匾额闪了闪，蛇眼疯狂地转动，四条蛇开始游动，顺着同一个方向旋转起来。

幽紫色的混沌开始弥漫，"恶鬼八方"四个字离开匾额，浮向空中，渐渐化为一团黑雾。

八人的额心，暗紫色的文字如浮雕般凸了出来。花千岁的"手"，步九华的"步"，威震天的"唱"，灰袍老者的

"判"，青衣少年的"录"，红衣美人的"纳"，白衣公子的"身"，最后，狐眼少年的"眼"。

十二宗中，八个宗门的名字，竟齐聚于此。

黑雾轰然散开，低沉暗哑的声音笼罩了整个厅堂，如同海啸般淹没了其他一切声音。

一双猩红的巨眼出现在那团飘浮的黑雾之中。

"……我的魔将们，听听吧，花千岁最后的辩解……"

花千岁喉头一紧，明显感觉到，有一条看不见的长蛇在他的胸腔中苏醒过来，仿佛冬眠后饥饿的野兽，开始在他的身体里游走觅食。五脏六腑随着它缓慢地爬动而逐渐冰冷，寒气摩擦着他的血液，心脏被慢慢抽空。身边的世界降下黑暗。

花千岁迅速低伏于地，他的蜘蛛畏缩地爬进他的袖管。他凝神聚力，方才慢慢说道："黯大人，此次作战，只是序曲。把预知瞳留在眼宗，比留在我们手里更有用。我有一计，可利用那个男孩儿，彻底覆灭眼宗。在眼宗内，还有我们的伏子，已经开始行动了。"

"……哦？"猩红色的巨眼转向花千岁，巨大的瞳仁缓慢迫近，"说来听听。"

冷汗顺着脸颊滴落。花千岁脑海里浮现出西门手持折扇，至死不退的身影。他低低地笑了。

别急，小子，咱们走着瞧。

"——遵命。"

图书在版编目（CIP）数据

京剧猫之眼宗外传 / 玉兔 sang 著 . -- 济南：
济南出版社 , 2019.6（2024.12 重印）

ISBN 978-7-5488-3793-0

Ⅰ . ①京… Ⅱ . ①玉… Ⅲ . ①长篇小说 – 中国 – 当代
Ⅳ . ① I247.5

中国版本图书馆 CIP 数据核字 (2019) 第 111643 号

策 划 人	小 奇	郑 敏	
责任编辑	郑 敏	陈玉凤	
封面绘画	刘 楽		
内文插图	刘 楽		
图书彩插	sejour		
章节题字	戴月馨荷		
装帧设计	李四月		
出版发行	济南出版社		
地　　址	山东省济南市二环南路 1 号（250002）		
电　　话	（0531）86131730		
网　　址	www.jnpub.com		
经　　销	各地新华书店		
印　　刷	东营华泰印务有限公司		
版　　次	2019 年 6 月第 1 版		
印　　次	2024 年 12 月第 8 次印刷		
成品尺寸	145 毫米 ×210 毫米　32 开		
印　　张	12.5		
字　　数	220 千		
定　　价	48.00 元		

法律维权 0531-82600329
（济南版图书，如有印装错误，可随时调换）